We could be heroes

© Heiner Kuhn

LAURA KUHN, geb. 1996 in der Schweiz, hat diese nach dem Abitur verlassen, um Buchhändlerin zu werden. Wie es danach weitergeht, ist offen, im Zentrum steht aber das Ziel, viel auszuprobieren und nie bereuen zu müssen, etwas nicht getan zu haben. »We could be Heroes« ist ihre erste Veröffentlichung.

LAURA KUHN

We could be heroes

im.press
CARLSEN

Laura Kuhns Debütroman »We could be heroes« belegte beim Schreibwettbewerb von tolino media und Carlsen Im.press den ersten Platz.

MIX
Papier aus verantwortungsvollen Quellen
FSC® C083411

Ein *Im.press*-Titel im Carlsen Verlag
April 2017

Umschlagabbildung: shutterstock.com/Mark Jelli/Natalia Sheinkin
Umschlaggestaltung: formlabor
Corporate Design Taschenbuch: bell étage
Lektorat: Dennis Wohlfeil
Herstellung: Karen Kollmetz
Satz: Dörlemann Satz, Lemförde
ISBN 978-3-551-31691-2

Für Milou.
Die dir würdigen Worte gibt es nicht, aber ich will dir alle schönen schenken.
Immer.

Und für David Bowie.

Prolog

ICH RENNE immer weiter. Ich habe Angst davor, stehen zu bleiben, weil der Schmerz mich dann einholt. Vor unserem Haus muss ich es schließlich, und als ich mich kraftlos über den Gartenzaun lehne, muss ich plötzlich würgen. Ich kotze in hohem Bogen auf eins der Gemüsebeete. Ich würge immer wieder, auch als sich mein Magen längst komplett leer anfühlt. Ich kauere mich auf die Erde und fange unkontrolliert an zu zittern, als würden mich stahlartige kalte Hände umfassen und schütteln. Doch es kommen nicht mal Tränen aus mir heraus, ich fühle mich noch viel zu panisch. Die ganze Zeit habe ich dieses Bild vor Augen, wie sie mich entsetzt anschaut. Was ist da, verdammt noch mal, mit mir passiert? Ich verstehe das nicht. Das alles nicht. Das mit ihr. Aber mir kommt es vor, als wäre heute Abend etwas eingetreten, wovor ich mich schon lange gefürchtet habe.

Irgendwann, gefühlte Stunden später, beruhige ich mich langsam. Der Himmel färbt sich bereits rosa, als ich endlich aufstehen kann. Aus meiner Jeansjacke hole ich mein Handy und schreibe eine SMS.

Papa, ich bin dabei.

Ich will hier nur noch weg.

TEIL **EINS**

1

(8 Tage zuvor)

WAS MACHEN wir heute noch?« Natalie schüttelt ihre langen Haare. Die braunen Locken fallen ihr auf die Schultern und den Rücken hinab. Das Sonnenlicht, das durch das Fenster auf ihr Haar fällt, lässt es rötlich aufleuchten. Verdammt, wie schön sie ist! Und das Schönste an ihr ist, dass ihr das selber gar nicht auffällt. Sie ist das perfekte Beispiel dafür, dass Klischees tatsächlich existieren können. Diese Natürlichkeit, mit der sie ihre Haare im Nacken zusammenknotet, ist einfach umwerfend. Auf den ersten Blick halten sie viele bestimmt für ein hübsches, aber nicht weiter interessantes Mädchen. Das Besondere an ihr entdeckt man erst auf den zweiten Blick. Das, was sie neben ihrem schönen Gesicht ausmacht. Manchmal glaube ich sogar, dass nur ich das sehen kann.

Unbewusst habe ich den Atem angehalten, meine ganze Aufmerksamkeit gilt ihr. Immer darauf bedacht, keinen einzigen Mikromoment zu verpassen. Sie dreht ihr Gesicht zu mir und ich schaue in ihre großen hellbraunen Augen. Ich halte ihrem Blick stand. Weil es so weniger auffällt, dass ich sie schon viel zu lange anstarre. Ich habe mich so oft gefragt, ob ihr jemals irgendwas aufgefallen ist an der Art, wie ich sie ansehe. Ob sie merkt, was sie mit mir anstellt. Dass ich mich gefangen fühle in meiner Angst und dieses Scheißgefühl nicht loswerde, weil ich es nicht verstehe. Warum es so viele Momente mit ihr gibt, in denen sie mir so nahe ist, und ich innerlich fast verzweifle, weil das nicht reicht. Dabei glaube ich, dass es niemanden gibt, der ihr nähersteht als ich. Damit will ich zufrieden sein und es ist doch wirklich auch genug. Darum hoffe ich, dass sie es eines Tages versteht und mir da raushilft. Irgendwie. Aber ist es nicht etwas viel verlangt von anderen zu erwarten, dass sie einen besser verstehen als man sich selbst? Vielleicht. Andererseits glaube ich, dass Natalie der einzige Mensch auf der Welt ist, von dem ich das erwarten darf.

»Die Nacht ist noch jung«, sagt sie jetzt und schaut mich mit diesem Blick an, mit dem sie mich wieder mal zu irgendwas überreden will. »Gehen wir aus?«

Ich verdrehe unwillkürlich die Augen, bevor ich es verhindern kann. Mit fünfzehn waren wir zum ersten Mal in einem Club. Wir waren damals fast die Letzten aus der Klasse, die noch nie nachts weg waren, und haben es eigentlich auch nur des Gruppendrucks wegen schließlich gemacht. Natalie wurde sofort süchtig nach der Tanzluft, kaum waren wir drei Schritte im Club. Etwas anderes als Feierngehen ist mit ihr abends kaum noch anzufangen. Für mich gibt es allerdings nichts Sinnloseres, als jede Nacht an einer Bar zu stehen, mit schrecklicher Musik zugedröhnt zu werden und Natalie bei der Eroberung irgendwelcher eingebildeten Typen zuzugucken. Aber habe ich eine andere Wahl? Ich denke nicht, schließlich bin ich ihre beste Freundin, und auch wenn sie mich niemals dazu zwingen würde mitzukommen, habe ich ständig Angst, sie zu verlieren, weil sie aufregendere Leute als mich treffen und mich dabei vergessen könnte. Und aufregendere Leute als mich gibt es echt überall.

»Müssen wir schon wieder?« Bereits beim Gedanken an einen weiteren Clubabend gelangweilt nehme ich eine CD in die Hand, die auf ihrem Regal liegt. *Bravo Hits*, definitiv nicht meins. Schnell lege ich sie wieder zurück.

»Klar müssen wir! Man kann doch nie wissen, vielleicht begegnest du heute deinem absoluten Traumtyp! Und dann stell dir vor, ausgerechnet heute wärst du zu Hause geblieben!« Gewinnend grinsend schaut sie mich an.

Pfff, als wäre das ein Argument. Da müsste man ja andauernd Angst haben, irgendwas Wichtiges zu verpassen, und deswegen lass ich mich doch nicht schon wieder in so einen Club schleppen. Innerlich muss ich über mich selbst lachen. Was tue ich hier eigentlich so, als hätte ich mich nicht schon längst dazu entschieden nachzugeben. Ich lasse sie nur noch etwas zappeln.

Natalie ist inzwischen einen Schritt weitergegangen in ihrer Überzeugungstaktik und nimmt meine beiden Hände in ihre. »Ach, nun komm schon! Tut dir doch auch mal wieder gut, unter Leute zu gehen und Spaß zu haben! Außerdem ist es eine Ewigkeit her, seit du Kontakte der besonderen Art zum anderen Geschlecht hattest.«

Jetzt muss ich unter meiner äußerlich genervten Miene wirklich lachen. Manchmal drückt sie sich echt schräg aus. Mein einziger sogenannter »Kontakt der besonderen Art zum anderen Geschlecht« beschränkt sich auf Timo, einen eigentlich echt süßen Typen aus der Parallelklasse, und ist fast genau ein Jahr her. Jaja, ich weiß, schon wieder ein totales Klischee, das mit dem süßen Typen aus der Parallelklasse. Vielleicht ist mein Leben nun mal besonders voll davon, keine Ahnung. Aber so einen Quatsch denk ich mir wirklich nicht aus. Es war einer dieser zahllosen Discoabende mit Natalie und da habe ich ihn alleine in der Ecke sitzen sehen, denselben gelangweilten Ausdruck im Gesicht wie ich. Ich begriff schnell, dass mein Abend nicht mehr ätzender, sondern höchstens besser werden konnte, wenn ich mich zu ihm setzen würde. Das tat ich dann auch und es stellte sich heraus, dass der Arme in einer ähnlichen Situation war wie ich und gleich von seiner ganzen Clique mitgeschleppt worden war. Wir tauschten uns also zwangsläufig eine Weile über unser Anhängseldasein aus, woraus plötzlich heftigstes Rumgeknutsche wurde. Ich schätze, das muss an meiner schwachen psychischen Verfassung an dem Abend gelegen haben. Natalie freute sich natürlich über *ihren* Erfolg und zwei Tage später galten Timo und ich als Paar, das volle Programm mit Gute-Nacht-SMS und Guten-Morgen-SMS, und nicht zu vergessen die – ach, ist ja auch egal … Keine Ahnung, woran das lag, aber es wurde sehr schnell enorm öde und irgendwie ekelte es mich an, ihn andauernd küssen zu müssen. So war es ziemlich schnell wieder vorbei mit uns. Rückblickend tut er mir ein bisschen leid, denn ich glaube, er hat mich echt gemocht. Zu dem Zeitpunkt war ich aber einfach wahnsinnig erleichtert, dass es endlich vorbei war.

»Guck dich doch mal an!« Energisch schiebt Natalie mich vor ihren Spiegel. Und: Überraschung! Ich sehe genauso aus wie immer. Langweilige braune Haare mit Pony, den ich dringend wieder mal schneiden müsste, weil er mir langsam den Blick verdeckt. Mein Gesicht und auch der Rest von mir sind eigentlich ganz in Ordnung, Durchschnitt halt. Ich schneide eine Grimasse und strecke mir die Zunge raus. Natalie zwickt mir in die Seite. »Hey, jetzt spinn nicht rum! Mann, du bist echt hübsch, du solltest mal ein bisschen mehr von dir zeigen.« Und nur einen Moment später rückt sie schon mit ihrem Schminkwerkzeug an.

Ich weiche schnell zurück. »Wehe, ich warne dich! Das Zeug kannst du dir selbst ins Gesicht schmieren!« Schmollend macht sich Natalie an ihr eigenes Make-up, während ich mich in ihren Sitzsack fallen lasse.

Von dort aus schaue ich ihr gefühlte zwei Stunden zu, bis sie sich endlich für ein Kleid entschieden und ihre Sommersprossen unter einer gewaltigen Schicht Schminke verborgen hat. Zwischendurch piepst mein Handy. Es ist eine Nachricht von Tom. *Du sollst heimkommen, Papa will mit uns reden*, lese ich. Natalie ist zwar not amused, dass sie jetzt doch allein losziehen muss, lässt mich dann aber gnädigerweise gehen.

Verpackt in giftiges weißes Rauschen ziehen die Sätze an ihr vorbei. Sie hat kein Interesse mehr daran, sie aufzunehmen. Ihr Blick geht ins Leere, irgendwo zwischen die Sofakante und den Boden. Ihre nackten Füße werden sich bestimmt etwas klebrig anfühlen, wenn sie sie irgendwann wieder vom Parkett lösen wird. Ihr fällt der Rest des Tages wieder ein, ein weiterer grauer Tag mit vielen Schwarztönen. Sie hatte sich angewöhnt in Farben zu denken. Es scheint ihr zu helfen, die Welt besser zu verstehen. Der Wind in ihren Haaren heute Morgen auf dem Weg zur Schule, hellblau. Dann nur noch Grautöne. Und jetzt giftiges Weiß. Wie kann Weiß überhaupt giftig aussehen? Da ist jemand, der fragt, ob sie noch zuhört. Tut sie natürlich nicht. Wozu auch? Es wurde sowieso wieder mal alles ohne sie entschieden. Sie ist der große Klotz, der ihnen das Tor zur Welt versperrt. Und deshalb hört sie nicht zu. Deshalb widerspricht sie nicht. Es reicht, dass der Klotz groß ist, er sollte nicht auch noch kompliziert sein.

»Ich bin da!«, rufe ich und werfe meine Tasche auf die erste Treppenstufe. Ich bin gespannt, worüber Papa reden will. Es gab bisher nicht viele ernste Gespräche in unserer Familie. Ich glaube, das letzte Mal war es wegen der Hühnergeschichte. Unsere früheren Nachbarn hatten einen Hühnerstall im Garten und Tom und mir haben die Hühner immer furchtbar leidgetan, weil sie so eingesperrt ihr Dasein fristen mussten. Also haben wir sie alle freigelassen, was einen kleinen Skandal ausgelöst hat. Vor allem wohl, weil nicht alle Hühner wiederaufgetaucht sind. Und das, obwohl fast die gesamte Straße beim Suchen geholfen hat. Damals war Papa ziemlich sauer auf uns und richtig sauer ist er echt selten. Normalerweise sieht er die Dinge nicht so eng und lässt uns unsere Angelegenheiten selber regeln.

In der Küche treffe ich auf Tom und auf Frankie, unseren schwarzen Kater. Tom tippt wie irre auf seinem Handy herum, wahrscheinlich schreibt er mit einer neuen Tussi, die er sich angelacht hat. Mein Bruder ist wie einer dieser Highschool-Helden aus einem amerikanischen Teeniefilm (tadaa, noch so ein Klischee). Alle kennen ihn und alle lieben ihn. Als Mädchenschwarm, einer der besseren Schüler seines Jahrgangs und Kapitän der Fußballmannschaft macht er natürlich auch eine extrem gute Figur. Okay, genau genommen ist er nicht mehr der Kapitän, aber immer noch ein guter Stürmer. Er ist auch sonst total das Klischee, mit seinen braunschwarzen Locken, die ihm leicht ins Gesicht fallen, und seiner durchtrainierten Statur. Aber im Gegensatz zu einem amerikanischen Teeniefilmhelden ist er keineswegs langweilig oder abgehoben. Tom war schon immer nicht nur mein Bruder, sondern auch mein bester Freund. Besonders früher habe ich praktisch nichts ohne ihn gemacht, ständig haben wir zusammengehangen. Das ist zwar heute anders, aber nahe sind wir uns immer noch. Nachdenklich schaue ich ihn an, wie er da steht. Er weiß eigentlich alles von mir. Mit Ausnahme dieser einen Sache vielleicht.

»Na, wie geht's Pia?«, frage ich, während ich den Kühlschrank öffne und nach etwas Essbarem Ausschau halte.

»Ich schreib mit Anna. Wir wollten uns nachher noch treffen.«

Kein Haselnussjoghurt mehr da. Ich schließe die Kühlschranktür wieder. »Und was sagt Pia dazu?«

»Nix.«

Wahnsinn. Trotz seiner häufigen Freundinnenwechsel scheint nie eine traurig oder sauer zu sein. Im Gegenteil. Pia hat heute Morgen eher gewirkt, als hätte sie einen besonders schönen Tag vor sich. Wie macht der das bloß? Tom legt sein Handy weg und grinst mich an. Dann kommt Papa mit einer ernst-vorfreudigen Miene rein und wir setzen uns alle an den Esstisch. Und dann, nach einer kurzen Pause, lässt Papa die Bombe platzen.

»Auf einen Bauernhof?« Tom ist fassungslos. »Ist das dein Ernst oder verarschst du uns gerade?«

Statt einer Antwort reicht Papa ihm einen kleinen Stapel

Fotos. Ich beuge mich zu Tom, um mitgucken zu können. Auf den Bildern ist ein stattliches, schönes Haus zu sehen, mit einem zwar extrem verwilderten, aber scheinbar riesigen Garten davor. Auf den anderen Fotos ist noch ein Hühnerstall, ein Wald, der direkt hinter dem Haus anfängt, und ein zweiter, etwas größerer Stall abgebildet. Schweigend lässt Tom die Fotos sinken. Ich sitze wie versteinert da und versuche meine Gedanken zu ordnen. Papa erzählt was von »mit dem Bus zur Schule fahren« und »etwas abgelegen«, aber ich kann gar nicht richtig zuhören. Ich glaube, Tom geht es genauso.

Papa schaut etwas unsicher zwischen uns hin und her. »Ihr wisst doch, das war schon immer mein Traum für uns. Weg aus der dreckigen Stadt ins saubere Landleben.«

Klar, er hat oft davon gesprochen, seit Jahren schon, aber so richtig ernst genommen hatte ich das nie.

Papa seufzt. »Ich weiß, das wäre ein großer Schritt für euch beide. Wenn ihr es euch überhaupt nicht vorstellen könnt, bleiben wir hier. Lasst es euch einfach mal durch den Kopf gehen.« Er schaut Tom und mich an. »Ich muss bis Freitag die Entscheidung treffen, sonst ist das Haus möglicherweise weg.«

Wie in Trance nicke ich und stehe auf.

Oben in meinem Zimmer schnappe ich mir meinen iPod. Ich öffne das Fenster und setze mich aufs Fensterbrett. Es ist immer noch hell draußen und ein leichter Wind weht. Von hier aus kann ich Natalies Haus sehen und sogar das kleine Quadrat erkennen, ihr Zimmerfenster. Natalie. Der einzige richtige Grund hierzubleiben. Ich kann gut auf die Leute in unserem Viertel und in der Schule verzichten, genauso wie auf diese Stadt. Obwohl ich mein ganzes Leben hier verbracht habe, könnte ich mich leicht von dieser Welt lösen. Wahrscheinlich ist es sogar echt schön auf dem Land. Die Fotos haben jedenfalls danach ausgesehen. Ich kann ohne Clubs, Kinos und riesige Einkaufszentren leben. Ich kann vielleicht auch gerade noch damit leben, morgens früher aufstehen zu müssen, weil der Schulweg länger ist. Aber in einem bin ich mir nicht sicher. Ich bin mir nicht sicher, ob ich ohne Natalie leben kann. Bei der Vorstellung, von ihr wegzuziehen, bildet sich ein Knoten in meinem Bauch. Sie ist nicht nur die beste Freundin, die ich je hatte, sondern auch die einzige. Der eine Mensch, der mir nicht glaubt, dass ich wirklich so langweilig bin, wie ich denke, und der mich das auch fühlen lässt. Während ich so an sie und all unsere gemeinsamen Jahre denke, merke ich, wie tief Natalie in mir verwurzelt ist. Es sind wortwörtlich *unsere* Jahre. Was sie wohl sagen wird, wenn ich ihr davon erzähle? Ich strecke aber noch nicht mal den kleinen Finger nach dem Handy aus.

Irgendwann bin ich gedankenleer und voller Melancholie und die Sonne geht unter, sinkt immer tiefer, ist schließlich ganz weg.

2

ES WIRD *die* Party der Stadt!« Natalies Augen leuchten, als wäre sie ein kleines bisschen wahnsinnig. Sie spricht von Vincents Geburtstagsparty. Vincent ist der arroganteste Typ, den ich kenne. Seit der Grundschule gehen Natalie und ich mit ihm in eine Klasse. Seine Eltern werfen mit Geld nur so um sich. Ich vermute, wenn sie das nicht täten, würde ihnen ziemlich bald das Bankkonto platzen. Auf seinen Partys findet sich regelmäßig die ganze Schule ein, wobei von all den Leuten, die eintrudeln, nur wenige Vincent persönlich kennen. Ich kann bei mir eigentlich auch nicht wirklich von »kennen« sprechen.

Natalie schaut mich immer noch an. Sie holt tief Luft und ich weiß genau, was jetzt kommt. »Lou, wir zwei Hübschen gehen da hin! Wir stylen uns auf und haben richtig Fun! Das wird unsere Nacht! Ich müsste danach bloß bei dir pennen, damit meine Mama nichts mitkriegt.«

Auch wenn sie mir immer das Gleiche sagt, wenn wir weggehen, muss sie mich, zu ihrer Überraschung, dieses Mal gar nicht wirklich überreden. Dauernd hämmert der Gedanke in meinem Hinterkopf, es könnte das letzte Mal sein, dass wir zwei ausgehen. Auch wenn ich es nie so genossen habe wie Natalie, wird es mir fehlen. Von Papas Plänen habe ich ihr immer noch nichts erzählt. Ich lehne mich an die Wand und schaue ihr lächelnd dabei zu, wie sie jetzt schon anfängt Kleider für uns rauszusuchen, dazu passendes Make-up und mir dabei immer wieder versichert, wie geil es werden wird. Ach Papa, es geht nicht. Ich kann nicht ohne sie.

Die Party steigt am Freitagabend. Wir treffen uns einige Stunden vorher bei Natalie und diese Stunden brauchen wir auch. Na ja, eigentlich braucht nur Natalie sie. Unglaubliche sieben Mal zieht sie sich um. Ich glaube, ich bin dabei auch keine große Hilfe. Aber was soll ich sagen? Sie sieht eben in allem wahnsinnig gut aus. Sie hat, wie gesagt, das besondere Etwas, Ausstrahlung. Die lässt sich nicht durch Kleider und Make-up verstärken. Von ihrem sonstigen perfekten Aussehen ganz abgesehen.

Schließlich entscheidet sie sich für ein grünes Paillettenkleid. Ich finde zwar das schlichte Blaue besser, sage aber nichts. Ich will schließlich keine Krise auslösen. Vergeblich versucht sie auch mich in eins ihrer Kleider zu stecken. Doch jeder hat seine Grenzen. Meine fängt bei »untenrum flatternd« an. Ich bleibe bei meinen Lieblingsjeans, roten Converse-Nachahmungen und einem einfachen schwarzen T-Shirt. Natalie trägt mir noch etwas Kajal auf und fertig bin ich.

Vincent wohnt nur ein paar Straßen von Natalie entfernt. Beide leben im noblen Teil der Stadt, wo die Grundstücke hoch umzäunt sind und im Sommer dauernd die Sprinkleranlagen laufen. Unser Haus gehört knapp nicht mehr zu diesem Stadtteil, wir haben einen einfachen Holzzaun und unser Rasen ist im Sommer immer gelb. Aber ich würde es trotzdem nicht gegen einen dieser Riesenkästen eintauschen wollen. Lieber klein und gemütlich als groß und kalt. Trotzdem bleibt mir kurz die Spucke weg, als wir vor Vincents Haus stehen. Da die Party relativ spät angefangen hat, wird es schon langsam dunkel. In dem riesigen Garten wurde zwischen ein paar Bäumen, die mit bunten Lampions geschmückt sind, eine ebenfalls riesige Tanzfläche geschaffen. Das muss man Vincent lassen, er hat Geschmack! Auch wenn ich mir nicht sicher bin, ob er das alles selber aufgebaut hat. Natalie, die sich bei mir untergehakt hat, kneift mir vor Begeisterung in den Arm und zieht mich mitten in die Menschenmasse rein, die größtenteils noch neben der Tanzfläche steht. Immer wieder bleiben wir stehen, weil ständig irgendwelche Leute Natalie begrüßen. Die meisten davon kenne ich gar nicht und sie sehen auch nicht so aus, als ob sie *mich* kennenlernen wollen. Was in den meisten Fällen auf Gegenseitigkeit beruht. Vielleicht bin ich auch einfach ein bisschen soziophob, aber bei manchen Leuten merke ich gleich, dass etwas Abstand gut ist. Schließlich sind wir bei Lisa angelangt. Lisa ist einer dieser Menschen, denen ich wirklich überhaupt nicht gerne begegne. Wahrscheinlich, weil ich dauernd Angst habe, dass sie mich auf einem ihrer langen Fingernägel aufspießt, wenn sie beim Reden wild mit den Händen gestikuliert. Kaum hat sie Natalie entdeckt, kreischt sie los und fängt an sie zuzutexten. Es sind die üblichen Themen. Die »megageilen Partys« mit den »extrem coolen Jungs« und, wie immer, einem »supercoolen Typen«, der natürlich »ganz anders als die anderen« ist. Oft geht es dabei natürlich um irgendwelche Freunde, die dies und das erlebt haben sollen. Ich stehe betont cool, aber eigentlich offensichtlich unbeholfen daneben und komme mir etwas überflüssig vor. Ach was, etwas! Ich komme mir *extrem* überflüssig vor.

Aber mit Lisa kann ich echt nix anfangen. Mit ihrer großen Klappe, den Lästereien und ihrem übertrieben dramatischen In-Szene-Setzen ist sie der Typ Mensch, von dem ich mich automatisch fernhalte. Früher waren wir alle drei in derselben Klasse. Natalie und Lisa waren allerbeste Freundinnen. Dann ist Lisa sitzengeblieben und Natalie setzte sich auf den freien Platz neben mir. Ich glaube, Lisa kann mich vor allem deshalb ebenfalls nicht leiden. Sie ist der Meinung, ich hätte ihr Natalie weggenommen. Das denke ich jedenfalls.

Nach einer Weile habe ich dann genug vom Rumstehen und von Lisas abschätzigen Seitenblicken. »Ich schau mir mal das Buffet an«, sage ich zu den beiden.

Das Buffet ist, wie alles auf der Party, üppig. Ich bin mir nicht sicher, jemals so viel Essen auf einmal gesehen zu haben. Ich nehme mir erst mal eine Cola und setze mich ins Gras. So bleibe ich eine ganze Weile sitzen und beobachte die Leute, die, mich nicht weiter beachtend, an mir vorbeigehen. Irgendwann ist die Cola leer und Natalie ist immer noch nicht wiederaufgetaucht. Ich rapple mich auf und gehe zurück zum Buffet. Kaum bin ich dort angekommen, kommt ein Typ auf mich zu. »He, hast du mal Feuer für mich?«

Ich will gerade den Kopf schütteln, da sehe ich ein Feuerzeug vor mir auf dem Tisch liegen. Während er sich seine Zigarette anzündet, schaue ich ihn mir im Licht der Flamme genauer an. Seine blauen Augen sind das Auffälligste in seinem Gesicht, sie haben einen wirklich ungewöhnlichen Farbton. Sie sind so leuchtend blau, dass es fast künstlich wirkt. Wilde, dunkle Locken fallen ihm ins Gesicht. Fast wie Natalies Locken, schießt es mir durch den Kopf. Ich schiebe den Gedanken beiseite und lächle den Typen an, während der ganz langsam den Rauch ausatmet. Er lächelt zurück. Eine winzige Zahnlücke kommt zum Vorschein, was irgendwie extrem sympathisch aussieht. So unperfekt. Wir stehen beide stumm da und wissen nicht, was wir sagen sollen. Ich lehne mich an den Buffettisch und schaue den Leuten auf der Tanzfläche zu, die sich in kürzester Zeit gefüllt hat. Alles tanzt und springt im Takt der Musik. Ich schaue nach oben. Die Nacht ist klar und über uns spannt sich ein wunderschöner Sternenhimmel. Das macht die Stimmung auf der Party perfekt.

»Willst du tanzen?« Überrascht schaue ich zu dem Typen. Ich hatte nicht erwartet, dass er immer noch da steht. Aber er ist sogar näher gekommen und grinst. »Moritz übrigens.« Er streckt mir seine zigarettenfreie Hand entgegen.

»Lou.«

»Schöner Name, Lou.« Er tritt die Zigarette aus und nickt fragend in Richtung Tanzfläche.

Ich ergreife seine Hand und lasse mich mitziehen.

Wir können beide nicht besonders gut tanzen, das merken wir ziemlich schnell. Also machen wir uns darüber lustig, wie man tanzen sollte, und hüpfen wie zwei Verrückte herum. Irgendwann krieg ich mich nicht mehr ein vor Lachen und er auch nicht. Da wechselt der DJ zu einem langsamen Lied und Moritz reicht mir wieder die Hand. Ich lege meine in seine und er zieht mich an sich. Vom ganzen Rumgehüpfe klopft mein Herz wie verrückt. Oder vielleicht auch wegen ihm? Eigentlich halte ich das mit dem Herzklopfen beim Verknalltsein ja für ein Gerücht. Aber ich glaube, etwas crushgefährdet bin ich gerade schon.

»Na also, das klappt doch schon viel besser«, flüstert er in mein Ohr und ich grinse. Wart's ab, bis ich dir auf den Füßen stehe! Das Grinsen friert mir schnell wieder ein, als ich sehe, dass Natalie nur einige Meter von uns entfernt offenbar auch einen Typen an der Angel hat, mit dem sie sehr viel enger umschlungen tanzt als ich mit Moritz. Und es scheint ihr auch sehr zu gefallen. Sie drehen sich und ich kann den Typen erkennen. Es ist Niklas und ich glaube einen tieferen Griff ins Klo hat Natalie noch nie gemacht.

Niklas ist drei Jahre älter als wir und letztes Jahr von der Schule geflogen, was ihn jedoch nicht davon abhält, jeden Tag ein anderes Mädchen beim Schultor abzuholen. Ein einziges Mal stand ich in seiner Nähe und sein Schweißgeruch hat mich fast umkippen lassen. Dabei sieht er immer total geschniegelt aus. Allerdings hat er öfters gerötete Augen und allein das würde mich schon abschrecken. Was will man denn mit einem Menschen anfangen, der permanent zugedröhnt ist? Aber wer aussieht wie Niklas, hat nichts zu befürchten, die Mädchen werden ihm immer nachlaufen. Irgendwie macht ihn das alles nur noch beliebter. Warum auch immer.

Ich spüre wieder einen Knoten in meinem Magen, diesmal noch stärker als sonst. Bei den meisten Jungs kann ich es ja verstehen, dass Natalie sie mir vorzieht. Aber dass es auch bei einem Typen wie Niklas der Fall ist, macht mir mit einem Mal klar, was ich seit langer Zeit verdränge. Ich werde für Natalie nie mehr sein als die beste Freundin, die man auf einer Party auch mal stehenlassen kann und die dann ganz sicher auch nicht sauer ist. Denkt sie so anders als ich? Was auch immer ich denke. Was auch immer ich will.

Ich kann es nicht mehr mit ansehen und vergrabe meinen Kopf in Moritz' breiter Schulter. Der versteht das natürlich anders und zieht mich noch näher zu sich heran. Ich wehre mich nicht. Auch nicht, als er mich wieder etwas loslässt und anfängt meine Wangen zu küssen. Er schaut mir direkt in die Augen und wie in Trance schaue ich zurück. Bevor ich richtig mitkriege, was passiert, habe ich schon seine Zunge im Mund. Ich stehe stocksteif da und reagiere nicht. Scheiße, was mach ich hier eigentlich?

Nach einer Weile hört er auf und schaut mich besorgt an. »Alles in Ordnung? Tut mir leid.« Seine blauen Augen leuchten selbst in der Dunkelheit. »War das zu schnell?«

Ich schaue zu Boden, dann wieder zu ihm und schiebe seine Arme von meinen Schultern. »Nein. Du hast nichts falsch gemacht, überhaupt nichts.«

Ach Scheiße. Er sieht total verwirrt aus. Ich hole tief Luft und sage: »Vielen Dank für den schönen Abend, du bist echt toll! Aber du bist leider noch weniger mein Typ, als du es dir vorstellen kannst.« Dann gehe ich schnell und mit zittrigen Beinen von der Tanzfläche. Mir ist irgendwie gar nicht bewusst, dass ich das gerade wirklich gesagt habe. Zurück am Buffet überlege ich nicht lange und mixe mir eine Cola mit viel Whiskey.

Die Dunkelheit und Stille eines Zimmers kann so viel Geborgenheit geben. Auch wenn das Bettzeug immer frisch gewaschen riecht und nie die Chance hat, einen eigenen Geruch anzunehmen, an dem man sich versichern kann: Hier ist zu Hause. Aber allein dadurch, dass man gar nicht sehen kann, wie groß das Zimmer ist und wie leer es wirkt, kann man es sich anders denken, wohlig warm und gefüllt mit den eigenen Gedanken. Man legt eine Platte auf – sie hat nicht deswegen einen Plattenspieler, weil es gerade cool ist, einen zu haben, sondern weil das leichte Kratzen der Nadel sie immer daran erinnert, dass die Platte sich beständig dreht und mit jeder neuen Runde etwas mehr von der Schwere in ihr forträgt. Vielleicht sogar das Gefühl, eine Schachfigur zu sein und bald weit weggeschoben zu werden.

Ich weiß nicht mehr, wie viele Gläser es schon waren, bevor ich anfange den Whiskey in kleinen Schlucken pur zu trinken. Ich sehe nur irgendwann, wie Natalie von der Tanzfläche kommt, sich endlich von Niklas löst und in Richtung Haus davongeht. Ich leere das Glas in einem Zug und will ihr folgen. Das ist gar nicht so einfach. Alles dreht sich vor meinen Augen. Ich strecke die Arme aus, um das Gleichgewicht besser halten zu können. Gedankenfetzen schießen durch mein Gehirn. Nur noch die wichtigsten Befehle kommen durch. Geh, links, rechts, festhalten, geh.

Im Haus ist es eher still. Nur einige Pärchen sitzen hier im Dunkeln. Im Hintergrund läuft leise Soul-Musik.

Vor dem Klo hat sich eine Schlange gebildet. Am Ende steht Natalie. Als ich mich neben sie stelle, schaut sie mich erschrocken an. »Mein Gott, was ist denn mit dir los?«

»Och, nur ’n bisschen Cola getrunken.« Lalle ich? Klingt lustig, aber es macht mir Angst. Natalie schaut besorgt. Als sich die Klotür öffnet, drängelt sie sich vor und zieht mich, ungeachtet der Proteste der anderen, in das kleine Badezimmer. Sie stellt sich hinter mich vors Waschbecken, drückt meinen Kopf nach unten und dreht den Hahn auf. Eiskaltes Wasser weckt mein Gehirn wieder auf und mit einem Schlag werde ich etwas klarer. Ich merke, wie meine Gedanken wieder schneller fließen. Dafür kriege ich keine Luft mehr. Prustend richte ich mich auf. Natalie nimmt ein Handtuch und beginnt meine Haare trocken zu rubbeln.

»Also, du trinkst heute ganz sicher keine Cola mehr.« Sie runzelt die Stirn. »Ist denn alles in Ordnung? So was machst du doch sonst nie. Hat der Typ, mit dem du getanzt hast, irgendwas gemacht?«

Ich blicke zu Boden und schüttle langsam den Kopf. Bloß nicht zu schnell, sonst dreht sich wieder alles.

Als wir draußen sind, nimmt Natalie mich an die Hand und ehe ich mich’s versehe, stehen wir wieder auf der Tanzfläche und tanzen. Es wird ein schnelles Lied gespielt. Ich halte Natalie an beiden Händen und wir drehen uns im Kreis. Ich lehne mich gegen sie, um nicht umzufallen, und diesmal tut es gut. Solange wir nicht anhalten und mich mein Schwindelgefühl wieder überrollt, ist alles in Ordnung. Die Welt verschwimmt. Die Leute, der Garten, die Lampions. Das Einzige, was ich sehe, ist Natalies Gesicht. Sie hat die Augen geschlossen. Hinter ihr wirbeln ihre dunklen Locken durch die Nacht. So muss sich fliegen anfühlen, so schnell und leicht. Und so hätte es ewig weitergehen können, aber noch ehe der Song vorbei ist, bremst Natalie ab und wir halten uns lachend aneinander fest, um nicht hinzufallen. Dann wechselt das Lied, wir halten uns immer noch fest und fangen dann ganz langsam an zu tanzen. Mein Herz klopft mir bis zum Hals, trotz der Musik kann ich es hören. Irgendetwas daran ist anders als vorher. Es schlägt eigenwilliger, in einem neuen Takt. Natalie dreht ihren Kopf zu mir und lächelt. Ihr Gesicht ist ganz nahe vor meinem. Beim nächsten Tanzschritt berühren sich unsere Nasenspitzen, und bevor ich darüber nachdenken kann, küsse ich sie.

Ihre Lippen sind unglaublich weich, und als sie sich öffnen, berührt meine Zungenspitze kurz ihre. So lange braucht Natalie, um zu realisieren, was wir da gerade tun. Dann spüre ich, wie ich plötzlich von ihr weggerissen werde. Besser gesagt, wie sie mich wegstößt.

»Was soll das?« Sie schaut total verwirrt. Ich höre Geflüster von der Seite. Als ich mich umschaue, merke ich, dass die Musik zwar noch läuft, die Leute um uns herum aber aufgehört haben zu tanzen und zu uns sehen. Einige tuscheln, andere lachen ganz offen. Natalie schaut mich jetzt nicht nur verwirrt, sondern irgendwie auch ablehnend an. Was habe ich getan? Ist das gerade wirklich passiert? Es ist doch ganz sicher ein Albtraum, oder? Ich stehe da und weiß nicht, was ich tun soll. Das Blut pocht laut in meinen Ohren. Dann halte ich es nicht mehr aus. Ich drehe mich um und renne, so schnell ich kann. Weg von den Lampions, der Musik, hinein in die Nacht.

Ich renne immer weiter. Ich habe Angst davor, stehen zu bleiben, weil der Schmerz mich dann einholt. Vor unserem Haus muss ich es schließlich, und als ich mich kraftlos über den Gartenzaun lehne, muss ich plötzlich würgen. Ich kotze in hohem Bogen auf eins der Gemüsebeete. Ich würge immer wieder, auch als sich mein Magen längst komplett leer anfühlt. Ich kauere mich auf die Erde nieder und fange unkontrolliert an zu zittern, als würden mich stahlartige kalte Hände umfassen und schütteln. Doch es kommen nicht einmal Tränen aus mir heraus, ich fühle mich noch viel zu panisch. Die ganze Zeit habe ich dieses Bild vor Augen, wie sie mich entsetzt anschaut. Was ist da, verdammt noch mal, mit mir passiert? Ich verstehe das nicht. Alles. Das mit ihr. Aber mir kommt es vor, als wäre heute Abend etwas eingetreten, wovor ich mich schon lange gefürchtet habe.

Irgendwann, gefühlte Stunden später, beruhige ich mich langsam. Der Himmel färbt sich bereits rosa, als ich endlich aufstehen kann. Aus meiner Jeansjacke hole ich mein Handy und schreibe eine SMS.

Papa, ich bin dabei.

Ich will hier nur noch weg.

3

PLÖTZLICH geht alles ganz schnell. Als ich am nächsten Morgen oder besser gesagt am frühen Nachmittag zum Frühstücken in die Küche komme, verkündet mir Papa, eine große Pfanne Rührei in der Hand haltend, feierlich den Kauf des Bauernhauses. Er wollte nicht mal wissen, was mich so plötzlich umgestimmt hat. Es ist also definitiv entschieden. Das versetzt mir nun doch einen Schock. Fragend sehe ich zu Tom. Der scheint die Neuigkeit gut aufgenommen zu haben. Wie ist es bloß möglich, dass er auf alles, was er hier hat, verzichten kann? Er grinst mit vollen Backen. »Wenn du dich nicht beeilst, ist das Rührei gleich weg.«

Na ja, vermutlich wird er überall den gleichen Status wie hier erreichen können. Ob es nun Großstadtgören oder Landeier sind, die Mädchen werden ihm überall nachlaufen. Ich lasse mich auf meinen Stuhl fallen und mir von Papa eine großzügige Portion Rührei geben. Wir sind alle drei extreme Langschläfer und am Wochenende gibt es gegen zwei Uhr immer Papas Rührei mit Käse und Tomaten. In schlechten Zeiten ist das die Sache, auf die ich bis zum Wochenende hinlebe. Und Natalie natürlich ... Wow, allein der Gedanke an sie versetzt mir einen heißen, schmerzhaften Stich. Eine

Welle baut sich in mir auf. Ich muss wirklich ein paarmal kurz durchatmen, bis mir nicht mehr schwindelig ist. Eine Weile schweigen wir alle.

»Wie war die Party gestern?«

»War gut.« Ich schaue Tom nicht an, während ich antworte.

Papa räuspert sich. »Äh … sag mal, hast du mir auf mein Salatbeet gekotzt?«

Scheiße. Das habe ich also tatsächlich. »Jap. Tut mir leid, ich mach's gleich weg«, sage ich zerknirscht und spüre, wie mein Gesicht tomatenrot anläuft.

»Ach, lass mal, essen will ich den jetzt eh nicht mehr und außerdem ziehen wir in ziemlich genau zwei Wochen schon um. Es gibt 'ne Menge zu tun am Haus, zum Beispiel müssen wir alle Wände streichen, zum Teil Teppiche verlegen oder den Holzboden abschleifen, wo er noch schön ist. Dabei brauche ich auf jeden Fall eure Hilfe. In zwei Wochen habt ihr eure Prüfungen alle hinter euch und dann sind bald Sommerferien, das passt also perfekt.«

Ich sitze nur da und kann nichts mehr sagen. Papa redet weiter, aber das kriege ich schon nicht mehr mit. Mein Kopf fühlt sich an wie in Watte gepackt. Die Ereignisse überrollen mich. Tom blickt mich besorgt von der Seite an. Seine Augen schauen so lieb, wie nur Toms Augen schauen können. Ich täusche ein Gähnen vor, das in ein gezwungenes Lächeln übergeht, und stecke mir eine große Gabel Rührei in den Mund. Ich will nicht an den gestrigen Abend denken, mich nicht damit konfrontieren. Wenn ich es täte, würde ich am liebsten sofort meine Sachen packen und weg von hier. Alles hinter mir lassen.

Der Montag verläuft weit weniger schlimm, als ich erwartet hatte. Vielleicht tuscheln einige hinter meinem Rücken, aber das stört mich herzlich wenig. Mit allen anderen hatte ich sowieso nie viel zu tun, was mir auch immer ganz recht war. Natalie und ich hatten den ganzen Vormittag getrennte Kurse. Wir haben komplett anders gewählt, Natalie hat überwiegend naturwissenschaftliche Fächer genommen, ich dagegen so viele »kreative« wie möglich, also Musik und Kunst zum Beispiel. Nur Französisch habe ich wegen ihr genommen, obwohl ich diese Sprache nicht ausstehen kann. Ich habe wohl gehofft, Natalie würde diese Opferbereitschaft anerkennen. Träumereien.

In der Pause sehe ich sie mit Lisa rumstehen. Das trifft mich und ich schaue weg. Sie hat sich das ganze Wochenende nicht bei mir gemeldet. (Nicht dass ich mich gemeldet hätte, ich habe nicht gewusst, was ich hätte sagen sollen.) Aber was habe ich eigentlich erwartet? Ich habe sie am Freitag in eine extrem unangenehme Situation gebracht. Sie einfach vor allen zu küssen! Um sie dann stehenzulassen, wo sie doch bei mir übernachten sollte. Ich bescheuerte, egoistische Kuh. Selber schuld, Lou, wenn sie jetzt nichts mehr mit dir zu tun haben will!, freut sich der kleine Dämon in mir. Ich setze meine Kopfhörer auf und suche mir auf dem Fußballrasen eine ruhige Ecke außerhalb der Schussbahn. Dort lege ich mich auf den Boden, lasse die Sonne in mein Gesicht scheinen und den Rest erledigen Billy Talent. Die Musik spült die Umgebung weg und alles ist gut. (Es soll ja funktionieren, wenn man es sich nur lange genug einredet.)

Bis ein Schatten auf mein Gesicht fällt.

Schnell richte ich mich auf und ziehe die Kopfhörer von meinen Ohren.

»Na.« Natalie lässt sich neben mir ins Gras fallen.

»Na.« Meine Stimme zittert.

»Sag mal ... was war denn das am Freitag?« So ist sie. Sie kommt immer direkt auf den Punkt, ohne Höflichkeiten oder Nebensächlichkeiten. Das heißt, wenn sie sich dazu entschließt, eine Sache überhaupt anzusprechen. Scheißescheißescheiße. Was mach ich jetzt? Ich krieg wieder mal einen Hitzeschub. (Wow, so stressig werden also die Wechseljahre.) Alles in mir zittert. Ich hole Luft, aber ich finde keine Worte. Endlich schaffe ich es, sie überhaupt anzusehen. Und sie? Sie sitzt da und lacht. »Sag bloß, du warst so zu, dass du dich an nichts erinnerst?«

Wenn sie lacht, zieht sie so süß ihre Nase kraus. Das bringt mich jetzt total aus dem Konzept. »Äh ...«

»Ehrlich jetzt?« Sie schaut mich forschend an.

»Ja«, sage ich mit fester Stimme. Eigentlich total überflüssig. Niemand kennt mich so gut wie Natalie. Sie merkt immer, wenn ich lüge. Aber jetzt scheint sie mir zu glauben. Oder sie will es glauben, weil es so einfacher ist, schießt es mir durch den Kopf. Aber andererseits ... Was ist falsch daran? Für mich ist es so ja auch einfacher. Meine Antwort habe ich ja wohl bekommen. Ich atme tief durch. »Warum? Hab ich was Blödes gemacht?«

Sie grinst. »Nee, vergiss es.«

Schweigen. Das war es also. Das Ende meiner Hoffnungen. Ich bin die beste Freundin. Nicht mehr, nicht weniger. Es ist okay, denke ich. Es tut weh, aber es ist besser, als sie ganz zu verlieren.

»Wie war dein restliches Wochenende?«, will sie wissen.

Ich beiße mir auf die Lippen. »Wir haben einen Bauernhof gekauft.«

Ruckartig dreht Natalie ihren Kopf zu mir. »Häh?«

Ich nicke. »In zwei Wochen ziehen wir um.«

Sie schaut fassungslos. »Was?! Schon? Und das sagst du mir so ganz lässig nebenbei?«

»Ich weiß es selbst erst seit kurzem.«

»Und wo zieht ihr hin?« Natalie schaut mich an, als wäre ich der merkwürdigste Mensch der Welt. Als wäre die einzige angemessene Reaktion auf den Umzug totales Entsetzen.

»Das ist so ein ganz kleiner Ort, ungefähr zweihundert Kilometer von hier. Ich muss sogar mit dem Bus zur Schule fahren. Wir ziehen schon so früh um, weil wir am Haus noch einiges renovieren müssen. Wenn dann alles in Schuss ist, will Papa Schafe kaufen und vielleicht auch Schweine. Stell dir vor, am Ende werden wir vielleicht sogar Biofleisch-Produzenten! Jedenfalls wäre das die Erfüllung von Papas Träumen oder so ähnlich.«

Jetzt schaut sie, als hätte ich nicht mehr alle Tassen im Schrank. »Zwei Wochen, ja? Na, da haben wir ja nicht mehr viel Zeit. Hast du schon einen Plan?«

Ich schaue sie fragend an. »Was denn für'n Plan?«

»Na, wie du aus der Scheiße rauskommst?«

Ich muss lachen. »Also eigentlich will ich da gar nicht rauskommen.«

»Du willst freiwillig an den Arsch der Welt ziehen? Und mich hier im Stich lassen?« Wir sind mittlerweile bei »völlig entgeistert« angekommen.

»Zufällig ist der Arsch der Welt echt schön«, sage ich und schnippe ein Steinchen von meinem Knie. »Und du kannst mich doch besuchen kommen, das verlange ich sogar! Oder ich komm hierher. So weit weg ist es nun auch wieder nicht.«

»Mhm.« Sie sieht echt schockiert aus. Das freut mich innerlich extrem. In dem Moment klingelt es und wir müssen uns beeilen, um nicht zu spät zur Deutschstunde zu kommen.

Die zwei Wochen vergehen wie im Flug. Jeden Tag verschwindet ein kleiner Teil meines Lebens in Umzugskartons. Viele Sachen schmeißen wir auch einfach weg. So trage ich schließlich nur noch die Hälfte aller meiner Besitztümer zum Bus, den Papa für heute gemietet hat. Natalie hilft mir dabei. In der letzten Woche haben wir noch mal alle Vorzüge des Stadtlebens, wie Natalie es ausdrückt, also Kino, Discos und Shopping, genutzt. Es war aber nicht mehr wirklich dasselbe wie vor jenem Abend auf der Party. Zumindest von meiner Seite aus fühle ich ständig, dass da etwas zwischen uns steht, auch wenn Natalie wie immer tut. Mit Erleichterung habe ich festgestellt, dass es mich immerhin etwas weniger getroffen hat, wenn sie von irgendeinem Typen geschwärmt hat. Manchmal denke ich sogar, ich hätte mir alles nur eingebildet und bei der Party hätte es wirklich hauptsächlich am Alkohol gelegen, dass ich sie geküsst habe. Aber ich ertappe mich immer noch dabei, wie ich sie zu lange ansehe. Von daher ist es wahrscheinlich das Beste, jetzt erst mal Abstand zwischen uns zu bringen.

Natalie bleibt mitten auf der Straße stehen und winkt uns nach. Sie wird immer kleiner, bis sie ganz verschwunden ist. Zum Glück sitze ich alleine auf der Rückbank, so dass weder Papa noch Tom meine Tränen sehen.

4

JE LÄNGER wir fahren und je näher wir unserem Ziel kommen, desto mehr scheine ich gedanklich in mein »neues« Leben hineinzurutschen. Ich denke noch mal so intensiv an jeden aus meiner Klasse, wie ich das noch nie getan habe, und ich bin echt überrascht, wie viel mir zu Leuten einfallen kann, die ich kaum kenne. Dass jeder von ihnen noch einen Platz in meinem Leben und in meinen Erinnerungen besetzt und ich das nicht ändern kann, ob mir das passt oder nicht. Und dass ich es auch nicht ändern kann, wenn sie alle mit der Zeit aus meinem Leben rausfallen, weil ich sie vergesse.

Ich gehe noch weiter zurück und erinnere mich an Kindergartenzeiten, an Tom und mich, und schließlich kommen die Erinnerungen, an die ich mich sonst nie herantraue. Manchmal habe ich den Eindruck, je mehr ich an diese Momente denke, desto mehr Gefühl wird in ihnen gespeichert. Und immer, wenn ich die Erinnerungen in meinem Kopf nicht zurückhalten kann, kommt mit ihnen die Angst, dass sie irgendwann unaushaltbar sein werden.

Es stimmt nicht, dass alles besser wird mit der Zeit. Es wird anders, aber das heißt eben nicht *besser*. Vielleicht geht es Papa und Tom genauso, denn es ist ganz still in unserem Auto, es läuft nicht mal Musik. Wir sind alle zusammen und doch jeder für sich. Ich weiß genau, wie anders das wäre, wenn Mama hier mit uns sitzen würde. Sie hätte fünf Minuten nach der Abfahrt schon die Brötchen ausgepackt. Sie hat es nie erwarten können, uns ihre liebevoll gefüllten Tupperboxen zu geben und unsere Freude darüber zu sehen. Dann hat sie immer so getan, als wäre das nun wirklich »nichts Besonderes«, das hätte sie doch nur »schnell zusammengewürfelt aus den Sachen im Kühlschrank, die noch verbraucht werden mussten«.

Es war aber etwas Besonderes. Während wir durch unser Viertel gefahren wären, hätte sie nach links und rechts gezeigt und sich erinnert, an alles Mögliche, Gutes und Schlechtes, und wir alle hätten erzählt, was unsere Zeit hier für uns ausgemacht hat, woran wir uns immer erinnern und was wir lieber vergessen würden. Es wäre nicht still gewesen im Auto. Sie hätte sich zu Tom und mir umgedreht und uns die Angst vor der neuen Schule wegerzählt mit ihren Träumen von unserem neuen Leben. Der Knoten in meinem Magen, die Ungewissheit darüber, wie mein neues Leben aussehen würde, hätte sich gelockert und ebenso der bei Tom, von dem ich ganz sicher weiß, dass er ihn auch hat, auch wenn er es nicht zeigt.

Ich betrachte seinen Hinterkopf. Das ist seine Taktik. Er lässt solche Dinge einfach nicht an sich heran, er glaubt nicht an diese Angst. Manchmal denke ich, er hat keine Wurzeln. Setz ihn an einen neuen Ort und er wird nichts vom Alten so sehr vermissen, wie wenn man ihn hätte ausreißen müssen. Trotzdem mag er jemanden immer ehrlich und immer bedingungslos. Ich glaube, was ihn und mich unterscheidet, ist, dass er akzeptiert hat oder zu akzeptieren versucht, dass nichts für immer bleibt und dass es weniger schmerzhaft ist, wenn man nicht so sehr an anderen und anderem hängt. Ich frage mich, wie das, wie *er* wohl heute wäre, würde Mama mit uns in diesem Auto sitzen.

In meinem neuen Leben regnet es. Es ist schon dunkel, als wir ankommen, weil Papa sich komplett verfahren hat. Die Karte, die wir im Auto haben, ist uralt und ein Navi haben wir auch nicht. So hat die Fahrt schließlich fast doppelt so lange gedauert. Stört uns aber nicht, die Stimmung im Auto ist top, als Papa vor dem Haus hält. Wir schnappen uns das Nötigste und rennen zum Eingang. Tom ist als Erster drin und drückt auf den Lichtschalter. Nichts passiert. Mit seinem Handylicht verfolgt er das Kabel vom Schalter weg. Nach ungefähr 30 Zentimetern ist das Kabel zu Ende. Keine Birne. Nur farbige Drähte.

»Nee, oder?«

»Ich habe euch doch gesagt, dass noch einiges gemacht werden muss«, sagt Papa zögernd. Er ist als Letzter reingekommen und hat die schwere Haustür mit einem lauten Rumsen zufallen lassen.

Zu dritt holen wir unsere Handys raus und versuchen irgendetwas zu erkennen. Alles, was ich sehen kann, ist ein ziemlich ramponierter Holzdielenboden. Zum Teil fehlen sogar Stücke davon.

Papa räuspert sich. »Äh, am besten schlafen wir in der Küche, die ist vor kurzem neu gemacht worden.« Er geht voraus und Tom und ich folgen ihm langsam und vorsichtig. Auf dem Küchenboden legen wir unsere Schlafmatten und Schlafsäcke aus.

»Bei Tageslicht sieht alles bestimmt ganz anders aus«, murmelt Papa, bevor er und Tom einschlafen. Sie schnarchen leise. Und ich liege zwischen ihnen und höre dem Regen zu, wie er gegen das Fenster prasselt.

....

.... *Sie haben nicht verstehen können, wie sie ihr Leben in eine einzige mittelgroße, dazu noch ausgerechnet diese stark abgenutzte Reisetasche packen konnte. Ob sie denn nicht mehr brauche? Sie hatte nichts anderes erwartet, sondern genau diese Frage. Dabei ist das Leben doch nichts, was man einfach einpacken und mitnehmen kann. Irgendwie ist es traurig, nicht mehr zu erwarten. Obwohl es warm im Zug ist, sie im vollen Großraumwagen sitzt und draußen die tief stehende Sonne scheint, friert sie und verschränkt deshalb ihre Arme vor der Brust. Seit einigen Minuten steht der Zug nun schon bewegungslos auf den Gleisen. Ohne Vorwarnung donnert ein anderer Zug im Schnelltempo an ihnen vorbei, er kommt aus der Richtung, die hinter ihr liegt. Sie denkt plötzlich, dass sie keine Zeit gehabt hätte, wäre der Zug auf ihrem Gleis gekommen. Sie hätte ihn nicht gesehen. Weder Zeit gehabt für Angst, noch, um zu bereuen oder um Schmerz zu fühlen.* ....

....

Am nächsten Morgen sieht zwar wirklich alles anders aus, aber ob es auch besser aussieht, ist Ansichtssache. Ja, das Haus ist wirklich der Wahnsinn. Es ist riesig. Neben je einem Zimmer für Tom, Papa und mich bleiben noch weitere drei übrig. Wir haben einen großen Dachboden, einen Keller, zwei Badezimmer und ein großes Wohnzimmer mit Terrasse.

Am schönsten finde ich, dass das ganze Haus total verwinkelt ist. Immer wenn man denkt, jetzt ist das Haus zu Ende, macht der Flur eine Biegung und es kommen noch mehr Zimmer zum Vorschein. Die Decken sind schief und die Böden sind in jedem Zimmer auf einer anderen Höhe. So viel zu den Grundmauern. Den Rest kann man vergessen, zumindest auf den ersten Blick. Überall blättern die Tapeten ab, in den Badezimmern fallen die Fliesen von den Wänden, die Badewanne hat einen großen Sprung, sämtliche Holzböden müssen abgeschliffen, lackiert oder ganz ersetzt werden und Steckdosen und Glühbirnen fehlen fast überall. Außerdem sieht es so aus, als hätte hier vor kurzem jemand eine rauschende Party gefeiert, danach aber freundlicherweise wenigstens den Müll beseitigt.

Möbel sind auch keine da, jedenfalls dachten wir das zuerst. Nachdem Papa sich ziemlich aufgeregt hatte (»Die haben mir verdammt noch mal versichert, dass das Haus möbliert ist!«), fanden wir sie schließlich. Sorgfältig aufgestapelt im Hühnerstall. Wir feiern den Fund erst mal mit einer warmen Cola aus unserem Auto und freuen uns, dass wir die Möbel nicht selber aus dem Haus tragen müssen und so gleich mit dem Renovieren anfangen können. Always look on the bright side of life. Oder so.

Wir nehmen uns nicht die Zeit die Gegend anzugucken, sondern fangen gleich an. Es ist verdammt harte Arbeit. Beinahe eine ganze Woche geht allein damit drauf, die alten Tapeten von den Wänden zu reißen. Zwischendurch fährt Papa zum Baumarkt und kommt mit Schleifgeräten zurück, mit denen wir die zweite Woche verbringen. In der dritten Woche sind schließlich die Badezimmer dran. Ich weiß nicht, wie viele Stunden ich schon dagestanden und die alten Badezimmerfliesen von den Wänden geschlagen habe, als Tom am frühen Abend reinkommt und mich fragt, ob wir zusammen die Gegend erkunden wollen. Sofort lasse ich das Werkzeug fallen, woraufhin Frankie erschrocken einen großen Satz macht. Er hat mir bei der Arbeit Gesellschaft geleistet, sprich gedöst. Ohne mich umzuziehen, beeile ich mich in meinen verstaubten Arbeitsklamotten nach draußen zu kommen. Abwechslung, hallo!

Natürlich haben Tom und ich unsere Mofas mitgenommen. Sie sind unsere Heiligtümer. Als wir sie vor ungefähr einem Jahr gekauft haben, mussten wir sie erst etwas aufpeppen und neu lackieren. Ich meins in Rot und Tom seins in Blau.

Ich setze meinen Helm auf und wir fahren los. Ziemlich lange ist keine Zivilisation in Sicht, als wir die Straße entlangfahren. Ab und zu mal ein allein stehendes Haus, aber das war's dann auch schon. Ich fahre hinter Tom her. Die Sonne scheint mir ins Gesicht und der Fahrtwind bläst durch mein T-Shirt. In diesem Moment ist einfach alles gut. Ich strecke meine Beine aus und muss auf einmal lachen. Die Welt ist gerade so wunderschön, ich kann mir kaum vorstellen, dass es irgendwann wieder anders aussehen wird. Links und rechts des Weges wächst hohes Gras, hinter uns liegt der Wald. Ich gebe Gas, so viel, wie man mit dem Mofa halt geben kann, und hole Tom ein, als wir schließlich das kleine Dorf erreichen.

Es ist wirklich winzig. Wir fahren bis zum großen Platz in der Mitte des Ortes. Dort befindet sich die Bushaltestelle, von der aus der Bus in die nächstgrößere Stadt fährt. Den werden wir auch nehmen müssen, wenn wir nach den Ferien in ebendieser Stadt zur Schule gehen. Eigentlich hatten wir nicht vor jetzt dorthin zu fahren, aber wir merken ziemlich schnell, dass hier im Dorf nichts los ist. Es gibt nur einen kleineren Supermarkt, eine Apotheke und ansonsten Wohnhäuser. Das war's. Wir kaufen uns also ein Eis im Supermarkt und setzen uns, nachdem wir festgestellt haben, dass der Bus nur alle zwei Stunden fährt, auf den Brunnenrand. »Wie geht's eigentlich Natalie?«, fragt Tom und schaut mich prüfend von der Seite an.

Ich tue ganz beschäftigt mit meinem Eis. Gefrorenes Zuckerwasser mit Orangen- und Zitronengeschmack, das in der Sonne viel zu schnell schmilzt und mir über die Hand zu laufen droht. »Gut, denke ich. Hatte noch nicht so die Zeit, ihr zu schreiben.«

Tom runzelt die Stirn. »Habt ihr euch gestritten?«

»Nee, alles gut.« Jetzt ist es passiert. Der klebrige Saft rinnt meine Hand hinunter. Ich schiebe mir den letzten Rest Eis in den Mund, damit es nicht weiter zerläuft. Und damit ich nichts mehr sagen muss. Nützt aber nichts. Tom wartet einfach, bis ich runtergeschluckt habe. Wir haben ja Zeit. Und er wäre nicht Tom, wenn er nicht sowieso noch einmal darauf zurückkommen würde.

»Du weißt, du kannst mir alles sagen, ja? Also, wenn es dir schlecht geht oder so.«

Ich blicke zu Boden. »Warum sollte es mir schlecht gehen?«

Tom schaut mich wissend an. Das macht mir Angst. Ich hatte fast vergessen, wie gut er mich kennt. Besser als jeder andere. Sogar besser als Natalie. Plötzlich schäme ich mich, dass ich ihm nie von der Sache mit Natalie erzählt habe. Wovor hatte ich denn Angst?

Tom beugt sich leicht vor, versucht meinem Blick zu begegnen. »Wieso hast du mir nie gesagt, dass du sie magst? Du hast mir sogar geholfen, als ich was von ihr wollte, weißt du noch?«

Klar weiß ich das noch. Es war schrecklich, zwischen den beiden zu stehen. Glücklicherweise sind sie kein Paar geworden. (Ja, das klingt fies, ich weiß.) Ich glaube, das wäre extrem merkwürdig für mich gewesen. Wenn die beiden Menschen, die mir am nächsten stehen, sich plötzlich gegenseitig noch näher sein können als ich ihnen. Natalie hat zum Glück immer gesagt, Tom wäre einfach nicht ihr Typ, aber eigentlich ist er eine sehr viel bessere Version der Jungs, mit denen sie sonst zusammen ist.

Toms Direktheit löst eine Gedankenlawine in meinem Hirn aus. Er hat es die ganze Zeit gewusst! Vermutlich auch schon vor jenem Abend auf der Party. Plötzlich wird mir auch klar, weshalb er so ungewöhnlich schnell wieder von Natalie abgelassen hatte, obwohl es sicher nicht mehr viel gebraucht hätte, bis sie doch noch zusammengekommen wären. Aber wenn *er* es gemerkt hat, wer dann noch?

»Ist es so offensichtlich?«

Er grinst. »Also, für mich schon, ich bin ja auch dein Bruder«, sagt er augenzwinkernd. »Aber ich glaube, Natalie weiß es nicht.«

Ich starre ihn an. Ist es möglich, dass er nichts von der Szene auf der Party mitbekommen hat? Ich puste mir eine

Haarsträhne aus dem Gesicht. »Weißt du noch die Party, die letztens bei Vincent war?«

Er nickt, aber unterbricht mich nicht. Ich erzähle ihm, was passiert ist. Danach sitzen wir eine Weile still da und ich starre auf meine Schuhe. Das Erzählen hat mir diesen Abend noch einmal mit allen Details in Erinnerung gerufen. Ich denke an Natalie, wie ihre wunderschönen Haare beim Tanzen durch die Luft gewirbelt sind, ich denke an ihre weichen Lippen.

In meinem Hals bildet sich ein großer Kloß. Ich bin noch lange nicht so weit über sie hinweg, wie ich es gerne hätte. Tom merkt das und er zieht mich an sich. Ich atme seinen Duft ein, den Geruch seines Shampoos und den ganz speziellen Tom-Duft. Ich bin so froh ihn zu haben. Was würde ich bloß ohne ihn tun?

Dann hören wir den Bus kommen und stehen auf. Tom klopft mir auf den Rücken. »Hey …« Er schaut mich streng an. »Wehe, du schnappst mir jetzt die ganzen Mädels weg, dann kriegst du ein Problem!«

Ich boxe ihm in den Oberarm. Wir lachen beide noch, als wir schon im Bus sitzen. Zum ersten Mal seit langer Zeit fühle ich mich echt erleichtert und irgendwie total frei.

Wir kommen relativ spät wieder nach Hause. Die Stadt hat sich als größer herausgestellt, als wir erwartet hatten. Tom war sehr spendabel und hat mich zu einer Cola und ins Kino eingeladen. Wir haben uns einen Film angeschaut, den wir beide schon lange sehen wollten. Was, wie man sagen muss, selten genug vorkommt, denn normalerweise können wir uns nie auf den gleichen einigen. Es war ein wunderschöner

Abend, daran ändert auch das leichte schlechte Gewissen nichts, weil Papa ziemlich besorgt war, da er nicht wusste, wo wir so lange abgeblieben waren. Der Ärmste hat doch tatsächlich den ganzen Abend im Badezimmer gesessen und meine Fliesen abgeschlagen, während ich es mir habe gut gehen lassen.

Von dem Essen auf ihrem Teller wären vier Leute satt geworden. Das denkt sie, aber sie sagt nichts. Vor allem deshalb, weil es genauso schmeckt, wie es aussieht. Liebevoll zubereitet. Es gibt zwei Arten Spaghetti. Die Fertigspaghetti aus dem Karton, inklusive Käse und Soße. Oder solche wie diese hier. Es fällt ihr nur schwer, sich auf die ganzen Fragen zu konzentrieren, die auf sie einprasseln. Jetzt, da alles zwar fremd, aber doch so warm und beruhigend ist, legt sich die Müdigkeit wie ein bleiernes Tuch auf ihre Schultern. Sie ist erleichtert, als sich die Runde in der Küche schließlich auflöst. Ihr Kopf ist so leer, dass es ihr nicht schwerfällt schnell einzuschlafen. Kurz danach kommt noch mal jemand in ihr Zimmer und öffnet das Fenster, so dass der laue Sommerabendwind durch die blauen Vorhänge weht, und streicht ihr sanft über die Wange. Doch das alles bekommt sie nicht mehr mit.

Die Tage und Wochen verfliegen in einem unglaublichen Tempo. Obwohl es immer wärmer wird und die Arbeit dadurch anstrengender, kommen wir gut voran. Endlich ist mein Zimmer fertig und ich kann richtig einziehen. Ich habe das schönste erwischt. Es ist das letzte des langen Flurs, der durch das obere Stockwerk führt. Weil es direkt unter dem Dach liegt, ist die Decke sehr hoch und schräg, was das Zimmer viel größer erscheinen lässt, als es eigentlich ist. Auch mit meinen neuen Möbeln, von denen die meisten aus der Sammlung im Hühnerstall stammen, kann ich zufrieden sein. Mein Bett, ein Metallgestell, hat Tom extra noch in Schwarz umlackiert, meiner Lieblingsfarbe. Habe ich schon erwähnt, dass mein Bruder der Beste ist?

5

TOM UND ICH haben genau einen Tag Zeit, unsere Zimmer einzurichten, dann geht schon wieder die Schule los. Früher war die Schule praktisch bei uns um die Ecke, jetzt muss ich fast eine Stunde früher aufstehen, was mir als Langschläfer und Morgenmuffel enorm schwerfällt. Tom, der Glückspilz, muss heute erst eine Stunde später los.

Ganz knapp erwische ich den Bus. Er ist schon völlig überfüllt mit Schülern. Es ist wahnsinnig stickig hier drin und laut. Ich kann richtig spüren, wie sich eine dünne klebrige Schicht auf meine Haut legt. Warum nur habe ich mich vorhin für die langen grauen Jeans entschieden? Kurze Hosen mag ich zwar nicht so, aber sie wären heute angebracht gewesen. Scheinbar haben alle wahnsinnig aufregende Ferien gehabt, überall stehen und sitzen Grüppchen zusammen und reden durcheinander. Ich finde einen Stehplatz direkt neben der Tür und werde bald eingequetscht zwischen einem Mädchen in meinem Alter mit langen roten Rastazöpfen und einem großen, breiten Mann, der wie ein Anwalt oder Banker aussieht. Er steigt nach zwei Stationen aber schon wieder aus, so dass ich freie Sicht aus dem Fenster habe. Die grüne Landschaft fliegt vorbei und immer öfter tauchen größere Gebäude auf. Nach ungefähr einer halben Stunde hält der Bus direkt vor der Schule.

Meine neue Schule ist unerwartet viel größer als meine bisherige. Ich glaube, es kommen über zweitausend Schüler aus der ganzen Umgebung hierher. Mein Herz klopft mit jedem Schritt lauter. Vor dem großen Eingang zum Schulhof bleibe ich stehen und krame meinen Stundenplan hervor. In fünf Minuten habe ich Mathe in Raum 39. Ich schaue auf. Das Schulhaus besteht aus zwei größeren Gebäuden. Na toll. Und in welchem ist jetzt Raum 39? Genau in dem Moment geht das Mädchen mit den Rastazöpfen an mir vorbei. Ich schnappe meine Tasche. »Hey! Sorry, kannst du mir vielleicht kurz helfen?«

»Jo, was denn?« Sie scheint es gar nicht eilig zu haben zum Unterricht zu kommen. Kaugummi kauend und betont cool erklärt sie mir, dass in dem etwas größeren Gebäude Fächer wie Mathe, Deutsch und Fremdsprachen stattfinden und in dem anderen die Naturwissenschaften sowie Musik und Kunst.

»Ah, okay, vielen, vielen Dank!«

Sie nickt nur. Ich lege einen Zahn zu und stehe schließlich vor dem richtigen Raum.

Obwohl es schon geklingelt hat, ist kein Lehrer zu sehen. Ich vertrödele noch etwas Zeit und suche mein Handy in meiner Tasche, stelle es einmal auf laut und dann zurück auf lautlos. Das ist ein Tick von mir, wenn ich beschäftigt wirken will (besonders mir selbst gegenüber), sprich extrem nervös bin, oder wenn ich nicht sicher bin, ob es wirklich lautlos gestellt ist.

Zur Beruhigung denke ich an David Bowie und an seinen Satz »Turn and face the strange«. Ich glaube, er meinte damit, dass man sich Neuem und Fremdem stellen soll, denn alles, was einem zuerst fremd ist und Angst macht, kann positive Veränderung enthalten, Inspiration, neue Erfahrungen, auf jeden Fall aber ein Vorankommen. Er hat sich wohl oft mit Dingen beschäftigt, die ihn zunächst gar nicht interessierten, einfach um sich überraschen zu lassen, wo diese Dinge ihn hinführen würden. Diese Einstellung finde ich extrem beeindruckend und ich versuche sie auf mich zu übertragen, jedenfalls immer dann, wenn ich mich dazu durchringen kann. Ich glaube, Bowie war dann doch noch ein großes Stück mutiger als ich. So oder so macht mir sein Satz aber Mut.

Endlich wage ich es und stelle mich in den Türrahmen. Mein Herz klopft immer noch wie blöd, als ich meinen Blick schweifen lasse. Ich ärgere mich darüber, denn so ein Drama ist es nun wirklich nicht, einen Platz in einer Klasse voller fremder Leute zu finden. Trotzdem fühle ich mich wie ausgestellt, obwohl kaum jemand überhaupt bemerkt, dass ich reingekommen bin. Schließlich entdecke ich einen leeren Platz in der zweiten Reihe. Daneben sitzt ein blondes Mädchen auf dem Tisch. Auf meine Frage, ob hier noch frei sei, mustert sie mich von oben bis unten. Komplett schamlos.

»Nee, sorry, da sitzt Anna. Aber dahinten bei den Zwillingen ist was frei.«

Also gehe ich nach hinten, stelle meine Tasche auf den Tisch und frage höflich noch mal nach, ob es in Ordnung ist, wenn ich mich hierhin setze.

Die Zwillinge, zwei absolut gleich aussehende Mädchen,

lächeln mich an. Erleichtert lasse ich mich auf den Stuhl fallen.

»Hi, ich bin Tina«, sagt die eine, als ich noch darüber nachdenke, ob ich mich vorstellen soll oder ob das sowieso keinen interessiert. Mag sein, dass ich so einige Komplexe habe, wenn es darum geht, neue Leute kennenzulernen.

»Und ich Bianka«, sagt die andere und lächelt mich an. Ein ehrliches Lächeln, stelle ich fest und bin erleichtert. Ich schaue zwischen den beiden hin und her und versuche abgesehen von ihren unterschiedlichen Klamotten ein Unterscheidungsmerkmal zu finden. Vergeblich. Sie müssen beide lachen. Sogar das klingt gleich.

»Keine Angst, du wirst noch merken, dass wir uns ganz und gar nicht ähnlich sind«, beruhigt mich Tina.

Ich grinse. »Ich bin Luna, besser Lou.«

»Willkommen Luna-besser-Lou«, sagt Bianka lächelnd.

Dann kommt die Lehrerin herein und stellt mich den anderen vor, die mich von oben bis unten und links nach rechts mustern, während mein Blut eine Generalversammlung in meinem Gesicht abhält. Danach fängt sie zum Glück mit dem Unterricht an und die Aufmerksamkeit der Klasse fällt wieder von mir ab. Nur Tina hat noch keinen einzigen Blick nach vorne geworfen. Seit Beginn des Unterrichts zeichnet sie vor sich hin, extrem gut sogar, während Bianka konzentriert zuhört und alles ordentlich aufschreibt. Na ja, ist ja auch praktisch, wenn man eine Schwester hat, bei der man sich hinterher einfach eine Kopie machen kann.

Mein klopfendes Herz beruhigt sich die ganze Stunde lang nicht. Ich halte meinen Kopf möglichst gesenkt, um erst mal die allgemeine Lage abzuschätzen. So viel wie in dieser ersten Stunde habe ich noch nie vom Schulstoff mitbekommen. Hätten wir in dieser einen Stunde den gesamten Abi-Stoff durchgenommen, müsste ich mir diesbezüglich keine Sorgen mehr machen. Und das, obwohl mir tausend Gedanken parallel durch den Kopf rasen.

Ich denke an Natalie, die genau jetzt in unserem alten Klassenzimmer sitzt. Wahrscheinlich hat sie ihre Haare locker zusammengebunden, wie in jedem Fach, in dem sie sich Mühe geben will. Wahrscheinlich sitzt jetzt irgendjemand anderes oder vielleicht auch niemand neben ihr und würdigt die eigenwilligen Haarsträhnen keines Blickes, die nach und nach aus dem Zopf herausfallen. Geschichte haben sie jetzt, das sind immer geniale Stunden gewesen. Im Nachhinein jedenfalls, wahrscheinlich male ich mir die gerade viel schöner aus, als sie wirklich waren. Mir fehlt irgendetwas Vertrautes. Ich fühle mich wie ausgesetzt, auf Glatteis. Und in meiner alten Klasse, neben Natalie ... da hätte ich ganz genau gewusst, wie ich nicht hinfalle.

Aus Angst, jetzt etwas Falsches oder Peinliches zu tun, bin ich wie erstarrt. Vorsichtig schiele ich zu meinen beiden Sitznachbarinnen hinüber, die vertieft über ihrem Skript/ihrer Zeichnung sitzen. Ob ich nachher einfach mit ihnen mitgehen soll? Tue ich es nicht und sie fordern mich dazu auf, dann ist alles gut. Tue ich es und merke irgendwann (je später, desto schlimmer), dass ich ihr unwillkommenes Anhängsel geworden bin, dann war es das mit dem kläglichen Rest meines Selbstbewusstseins und meiner Chance auf Anschluss in dieser Schule. Tue ich es nicht und sie tun nichts, dann passiert nichts und das vielleicht nie. Ist es eigentlich nur für mich so schwierig, Freunde zu finden?

Vielleicht bin ich wirklich »komplouziert«, wie Natalie angesichts meiner viel zu komplexen Gedankengänge immer zu sagen pflegte.

Bianka dreht den Kopf zu mir und lächelt mich an, ganz offen und ehrlich, und durchbricht damit für einen Moment mein Gedankenlabyrinth. Sie tippt auf ihr Skript, auf die Stelle, an der wir gerade sind. Ich forme ein stummes »Danke« mit meinem Mund, meine aber gar nicht den Unterricht. Ich habe tatsächlich trotz des ganzen Chaos im Kopf nicht den Faden verloren.

Zur Ablenkung schaue ich mich in der Klasse um, bedacht darauf, niemanden anzustarren. Nur bei Tina kann ich nicht verhindern, dass mein Blick hängenbleibt. Ihr flippiger, bunter Klamottenstil bildet einen ziemlichen Kontrast zu dem der anderen. Ihr Outfit besteht aus einer knallroten Pluderhose, dem T-Shirt einer Band, die ich nicht kenne, und einer Lederjacke mit großen Nieten, bei der ich mich frage, wie die bei dem heutigen Wetter überhaupt tragbar sein kann. In ihren langen braunen Haaren verstecken sich ein paar kleine Zöpfe. Wo andere noch bunte Bänder oder etwas in der Art mit hineingeflochten hätten, sind es hier kleine silberne Perlen. Man sieht sofort, dass diese Zöpfe nicht dazu dienen, ihrer Trägerin Aufmerksamkeit zu verschaffen, denn nur wer sowieso schon genauer hinschaut, wird davon überrascht werden. Ich bewundere sie sofort für diese Einzigartigkeit und kann sie gleichzeitig deswegen irgendwie nicht ausstehen. Aus purem Neid.

Ich habe mich schon lange nicht mehr so richtig *echt* gefühlt. Es gab eine Zeit, in der das anders war und ich, genauso wie Tina vielleicht auch, gerne aufgefallen bin. Es war eine Zeit, in der mir nicht egal war, wie ich rumgelaufen bin. Jedenfalls längst nicht so egal wie jetzt. Doch irgendwann habe ich das Gefühl verloren, das mich inspiriert hatte und wodurch ich immer wusste, wer ich bin und was ich sein will. Es ist, als wäre ich dadurch, dass ich, was ich war, nach außen tragen konnte, ganz gewesen.

Heute ist es eher ein Gefühl, in der Masse unterzugehen und sowieso nicht groß beachtet zu werden. Und ein bisschen beachte ich mich auch selbst nicht mehr. Ich fühle mich zwar wohl, aber längst nicht mehr so *ganz* wie damals. Irgendwoher sind plötzlich Zweifel gekommen. Wenn ich jetzt Tina beobachte, wie sie sich so vollkommen wohlfühlt, so eins mit sich zu sein scheint, ahne ich wieder, wie sich das angefühlt hat, und fühle mich noch ein bisschen grauer als sonst.

»Ich verstehe echt nicht, wie du das genießen kannst, wo du doch genau weißt, was bei der ganzen Massentierhaltung und der Schlachtung abgeht! Die meisten von den armen Viechern haben doch noch nicht mal richtig leben können, bevor sie schon wieder ermordet wurden.« Tina schüttelt den Kopf. »Ist doch einfach nur eklig!«

Sie pustet sich eine Haarsträhne aus dem Gesicht und schaut zu mir. Meine ganzen Befürchtungen waren vollkommen unnötig. Nach dem Unterricht hat Tina ihre Tasche geschultert und mich dann durch ein schlichtes Winken aufgefordert ihr zu folgen.

»Stimmt doch, oder?« Tina wartet immer noch auf meine Antwort.

Ich schaue zu Bianka. Sie verdreht die Augen. Die Arme

muss sich das sicher nicht zum ersten Mal anhören. Noch ein Unterschied zwischen den beiden: Während Tina, wie ich auch, Vegetarierin ist, hat Bianka gerade genüsslich in ihr Schinkensandwich gebissen.

Ich nicke vorsichtig. »Ich finde schon, dass du recht hast. Aber ich denke, man sollte niemanden dazu überreden, Vegetarier zu werden. Zu dem Thema sollte sich jeder informieren und dann seine eigene Meinung bilden.«

Bianka schaut mich dankbar an. Puh, solche Diskussionen habe ich auch schon zur Genüge gehabt. Aber zickig wirken will ich auch nicht.

Ich überlege kurz. »Ich meine, genauso unnatürlich wie der übermäßige Fleischkonsum und die grauenhafte Behandlung der Tiere wäre es, wenn kein Mensch mehr Fleisch essen würde. Der Mensch ist ursprünglich ja, unter anderem, ein Fleischfresser. Das Problem ist, dass wir das Maß und den Respekt vor dem Tier völlig aus den Augen verloren haben.«

Nach meinem Plädoyer ist es erst mal einen Moment still. Schließlich nicken beide und sagen genau gleichzeitig: »Stimmt.«

Als sie es merken, müssen wir alle drei lachen.

Bianka klopft mir auf die Schulter. »Ich finde, du solltest bei uns bleiben, dann haben wir immer eine dritte, schlichtende Meinung, wenn wir zwei Sturköpfe aneinandergeraten.«

Ich grinse, erleichtert darüber, dass ich tatsächlich nicht nur toleriert, sondern schon akzeptiert worden bin. »Gerne doch.«

Am Nachmittag fällt eine Stunde aus und Bianka und Tina führen mich auf dem Schulgelände herum. Es ist wirklich alles viel größer als an meiner alten Schule. Ich fürchte, es wird einige Zeit dauern, bis ich hier alles finde, ohne mich zu verlaufen. Zum Glück habe ich die zwei, an die ich mich hängen kann. Während unseres Rundgangs sehe ich Tom. Er sitzt zwischen mehreren Jungs, die sich scheinbar um ihn versammelt haben, als wäre er ihr absolutes Idol. Sieht so aus, als ob mein Bruder hier genauso gut ankommt wie auf unserer alten Schule. Wie er das wohl in so kurzer Zeit geschafft hat? Als er mich bemerkt, hebt er kurz seine Hand.

Bianka fallen fast die Augen aus, als sie ihn sieht. »Woher kennst du *den* denn? Und wer ist das überhaupt? Kann doch nicht sein, dass ich den bisher übersehen habe!«

»Das ist mein Bruder«, sage ich cool. Ich kenne Reaktionen wie die von Bianka nur zu gut. Ich weiß nicht, was es genau ist, aber irgendwie scheint Tom den Menschen immer gleich aufzufallen und sie anzuziehen. Bianka jedenfalls schaut immer wieder zu ihm zurück, als wir schon längst weitergegangen sind.

Der Rest der Woche verläuft relativ ereignislos. Zu Hause schließen wir endlich die letzten Arbeiten am Haus ab, so dass wir fürs Erste darin wohnen können, ohne jeden Tag irgendetwas reparieren oder improvisieren zu müssen.

Außerdem richten wir noch den Hühnerstall her. Bald können hier ein paar Hühner einziehen. Aber mehr Tiere werden wir uns wohl vorerst nicht zulegen, der Plan mit der Biofleisch-Zucht wurde erst mal auf unbestimmte Zeit verschoben, wenn es ihn denn je wirklich gab. Papa hat ein extrem gutes Angebot als Werbetexter (seinem eigentlichen Beruf) in der Stadt angenommen, ein Job, bei dem er sehr viel zu Hause arbeiten kann. So kann er gleichzeitig hin und wieder bei unseren Nachbarn auf dem Hof mitarbeiten und sich ein wenig das nötige Know-how aneignen. Er wirkt glücklicher als je zuvor und geht komplett in seinem neuen Leben auf. Sein bisher größtes Werk ist der riesige Gemüsegarten, den er vollständig umgepflügt und neu bestückt hat. Dabei ist der bestimmt fünfmal so groß wie der vor unserem alten Haus.

Auch mein Bruder hat sich schnell eingelebt. Innerhalb kürzester Zeit hat er sich einen großen Freundeskreis aufgebaut, jede Menge Verehrerinnen angelacht und ist dem hiesigen Fußballclub beigetreten.

Und ich? Ich sehe zum ersten Mal seit Wochen Natalie wieder, nachdem sie die ganzen Ferien über in der Türkei gewesen ist. Wenn auch nur über Skype, nachdem Tom unser WLAN installiert hat. Mein Herz klopft wie verrückt, als ich ihren Anruf entgegennehme. Es kommt mir vor, als wäre es Jahre her, seit wir das letzte Mal miteinander gesprochen haben, dabei waren es doch nur ein paar Wochen. Es dauert einen Moment, dann sehe ich sie. Ein bisschen unscharf. Aber sie ist trotzdem noch schöner, als ich sie in Erinnerung habe, schießt es mir sofort durch den Kopf. Egal! Schnell schiebe ich den Gedanken zur Seite.

»Hey«, begrüße ich sie strahlend.

Sie strahlt zurück. Die erste Viertelstunde begrüßen wir uns wieder und wieder und versichern uns, wie sehr wir uns fehlen. Dann fragt sie mich, ob bei mir alles in Ordnung und wie denn überhaupt alles so sei. Ich laufe mit meinem Laptop einmal durchs ganze Haus und zeige ihr alles. Virtuelle Hausbesichtigung sozusagen. Ich erzähle ihr von der Schule und von den Hühnern, die wir bald bekommen.

Als ich ihr von Tina und Bianka berichte, meine ich zu sehen, dass sie kurz die Stirn runzelt. »Das ist ja cool, dass du so schnell Anschluss gefunden hast. Freut mich echt.«

Seltsamer Unterton. Ich schaue sie prüfend an.

»Es freut mich wirklich«, sagt sie schnell. »Aber es ist nun mal alles anders hier ohne dich. Langweilig. Du fehlst mir echt sehr.«

Das wiederum freut mich extrem und mein breites Grinsen, das ich irgendwie zu verstecken versuche, ist ihr bestimmt nicht entgangen. Wir machen aus, dass sie mich so bald wie möglich besuchen kommt. Doch wie sinnlos so ein undefiniertes »bald« ist, sollten wir erst im Laufe der Zeit merken.

Ihre Füße baumeln in der kühlen Abendluft. Sie sitzt auf dem äußeren Fensterbrett, trotz ihrer Höhenangst. Vorsichtig senkt sie den Blick, darauf bedacht, den Oberkörper nicht zu weit nach vorne zu beugen, um das Gleichgewicht nicht zu verlieren. Viele Meter unter ihr der schwarze Boden. Nicht abschätzen zu können, wie weit es tatsächlich nach unten geht, verursacht ihr ein aufgeregtes Kribbeln im Magen und in den Beinen. Sie stellt sich vor hinunterzufallen. Würde sie schreien? Wahrscheinlich. Würde jeder, der nicht absichtlich gesprungen ist. Der kühle Wind würde unter ihr T-Shirt fahren. Sie hätte gerade genug Zeit, das zu bemerken, bevor sie landet. Aufprallt? Unvorstellbar, der Aufprall. Vermutlich so, als würde ihr jemand mit voller Wucht eine

Tür ins Gesicht schlagen. Nein, vermutlich ganz anders. Merkwürdigerweise muss sie grinsen. Was nützen diese Gedanken? Sie hebt den Kopf wieder und schaut zum Mond. Stellt sich lieber vor zu fliegen. ....

....

Als ich den Laptop ausschalte, ist es draußen schon dunkel. Ich öffne das Fenster und setze mich auf die Fensterbank. Ein leichter, kühler Wind weht in mein Zimmer. Der Sternenhimmel ist atemberaubend schön und die Grillen zirpen. Ansonsten ist alles ruhig und friedlich. Weit in der Ferne sieht man die Lichter eines Nachbarhauses. Ich atme tief durch. In diesem Moment wird mir bewusst, wie glücklich ich hier werden könnte.

6

DER SOMMER schreitet immer weiter voran und es wird mit jedem Tag wärmer. Die Klassenzimmer sind so heiß und stickig, dass uns sogar das Atmen schwerer fällt als sonst. Trotz der Hitze haben wir eine Doppelstunde Sport, und zwar draußen, in der prallen Sonne.

Der Sportunterricht, das habe ich gleich gemerkt, ist hier viel strenger als der, den ich bisher »genießen« durfte. Bei solchen Temperaturen ist die Stunde normalerweise ausgefallen oder wir sind schwimmen gegangen.

Davon kann ich hier wohl nur träumen. Die kompletten anderthalb Stunden hat uns »Klößchen«, wie ihn alle hinter seinem Rücken wegen seiner etwas rundlicheren Figur nennen (seinen richtigen Namen habe ich schon wieder vergessen), über den Platz gejagt, uns Kraft- und Konditionsübungen machen lassen, während er am Spielfeldrand stand und uns mit einem leicht sadistischen Lächeln zusah. Es war ein so zufriedenes Lächeln, dass man annehmen muss, Situationen wie diese seien der wahre Grund dafür, warum er Lehrer geworden ist.

Und als wäre das nicht schon schlimm genug, haben wir in der letzten Stunde Französisch bei Frau Schnitt, einer ziemlich strengen grauen Maus mit Hornbrille. Eine Französischlehrerin, wie man sie sonst nur aus alten Filmen kennt. Ich konnte sie von der ersten Sekunde an nicht leiden. Sie ist ein typischer Fall einer Person, die ich schon nicht ausstehen kann, bevor ich sie überhaupt besser kennengelernt habe. Ich glaube, es liegt dann immer an der Ausstrahlung dieser Person. Frau Schnitts Ausstrahlung ist jedenfalls miserabel. Es ist, als ob da dauernd eine Wolke aus Frustration und Unzufriedenheit um sie schwebt.

Sie ist auch die einzige Lehrerin, die mich in der neuen Klasse nicht begrüßt hat. Nicht dass ich darauf Wert legen würde, aber merkwürdig ist es trotzdem. Natalies Mutter würde wahrscheinlich sagen, dass sie »Haare auf den Zähnen hat«, wegen ihrer unerklärbar fiesen Art. Vermutlich kann Frau Schnitt auch schlechte Französischschülerinnen mit einem Blick erkennen. So eine bin ich nämlich. Besonders heute Nachmittag. Ich bin zu erschöpft, um mich jetzt auf die Position der Relativpronomen im französischen Satzbau zu konzentrieren. Um nicht einzuschlafen, schaue ich aus dem Fenster. Eine Klasse scheint früher Schluss zu haben, in kleinen Grüppchen gehen die Schüler über den Hof. Glückspilze.

Plötzlich merke ich, dass es ganz still um mich herum geworden ist. Ich schaue nach vorne. Frau Schnitt sieht mich erwartungsvoll an. Alle andern auch. Scheiße. Was war noch mal die Frage? Hilflos schaue ich zu Bianka.

»Du sollst den nächsten Absatz vorlesen«, flüstert sie mir schnell zu.

Aber es ist zu spät. Frau Schnitt steht schon vor mir. Ihr Blick fällt auf mein Handy, das unberührt neben meinem

Etui auf dem Tisch liegt. Sie rümpft die Nase, was irgendwie lustig aussieht. Fast wie bei einem Kaninchen.

»Das ist konfisziert«, sagt sie, schnappt sich mein Telefon und steckt es in ihre Hosentasche. »Hol es dir nach der Stunde wieder ab. Und jetzt liest du bitte.«

Mir bleibt der Mund offen stehen. Ich hole schon Luft, um etwas zu entgegnen, da tritt Bianka mich unter dem Tisch. Ich füge mich, wenn auch extrem widerwillig, und beginne vorzulesen.

Nach der Stunde will ich gerade die Hand ausstrecken, um das Handy wieder an mich zu nehmen, da zieht Frau Schnitt es zurück. »Deine Aussprache ist fürchterlich.«

Ich zucke mit den Schultern. »Danke.«

Sie zieht die Brauen hoch. Ihre Augen scheinen plötzlich unglaublich groß zu sein und aus den Höhlen hervorzutreten. Irgendwie gruselig. Sie ist sogar die Art Person, die ich nicht nur nicht ausstehen kann, sondern die mich auch noch reizt, es ihr absichtlich schwer zu machen.

»Du solltest wirklich dringend mehr in Französisch investieren, es ist immerhin eins deiner Abiturfächer.«

Stimmt leider. Französisch hatte ich ja eigentlich nur gewählt, um mit Natalie im gleichen Kurs sein zu können. Was jetzt natürlich egal ist. Tja, Pech gehabt. Ich nicke artig, nehme mein Handy und gehe wortlos aus dem Zimmer.

Draußen warten Tina und Bianka auf mich. Ich schultere meine Tasche. »Was macht ihr jetzt noch so?«

Tina gähnt. »Nix mehr, wir müssen heim und auf Tristan aufpassen, weil Mama nachher arbeiten muss.«

Tinas und Biankas Mutter arbeitet als Krankenschwester

im örtlichen Krankenhaus, und wenn sie Nachtschichten schiebt, müssen die Zwillinge auf ihren dreijährigen Bruder aufpassen. Die beiden sind völlig vernarrt in den Kleinen, aber ich bin echt froh, dass ich Tom habe. So habe ich immer jemanden zum Reden, der mich tatsächlich versteht. Haben sie natürlich auch. Ich glaube, es ist echt schön, ein Zwilling zu sein. Jedenfalls, wenn man sich so blind versteht, wie es bei den beiden zu sein scheint.

»Aber du kannst ja mitkommen, wenn du Lust hast«, schiebt Bianka hinterher.

Tina und Bianka leben in einer relativ kleinen Wohnung in einem Häuserblock, nur einige Busstationen von der Schule entfernt. Ihr Zimmer haben sie peinlich genau in zwei Hälften geteilt und man sieht sofort, welche Hälfte wem gehört. Während die eine fast pingelig aufgeräumt ist, türmen sich in der anderen Bücher-, Papier-, CD- und Klamottenstapel, wenn auch immerhin jede Kategorie auf ihrem eigenen Haufen.

»Ich liebe unaufgeräumte Zimmer«, platzt es aus mir heraus.

Ich sehe zu Tina, die sich gerade auf das Bett auf der aufgeräumten Seite fallen lassen will und dabei einen Lachanfall kriegt.

»Oh, du darfst dich gerne austoben«, seufzt Bianka und bahnt sich einen Weg zum Schreibtisch auf der chaotischen Seite. »Aber erwarte nicht, dass das lange so bleibt. Das habe ich noch nie draufgehabt.« Innerlich bleibt mir länger der Mund offen stehen. Warum habe ich eigentlich automatisch Tina in die Chaoten-Ecke gestellt? Wahnsinn, wie schnell man etwas automatisch annimmt, obwohl man die Leute noch gar nicht wirklich kennt.

»Setz dich hin, wo du willst. Jemand Tee?« Tina schaut mich fragend an.

Immer noch in Gedanken nicke ich und merke zu spät, dass ich eigentlich gar keinen Tee mag. Na ja, ich werde es überleben.

Bianka nickt ebenfalls, während sie kläglich daran scheitert, das Aufräumen ihrer Zimmerhälfte in Angriff zu nehmen, dabei aber nur die verschiedenen Haufen hin und her schiebt.

Tinas Laptop steht aufgeklappt auf ihrem Schreibtisch, die Musikmediathek geöffnet.

»Meinst du, ich darf?«, frage ich Bianka und zeige auf den Computer.

Sie guckt unter ihrem Arm hindurch zu mir und versucht kopfüber zu nicken. »Klar, stell einfach irgendwas ein, was du magst.«

Ich liebe fremde Musiksammlungen sogar noch mehr als unaufgeräumte Zimmer. Ziellos scrolle ich mich durch die Welten von Tinas Musik und erkenne einiges wieder. Schließlich klicke ich auf die zufällige Wiedergabe, entscheiden kann ich mich sowieso nicht. Als die ersten Gitarrenakkorde erklingen, zerschneidet Tinas Stimme die Luft, die sich auch hier drinnen klebrig warm angestaut hat. »Nein!«

Bevor ich meinen Kopf zu ihr drehen kann, hat sie die drei Tassen Tee auf dem Boden abgestellt, ist am Laptop und hat das erste Lied übersprungen.

Ich muss wohl ziemlich überrumpelt aussehen, denn sie

versucht ihren plötzlichen Gefühlsausbruch wegzulächeln. »Die Type hat hier heute Nachmittag nichts zu suchen.«

»Wieso denn? Wer war das?« Ich schaue zu Bianka, die wiederum zu Tina schaut und schließlich schnell so tut, als wäre sie immer noch mit dem Umherschieben irgendwelcher Haufen beschäftigt.

»Niemand. Wortwörtlich. Belassen wir's dabei, dass er heute nicht hierhergehört.« Tina schiebt mir eine Tasse zu. »Erzähl mal ein bisschen von dir. Wer ist diese Lou, die sich um einen Dauerbesuchsplatz in unserem wundervollen Zimmer bewirbt?«

»Rede nicht immer so schräges Zeug«, sagt Bianka lachend. »Das ist der Grund, warum wir keine Freunde haben! Du hast alle überfordert!«

Ich weiß nicht, ob Bianka das ernst meint, aber Tina lacht bloß darüber.

»Ich denke, dass ich wundervoll damit klarkommen werde«, sage ich grinsend und hebe meine Tasse. »Auf meine Bewerbung um einen Dauerbesuchsplatz!«

»Auf die Musik, die diesen festlichen Zeitpunkt untermalt!« Tina.

»Auf meinen inneren Buddha, der mich all eure Verrücktheiten aushalten lässt!« Bianka.

Auf dem Heimweg muss ich bei dem Gedanken an den schönen Nachmittag die ganze Zeit lächeln. Und dann ertappe ich mich dabei, wie ich an all die Nachmittage bei Natalie denke. Wird es je wieder solche geben? Die letzten Tage habe ich mich nicht mehr bei ihr gemeldet und sie sich auch nicht bei mir. Hat sich in einer Woche ihr Leben vielleicht um

180 Grad gedreht und ich bin dabei rausgefallen? Oder denkt sie jetzt gerade auch an mich, so wie ich an sie? Vermisst sie unsere gemeinsame Zeit? Woher weiß ich eigentlich, dass ihr unsere Freundschaft ebenso viel bedeutet wie mir? Oder wissen wir einfach beide nicht, wie schnell wir uns jetzt verlieren könnten? Weiß ich überhaupt noch irgendetwas sicher?

Als ich an Toms Zimmertür vorbeikomme, weiß ich, was mir ganz sicher bleiben wird. Mein Bruder. Er hat Besuch von einem Kumpel, den ich noch nie gesehen habe, aber das ist ja auch kein Kunststück, so neu wie alle Leute hier im Moment noch sind.

Ich will eigentlich nicht stören, zu Tom kann ich auch später noch. Aber Tom hat mich schon entdeckt, das Bett, auf dem die beiden sitzen, steht direkt gegenüber der Tür. Und Tom sieht mit einem Blick in meinen Kopf und dass da drin aus irgendeinem Grund viel zu viel los ist. »Schwesterchen! Komm rein! Setz dich! Trink was mit uns!« »NeeeinichwillechtnichtstörenundihrhabtbestimmtgradwasBesse-reszutunalsmeinepsychischeAbwesenheitauszuhalten-Schrägstrichzubedauern«, sage ich in einem Atemzug.

»Hi«, schiebe ich dann noch an den Typen gewandt hinterher und hebe schwach meine Hand, was er erwidert.

Habe ich nur den Eindruck oder sieht er erleichtert aus, dass ich ihren Männerabend nicht unterbrechen will? »Wie-duwillstSchwesterchenaberduweißtdieTürstehtimmer-offenfürdichundStefanhieristaucheinganzzahmerlieber-JungebrauchstkeineAngstzuhaben«, spielt Tom das Spiel mit, das wir als Kinder erfunden haben. Es geht dabei darum, möglichst viel zu sagen, ohne zu atmen.

Ich grinse über den verwirrten Blick des Stefan-Typs und gehe weiter zu meinem Zimmer. Ich schaffe sogar noch die Hälfte meiner Hausaufgaben, was heute auch ganz gut als Ablenkstrategie funktioniert. Später, als ich wach im Bett liege, piepst mein Handy. Vor meinem Hintergrundbild, einem Foto von Natalie und mir vom letzten Sommer, leuchtet eine SMS von ihr auf.

*Lou, es ist offiziell scheiße hier ohne dich. Vermiss dich ☹ Hoffe, dein Tag war besser, schlaf gut :**

Ein warmes Gefühl breitet sich in mir aus. Strahlend lasse ich mich ins Kissen zurückfallen. Sie vermisst mich. Und ob als beste Freundin oder als mehr – eigentlich ist mir das gerade egal.

7

ES IST EIGENTLICH ein Tag wie jeder andere und doch hat sich heute alles verändert, in einem einzigen Moment. Es passiert, als Tina, Bianka und ich ins Klassenzimmer gehen, in dem wir Physik haben. Einige Schüler, die hier vor uns Unterricht hatten, trödeln rum, die letzten packen gerade ihre Sachen zusammen. Ich gehe zu dem Platz, wo ich immer sitze. Jemand kommt mir zwischen den Tischen hindurch entgegen. Ich hebe den Kopf.

Und dann bleibt alles stehen.

Alle Geräusche um mich herum verstummen und ich höre mein Herz laut schlagen und das Blut in meinen Ohren pochen. Es fühlt sich an wie kleine elektrische Schläge, überall in meinem Körper, und ein kribbeliges, warmes Gefühl folgt darauf. Ich schaue in zwei große dunkelbraune Augen und es ist, als würde ich direkt in eine wunderschöne Seele blicken können.

Ab diesem Moment, das weiß ich in dieser Zehntelsekunde plötzlich ganz genau, muss ich mich nicht mehr fragen, was das alles zu bedeuten hat.

Wie in Trance trete ich beiseite und lasse *sie* vorbei. Ich schaue ihr nach, bis sie aus der Tür und verschwunden ist.

Sie, mit ihren kurzen blonden Haaren und den Perlenohrringen. Plötzlich spüre ich einen leichten Schubs von hinten. Tina schaut mich fragend an. Schnell setze ich mich auf meinen Platz. Eine Reihe hinter den, auf dem *sie* gesessen hat. Von der nachfolgenden Stunde bekomme ich nicht viel mit. Ständig schweifen meine Gedanken ab. So etwas ist mir noch nie passiert. Es ist, als hätte gerade ein Blitz in mein Leben eingeschlagen hat. SIE.

Den ganzen Tag über halte ich Ausschau nach ihren kurzen blonden Haaren, aber ich sehe sie nicht mehr. Dafür habe ich den Rest des Tages unheimlich gute Laune, die ich mir nicht erklären kann. Wie kann ein so kurzer Moment so viel auslösen? Weder Tina noch Bianka scheint etwas aufgefallen zu sein, sie haben eher weniger gute Laune.

»Ich habe es so satt!« Tina pfeffert ihre Tasche auf den Tisch, den wir uns für die Mittagspause draußen in der Sonne ergattert haben. »Seit fast fünf Jahren kommen wir jeden Tag hierher und manche Lehrer kriegen es trotzdem noch nicht auf die Reihe, sich zu merken, wer von uns wer ist.«

»Kann doch mal passieren«, sage ich vorsichtig und setze mich auf einen der Stühle. »Ist doch nicht so schlimm.«

Tina schnaubt.

»Nein, eigentlich nicht«, antwortet Bianka, ohne von ihrem Geografie-Lehrbuch aufzusehen. »Es geht uns einfach schon seit Jahren extrem auf den Keks, dass man uns manchmal gar nicht als einzelne Personen sieht, sondern einfach immer nur als ›die zwei‹ oder ›die Zwillinge‹ wahrnimmt, verstehst du?«

Tina nickt zustimmend. »Unsere Oma, die weiter weg wohnt, hat uns früher immer einmal im Jahr besucht. Das war manchmal fast der Horror, wie sie uns ständig verglichen hat. Oh, Bianka kann schon ›Alle meine Entchen‹ auf dem Klavier spielen, kann Tina das auch? Bianka, möchtest du nicht auch ins Wasser gehen? Deine Schwester ist gegen dich ja eine richtige Wasserratte!« Sie zuckt mit den Schultern. »Klingt jetzt vielleicht albern für dich, aber wenn du ständig solche Dinge zu hören bekommst, macht es dich echt fertig.«

»Dann wünschst du dir, dass die Leute dich wenigstens mit deinem eigenen Namen anreden«, fügt Bianka hinzu.

Ich schweige. Über so etwas habe ich noch nie nachgedacht. Gerade weil Tina mir so eigen vorkam. Wie Bianka auch, aber auf eine weniger auffällige Art.

Zwischen Tom und mir gab es nie irgendwelche Rivalitäten und wir wurden auch nie verglichen. Obwohl meine Mama früh gestorben ist, weiß ich genau, dass sie uns, genau wie Papa, immer für das geliebt und geschätzt hat, was wir waren.

Komisch, wenn ich an sie zurückdenke, ist das eine der ersten Szenen, die mir in den Sinn kommt: Ich war traurig, weil ich beim Fußball trotz allergrößter Mühe ständig Tore von Tom kassiert hatte. Ich sehe Mama noch genau vor mir, wie sie mir über den Kopf streicht und sagt, ich solle mir darüber keine Sorgen machen, es werde auch Dinge geben, die mir mehr liegen als Tom. Dass jeder von uns seine Stärken hat und es eben absichtlich nicht dieselben wären, weil wir beide ja etwas Besonderes seien.

Ob das Tina und Bianka je gesagt wurde? Es muss teilweise echt schwer für sie gewesen sein, trotz mancher Vorteile, die man als Zwilling haben kann.

»Ihr seht halt auch total gleich aus, vielleicht müsst ihr den Leuten da etwas helfen«, denke ich laut.

Trotz Tinas ausgeflippten Outfits sind sie immer noch leicht zu verwechseln, wenn man sie nicht näher kennt. Bianka schaut nur kurz auf und grinst. Aber Tina scheint nachzudenken.

Nach der Schule liege ich in meinem Zimmer auf dem Bett. The Cure schallt durch den Raum und immer wieder lasse ich diesen einen Moment von heute Morgen in meinem Kopf ablaufen wie ein kurzes Video in Endlosschleife. In Zeitlupentempo und dann noch verziert mit so Hollywoodkitsch, zum Beispiel, dass sie mich ganz intensiv anschaut. Kopfkino ist etwas Schönes, weil man sich seine eigene Realität zusammenbasteln kann.

Wer sie wohl ist? Wie sie wohl heißt? Wie ihre Stimme wohl klingt, wenn sie spricht, wenn sie lacht? Sie geht mir den ganzen Nachmittag nicht aus dem Kopf, egal was ich tue. Das macht mir fast ein bisschen Angst. Aber es fühlt sich dann doch zu gut an, um wirklich Angst zu kriegen.

Von da an ist der Dienstag mein liebster Tag der Woche. Ich versuche vor der Physikstunde immer schon vor der Tür zu stehen, um *sie* nicht zu verpassen. Sie ist meistens die Letzte, die ihre Sachen zusammenpackt und den Raum verlässt. Und ich stehe die ganze Zeit da, total nervös, ohne dass ich einen richtigen Grund dafür habe. Wenn sie an mir vorbeigeht, hoffe ich jedes Mal, sie würde mich einmal direkt ansehen, egal wie kurz dieser Moment auch sein mag. Aber jedes Mal geht sie an mir vorbei, den Blick auf einen unbestimmten Punkt vor sich gerichtet. Und sie hört auch nie, wie laut mein Herz in diesem Moment klopft. Von wegen, das Herzklopfen sei bloß ein Gerücht. Das ist ja schon fast peinlich kitschig.

Trotz des kleinen Ventilators, den ich neulich im Keller gefunden habe, ist es extrem stickig in meinem Zimmer. Wieder einmal liege ich auf meinem Bett und höre Musik. Auf Hausaufgaben habe ich keinen Bock und konzentrieren könnte ich mich bei der Hitze sowieso nicht, denke ich. Warum sich also unnötig anstrengen? Ich kann morgen bestimmt vom Mathe-Genie Bianka abschreiben. Ich setze mich auf und binde meine Haare zusammen, in der Hoffnung, dass es etwas gegen die Hitze hilft.

Mein Blick fällt auf mein Bild im Spiegel, der hinter meiner Zimmertür hängt. Diese Frisur steht mir überhaupt nicht, hat sie noch nie. Als ich kleiner war, hatte ich immer zwei Zöpfe, aber jetzt trage ich meine langen dunkelbraunen Haare meistens offen. Ziemlich langweilig. Mein Spiegelbild schaut mich lange nachdenklich und dann entschlossen an. Bevor ich weiter darüber nachdenke, gehe ich aus dem Zimmer, den Flur entlang und klopfe an Toms Tür.

Keine Antwort. Ich finde ihn im Wohnzimmer vor dem Fernseher und stelle mich direkt davor.

»Hey, geh da weg, ich will das sehen.«

Ich schaue hinter mich. »Die Müsliwerbung?«

»Gleich kommt Fußball.«

Ich drehe mich wieder um. »Tom? Schneidest du mir die Haare ab?«

Völlig perplex schaut er mich an. »Ich soll was?«

»Mir meine Haare abschneiden«, sage ich ruhig.

»Seh ich aus wie ein Friseur? Das wird doch völlig schief, wenn ich das mache.«

»Wenn du es nicht machst, mach ich es selber, und dann wird's noch schiefer. Weißt du nicht mehr, als du Miss Püpp die Haare geschnitten hast? Ich habe schon damals gedacht, dass du Talent hast.«

»Miss Püpp war ein alberner Frisierkopf!« Tom ist fassungslos. »Außerdem will ich Fußball sehen«, wiederholt er.

»Ist doch eh noch Werbung und bis dahin sind wir fertig.« Ohne eine Antwort abzuwarten, gehe ich in die Küche und hole eine große Schere.

Tom zögert zwar, als ich sie ihm entgegenhalte, aber dann nimmt er sie. Er weiß, dass er keine Chance hat, wenn ich mir etwas in den Kopf gesetzt habe. Bei Tom bleibe ich hartnäckig bis zum Happy End.

»Und wie willst du sie haben?«

Ich zeige auf die Höhe meiner Ohren. »Einfach dass die noch verdeckt sind, aber der Nacken frei ist.«

»Okay.« Tom nimmt eine dicke Strähne in die Hand und setzt die Schere an. »Bist du ganz sicher?«

Ich nicke und schließe die Augen.

Ich höre, wie die Schere durch die Strähne hindurchschneidet und die Haare zu Boden fallen. Die ganze Zeit lasse ich die Augen geschlossen. Es dauert ungefähr eine Viertelstunde, und obwohl das Fußballspiel im Fernsehen längst angepfiffen wurde, lässt Tom sich nicht ablenken.

»So, gleich fertig.« Er pustet mir kräftig ins Gesicht und in den Nacken, um die kleinen Härchen, die dort hängengeblieben sind, wegzukriegen.

Mein Kopf fühlt sich jetzt ganz leicht an und meine Haare sind ganz wuschelig, als ich mit den Fingern durch sie hindurchfahre. Tom schaut mich noch mal kritisch an. »Ich glaube, ich habe wirklich Talent. Steht dir super, die neue Frise.«

Das finde ich auch, als ich mich in der spiegelnden Oberfläche des Backofens in der Küche betrachte. Irgendwie hat Tom es hinbekommen, dass die Haare stufig geschnitten sind und deshalb sehr voluminös aussehen. Die Haare vorne hat er etwas kürzer gemacht, so dass mir einige Strähnen ins Gesicht fallen. Genauso wollte ich es haben. Wahnsinn. Ich glaube wirklich, es gibt nichts, was Tom nicht kann. Als ich endlich von meinem Spiegelbild loskomme, renne ich zurück ins Wohnzimmer, wo mein Bruder inzwischen wieder vor dem Fernseher sitzt.

»Dankedankedanke!« Ich verpasse ihm einen dicken Schmatzer auf die Wange, den er sich grinsend wieder abwischt.

In dem Moment kommt Papa die Treppe runter, eine leere Tasse in der Hand. Er sieht etwas müde aus, wahrscheinlich muss er noch arbeiten. Sein Blick bleibt auf dem Haarhaufen neben dem Sofa hängen, dann blickt er zu mir.

»Ich mache es sofort weg«, sage ich schnell.

Er schaut mich immer noch wortlos an. »Du siehst aus wie deine Mutter, als ich sie kennengelernt habe«, sagt er in Gedanken versunken.

Ups. Ich beiße mir auf die Lippen.

Aber dann lächelt er. »Steht dir genauso gut wie ihr.«

Er schaut mich noch eine Weile an und geht dann in die Küche. Ich atme tief durch und lächle berührt. Dann lasse ich mich neben Tom aufs Sofa fallen und wir schauen uns zusammen das Spiel an.

Ich nehme die zusammengefegten Haare mit nach oben in mein Zimmer. Draußen geht ein sehr starker Wind, er heult um die Ecken unseres Hauses. Ich öffne das Fenster und lasse die langen Strähnen flattern. Dann lasse ich sie los und kann sie schnell nicht mehr sehen, weil der Wind sie mitgenommen hat. Eine Weile bleibe ich noch so stehen, am Fenster im Dunkeln.

»Sieht das nur wegen dem Licht so aus oder hast du dir die Haare abgeschnitten?«

»Hab ich«, sage ich stolz und wuschle mir über den Kopf, um ihr zu zeigen, dass sie tatsächlich kurz sind.

»Wie findest du sie?« Natalie zuckt mit den Schultern. »Ich glaube, da muss man sich erst mal dran gewöhnen. Sieht aber ganz okay aus.« Sie grinst.

Bin ich jetzt enttäuscht? Irgendwie hatte ich die Hoffnung, dass ... ja, was überhaupt? Keine Ahnung. Vielleicht, dass sie mich durch die neue Frisur auch in einem ganz neuen Licht sehen würde? Ach Lou, hör auf zu träumen!

Ich beobachte sie, während sie auf ihrem Handy rumtippt. Seit wann trägt sie denn Lipgloss auf, wenn wir abends skypen? »Gehst du noch weg?«

»Jop«, sagt sie, ohne aufzusehen. Im Hintergrund klingelt es an der Haustür. »Und da ist sie auch schon!«

»Wer denn?« Ich bin etwas verwirrt.

»Lisa. Wir wollen den neuen Club ausprobieren, weißt schon, dieser ganz edle, in den ich dich ja nicht reingekriegt habe. Lisa kennt da wohl den Barkeeper, ist ein Freund von ihrem Bruder oder so. Dann wird's nicht ganz so teuer.« Sie grinst selbstzufrieden. »Also schlaf gut und so, ja?«

Sie trägt noch mehr Lipgloss auf. Zu viel. Sah besser aus davor.

»Ich dachte, wir wollten telefonieren?«

»Ja, ich dachte, bis Lisa kommt, weißt du.« Sie zwinkert mir zu. »Bis bald, genieß die frische Luft bei dir! Ciao, Süße!«

»Ciao.«

Und schon hat sie aufgelegt.

Danach weiß ich nicht mehr so richtig viel mit mir anzufangen und gehe ins Bett, kann aber nicht schlafen, weil es noch zu früh dafür ist. Oder vielleicht auch wegen des mulmigen Gefühls in meinem Bauch. Wieso war Natalie so kurz angebunden? Oder bilde ich mir das bloß ein?

Ich knipse die Nachttischlampe an. Neben mir an der Wand hängt ein Foto von Natalie und mir. Es stammt von unserer Klassenfahrt vor knapp drei Jahren. Da kannten wir uns erst seit ein paar Wochen so richtig und waren trotzdem ein Herz und eine Seele.

Vorsichtig, als wäre das Bild zerbrechlich, streiche ich mit meinem Finger darüber. Ob sie mich wohl bald schon vergessen hat? Ach, ich sollte nicht einen solchen Mist denken, bloß weil sie einmal nicht so viel Zeit für mich hatte. Das ist lächerlich. Ich küsse Foto-Natalie und lösche das Licht. Schlafen kann ich trotzdem lange nicht.

8

DER NÄCHSTE TAG ist grau, verregnet und kalt. Ein Tag, wie es ihn nicht geben sollte, mitten im Sommer. Eigentlich hatte ich vorgehabt heute mein blaues Lieblings-T-Shirt anzuziehen, aber das kann ich wohl vergessen. Stattdessen angle ich mir von ganz oben aus dem Kleiderschrank, wo ich die Klamotten hingepackt habe, von denen ich gehofft hatte, sie für längere Zeit nicht mehr zu brauchen, das schwarze Sweatshirt. Es gehört eigentlich Tom, aber er hatte es kein einziges Mal an und so ist es ihm gar nicht aufgefallen, dass ich es geklaut habe.

Als ich an der Schule aus dem Bus steige, bleibe ich kurz wie angewurzelt stehen und starre Tina an, die mit Bianka einige Meter entfernt auf mich wartet. Heute kann man die beiden ohne Probleme auseinanderhalten. Das liegt daran, dass Tina ihre langen Haare abgeschnitten hat. Sie sind jetzt ungefähr so lang wie meine, etwas länger vielleicht. Langsam löse ich mich aus meiner Erstarrung und gehe lachend auf die beiden zu.

In dem Moment entdeckt Tina mich und reagiert ähnlich wie ich vor einer halben Minute. Kreischend zeigt sie auf meine Haare und kann sich kaum beruhigen. »Mann, Lou, das sieht ja geil aus! Sag mal, hatten wir gestern einen telepathischen Moment?«

Lachend umarmen wir uns.

Bianka schaut etwas neidisch auf unsere neuen Frisuren. »Ihr seht echt toll aus. Ich würde mich, glaube ich, nicht trauen sie einfach so abzuschneiden. Aber was verändern würde ich schon gerne mal.«

Ich grinse. »Musst sie ja nicht abschneiden, du kannst sie ja auch grün färben, zum Beispiel.«

Bianka schüttelt sich, wohl bei dem Gedanken daran. Tina muss darüber laut lachen und dann machen wir uns auf den Weg zum Bio-Raum.

Auf dem Weg dahin suche ich nach meinem Handy in meiner Tasche und bleibe etwas hinter Bianka und Tina zurück. Als ich den Kopf kurz hebe, um sicherzugehen, dass ich nicht irgendwo gegenrenne, läuft sie direkt an mir vorbei. Das Mädchen mit den kurzen blonden Haaren. Sie ist allein und schaut nach vorne, beachtet mich nicht weiter. Mein Herz klopft so laut, dass ich es überall im Körper spüre. Fast wie den Bass bei einem Rockkonzert. Ich gehe noch langsamer und drehe mich immer wieder nach ihr um, auch als sie schon am anderen Ende des Gangs angekommen ist.

»Lou! Was trödelst du so? Willst du, dass sich die Müller wieder aufregt?« Die Zwillinge sind stehen geblieben und warten ungeduldig auf mich.

Es fühlt sich noch nicht ganz wie zu Hause an. Sie weiß zwar sowieso nicht, wie sich das denn anfühlen sollte, aber ab und zu meint sie es zu erahnen. Wenn sie im Heu liegt, die Katze auf ihrem Bauch, und die Sonne so warm scheint, dass sie auch im Inneren auftaut. Das Ende der Eiszeit naht. Eine Eiszeit, von der sie als Einzige weiß, dass sie in ihr drin existiert. Es würde ja doch keiner verstehen, zumindest niemand, mit dem sie sprechen könnte. Nein, niemand weiß es oder bemerkt, dass ihr jetzt langsam wärmer wird. Nach außen war sie immer ein Sonnenkind, konnte und wollte nie zeigen, wenn es ihr eisig zu Mute war. Es hat Konsequenzen. Sie weiß, dass niemand sie wirklich kennt. Und sie weiß, dass sie eigentlich alleine dasteht. Es kommt ihr falsch vor, etwas mit jemandem zu teilen, womit sie eigentlich selbst ganz gut zurechtkommt. Es erscheint ihr vielmehr richtig, diese Momente anzunehmen und zu durchleben. Solche Momente sind nicht teilbar und sie will sie nur für sich allein behalten.…………………………………………………………

…………………………………………………………

Den Rest des Tages habe ich schon wieder wahnsinnig gute Laune. Tina und ich bekommen viele Komplimente für unsere Haare, und als die Schule endlich aus ist, ist sogar das Wetter etwas besser geworden.

Abends versuche ich vergeblich mich auf meine Hausaufgaben zu konzentrieren. Immer wieder schweifen meine Gedanken zu diesem einen Moment heute Morgen auf dem Schulflur ab. Wieder und wieder sehe ich die Szene vor meinem inneren Auge, dabei ist doch eigentlich gar nichts passiert. Fast nichts. Ich schüttle den Kopf, als könnte ich meine Gedanken dadurch vertreiben. Es gelingt mir nicht.

Mit einem Schwung werfe ich meine Schulsachen in die Ecke und suche auf YouTube eine Playlist mit »Tegan and Sara«-Videos. Ich habe die beiden vor kurzem entdeckt und bin seitdem eine glühende Verehrerin ihrer Musik. Die ersten Gitarrenakkorde erklingen und ich öffne das Fenster. Die kühle Sommerabendluft strömt in mein Zimmer und ich spüre die gute Laune in meinem Bauch. Es fühlt sich an wie ein großer Luftballon, der in meinem Magen auf und ab hüpft. Was für eine verrückte Vorstellung, denke ich und muss lachen.

Ich drehe die Musik auf und dann kann ich nicht mehr anders. Wie eine komplett Irre fange ich an in meinem Zimmer herumzuspringen und merkwürdige Tanzbewegungen zu vollführen. Der Refrain ist die einzige Stelle des Songs, die ich auswendig kann, und ich singe ihn aus vollem Hals mit. Ich fühle mich in diesem Moment rundherum glücklich und irgendwie echt, endlich wieder wie ganz und gar ich.

Dann erscheint wieder *sie* vor meinem inneren Auge und ich drehe mich immer schneller und schneller.

Als das Lied fertig ist, lasse ich mich aufs Bett fallen und grinse breit. »Irgendwie bin ich ja schon nicht ganz dicht«, sage ich zu mir selbst.

»Ja, das denk ich manchmal auch.« Tom!

Er steht in meiner Tür und kann sich vor Lachen kaum halten. Mist, wie lange steht der da schon? Zu lange vermutlich.

»Hey!« Ich richte mich auf und verschränke gespielt trotzig die Arme vor der Brust.

Er spielt mit und sagt mit einem mitleidigen Blick: »Ist nicht schlimm, wusste ich doch schon.«

Jetzt muss ich lachen und strecke ihm die Zunge raus. »Was willst du?«

»Eigentlich wollte ich dich bitten, das hier morgen früh

ans Schwarze Brett zu hängen. Meine Klasse ist auf Exkursion und ich wollte es noch vor dem Wochenende aufhängen.«

Er reicht mir ein Din-A5-Blatt, auf dem er Nachhilfe in allen Fächern anbietet. Darunter steht seine Handynummer. Wetten, dass die wieder hauptsächlich dazu benutzt wird, um ein Date mit ihm zu kriegen?

Ich nicke. »Klar, kann ich machen.«

»Cool, danke.« Er ist schon fast aus meinem Zimmer raus, als er sich noch mal umdreht. »Ach ja, Papa ist wieder aus der Stadt zurück und hat diese widerlichen vegetarischen Burger mitgebracht.«

Sofort springe ich auf und renne an ihm vorbei nach unten. Dass dieser Tag noch besser werden könnte, hätte ich nicht erwartet!

In den nächsten Wochen kann ich mich noch schlechter auf den Unterricht konzentrieren als sonst, und das hat nicht nur damit zu tun, dass die Temperaturen jeden Tag weiter steigen und es in den Klassenzimmern unerträglich stickig und warm ist. Immer wieder ertappe ich mich dabei, wie ich nach einem blonden Haarschopf Ausschau halte. Die Zeit würde Tag für Tag ereignislos vergehen, wären da nicht die Dienstage. Vielleicht klingt das jetzt merkwürdig und ist schwer zu glauben, aber fast immer ist dieser kurze Moment, in dem ich sie sehen kann, der beste des Tages. Auch wenn sie meinen Blick weiterhin nicht erwidert.

Bianka, Tina und ich sind inzwischen zu echt guten Freundinnen geworden. Ihretwegen bin ich auch der Theater-AG beigetreten. In zwei Monaten findet die nächste Aufführung statt, das Stück hat die Lehrerin selbst geschrieben. Sie ist extrem jung und bestimmt noch nicht lange in diesem Job. Das ist wahnsinnig erfrischend. Im Gegensatz zu manch anderen Lehrern, die schon seit Jahrzehnten hier sind, hat sie noch richtig Energie, was Neues und Cooles auf die Beine zu stellen.

Als ich zur Gruppe stoße, sind sie natürlich alle seit einiger Zeit beim Proben und die Rollen sind schon besetzt. Aber Anna – wir dürfen sie beim Vornamen nennen – schreibt kurzerhand eine neue kleine Nebenrolle ins Stück, extra für mich. Sie wollte zuerst wissen, was mich denn so interessiere, und eine Probe später gehörte eine junge Straßenmusikerin zum Stück. Ich habe zwar nur zwei Sätze zu sagen, aber trotzdem jetzt schon Riesenschiss, dass ich selbst die vermasseln werde. Dazu soll ich am Anfang der Szene ein bisschen auf einer Gitarre rumschrammeln, etwas, das ich bisher nur für mich im stillen Kämmerchen getan habe.

Aber es macht Spaß, auf der Bühne zu sein und als Gruppe an einem Projekt zu arbeiten. Die Stimmung ist jedes Mal einfach genial, und das, obwohl viele von uns im normalen Schulalltag nie auf die Idee kommen würden, so wie hier mit genau diesen Leuten zusammenzusitzen und zu quatschen.

Tina hat die weibliche Hauptrolle übernommen. Sie spielt wahnsinnig gut. An manchen Stellen habe ich die ersten Male, als ich zugesehen habe, immer Gänsehaut bekommen. Bei ihrem männlichen Partner Toni hapert es dagegen noch ziemlich mit dem Text, aber er spielt auch nicht schlecht. Ich bin mir sicher, es hat mit Tina zu tun, wenn er den Text

9

ICH HABE LANGSAM echt Angst, ich könnte mich zu einem Stalker entwickeln. Ich weiß inzwischen von dem Raumplan, der vor jedem Klassenzimmer hängt, dass *sie* ein Jahrgang unter mir ist. Auf der Internetseite der Schule habe ich den Stundenplan ihrer Klasse abgerufen und weiß nun immer ganz genau, wann sich unsere Wege höchstwahrscheinlich kreuzen werden und ob wir zur gleichen Zeit Mittagspause haben.

Ich weiß nicht, was es ist, aber ich habe den dringenden Wunsch, sie dauernd anzusehen, einfach nur anzusehen. Irgendetwas über sie zu erfahren. Zu hören, wie ihre Stimme klingt. Ist das schon krankhaft?

Aber es wird noch schlimmer: Ebenfalls auf der Schulinternetseite habe ich mir ihre Klassenliste angeschaut und die Namen aller Mädchen bei Facebook gesucht. Ja, ich merk's schon, das hört sich jetzt wirklich krank an. Aber ich hatte die Hoffnung, ich könnte so wenigstens ihren Namen erfahren. Konnte ich aber nicht. Am Ende blieben drei Namen übrig: Linda, Elia und Kathrin. Mein Gefühl sagt mir, dass es der letzte nicht sein kann, aber zwischen Linda und Elia kann ich mich nicht entscheiden.

Eines Dienstagmorgens, als sie wie immer hoffnungslos gleichgültig an mir vorbeigegangen ist, ich an meinem Platz sitze und aus dem Fenster schaue, sehe ich sie plötzlich wieder. Direkt vor dem Fenster ist ein schattiger Sitzplatz, zwischen Bäumen stehen ein paar Holztische, an denen wir bei schönem Wetter manchmal die Mittagspause verbringen. An einem solchen Tisch sitzt sie, zusammen mit ein paar Leuten aus ihrer Klasse.

Wahrscheinlich hat sie eine Freistunde, denke ich, wende meinen Blick ab und schaue nach vorne, wo der Physiklehrer inzwischen mit seinem Unterricht begonnen hat. Aber schon bald schaue ich wieder nach draußen. Wirklich gut kann ich sie nicht sehen, denn sie sitzt auf der anderen Seite des Tisches, vertieft in ein Buch. An den Gesprächen der anderen scheint sie sich nicht zu beteiligen. Nur einmal, als ein anderes Mädchen etwas zu ihr sagt, blickt sie kurz auf, antwortet etwas und lacht. Sie hat ein wunderschönes Lachen, das sich auf ihrem ganzen Gesicht ausbreitet. Die Sonnenstrahlen, die auf ihr Haar fallen, lassen es geradezu leuchten. Ich glaube, ich schaue schon viel zu lange zu ihr, wahrscheinlich starre ich richtig. Aber ich kann meinen Blick nicht abwenden. Zu gerne wüsste ich, wie sie heißt. Aber wie soll ich das anstellen?

Ich schaue zu Tina und Bianka. Die beiden will ich irgendwie nicht fragen, denn dann müsste ich erklären, warum ich ihren Namen wissen will. Und dann würden sie mich für komplett verrückt halten, denn das wäre wahrscheinlich die gesunde Reaktion auf eine solche Story.

»Lou, sind Sie noch bei uns?« Mein Physiklehrer schaut mich erwartungsvoll an.

»Ja, natürlich«, beeile ich mich zu sagen.

Ich setze eine konzentrierte Miene auf und erinnere mich an einen Tipp meiner Oma, was man in einer solchen Situation am besten machen soll, um davon abzulenken, dass man gerade alles andere als zugehört hat: irgendeine Frage stellen.

»Ich habe mich nur gerade gefragt, woran es liegt, dass auf dem Mond alles leichter zu sein scheint.« Scheißfrage. Ist sogar eher eine Feststellung als eine Frage. Oh Gott, was rede ich da bloß?

Mein Lehrer schaut entsprechend verwirrt. Schließlich behandeln wir gerade Elektromagnetismus und mit dem Mond hat das nicht so wahnsinnig viel zu tun. Ups.

»Ist es in Ordnung, wenn Sie nach der Stunde noch kurz zu mir kommen? Dann werde ich versuchen Ihre Frage zu beantworten.«

Na super. Ich nicke. »Ja, danke.«

Wenigstens lässt er mich jetzt wieder in Ruhe. Die fragenden Blicke von Tina ignoriere ich und schaue lieber wieder nach draußen. Die anderen Leute sind anscheinend gegangen, denn *sie* sitzt jetzt alleine da, wieder vertieft in ihr Buch. Was sie wohl liest? Am liebsten würde ich sofort aus dem Klassenzimmer rennen, mich zu ihr an den Tisch setzen und ihr alle Fragen stellen, die mich seit unserer ersten Begegnung fast um den Verstand bringen. Aber vermutlich werde ich mit einer etwas zivilisierteren und weniger merkwürdigen Herangehensweise mehr Erfolg haben.

In der Mittagspause piepst mein Handy, als ich mir gerade eine Gabel Nudeln in den Mund stecken will.

Neue Nachricht von Natalie, steht auf dem Display. Überrascht lasse ich die Gabel auf den Teller sinken. Natalie. Seit unserer letzten Skype-Verabredung, bei der sie dann mittendrin weggegangen war, hatte sie sich nicht mehr gemeldet und ich stelle überrascht fest, dass ich seitdem auch nicht mehr so oft an sie gedacht habe. Als ich das Handy entsperre, steht da:

*Der allertiefste Tiefpunkt ist erreicht. Lisa ist so eine falsche Schlange ... Ich komm dich in den Ferien besuchen. Passt? Hdgdl :**

Oje, Natalie hatte schon immer eine leicht dramatische Ader. Meistens ist es halb so schlimm, wenn sie sich mit jemandem »endgültig« zerstreitet. Ich bin mir sicher, dass sich das spätestens in ein paar Tagen von selbst regeln wird. Aber sie will mich besuchen kommen! Ich merke, wie ich ein bisschen aufgeregt werde. Wir haben uns so lange nicht gesehen ... Wird es überhaupt das Gleiche zwischen uns sein wie vor meinem Umzug?

Aber der Gedanke ist leicht in den hintersten Teil meines Bewusstseins zu verbannen. So eine lange Freundschaft wie die zwischen Natalie und mir kann nicht so schnell zu Ende gehen, und auf keinen Fall nur wegen der zweihundert Kilometer, die zwischen uns liegen. Nicht einmal Lisa hat es geschafft, sich zwischen uns zu stellen! Na ja, unter der Voraussetzung, dass es dieses Mal wirklich endgültig vorbei ist mit den beiden.

Insgeheim freut es mich, dass sich die beiden wohl nicht wieder hatten annähern können. Das ist gemein. Ich weiß nicht, warum ich Natalie nicht gönnen kann, was ich selbst habe. Ich schaue vom Handy hoch und Bianka lächelt mich an. Was für ein Glück, so schnell Anschluss gefunden zu haben! Aber ich kann es trotzdem nicht ändern, dass es mich freut.

Als ich an diesem Nachmittag nach Hause komme, sitzen Papa und Tom schon im Auto. Sie wollten wohl gerade ohne mich los. Tom steigt noch mal aus und hält mir die Tür auf. »Spring rein! Wir holen jetzt Hühner!«

Hühner?

»Jetzt komm schon!«, ruft Papa vom Fahrersitz gegen den laufenden Motor an.

Ich zögere nicht länger, werfe meine Tasche auf den Rücksitz und mich gleich hinterher.

Wir fahren ungefähr eine Viertelstunde und landen schließlich vor einem Bauernhaus, ähnlich wie unseres. Kaum sind wir ausgestiegen, kommt uns ein kleiner brauner Hund entgegengelaufen. Er springt bellend an Tom hoch, wie fast jeder Hund, der ihm über den Weg läuft. Tom scheint Hunde anzuziehen, das war schon immer so. Er kniet sich nieder und krault ihn hinter den Ohren.

Eine Frau kommt aus dem Haus und über den Hof zu uns gelaufen. Ihre langen blonden Haare hat sie zu einem Dutt zusammengebunden und ihre blauen Augen strahlen uns freundlich an. Überhaupt hat sie eine sehr sympathische Ausstrahlung. Ihre Hand, die sie Tom und mir entgegenstreckt, ist sehr feingliedrig und braun gebrannt. An der linken Hand trägt sie einen dünnen Ring, in den ein kleiner blauer Stein eingefasst ist. Kurze Fingernägel. Es ist ein Tick von mir, dass ich mir immer zuerst die Hände eines Menschen anschaue.

Papa begrüßt sie mit einer herzlichen Umarmung. Ich zähle eins und eins zusammen – was bin ich clever! – und vermute, dass dieser Hof derjenige ist, auf dem Papa aushilft, um ein bisschen was über die Arbeit zu lernen. Der Hof ist etwa so groß wie unserer, macht aber längst nicht so einen ramponierten Eindruck.

Ein lauter Pfiff ertönt. Der kleine Hund lässt von Tom ab und wetzt in Richtung des großen Stallgebäudes, das links neben dem Haus steht. Ist das …? Mein Herz macht einen Sprung, als ich eine Gestalt mit kurzen blonden Haaren darin verschwinden sehe. Fange ich jetzt etwa schon an zu halluzinieren? Ich schüttele meinen Kopf wie eine Trickfilmfigur, vielleicht hilft das ja, und wende mich wieder den anderen zu. Die sind inzwischen schon zu einem kleineren Häuschen hinübergegangen, das neben dem Stall steht. Augenscheinlich der Hühnerstall. Wer immer ihn gebaut und angestrichen hat, hat viel Liebe reingesteckt. Jede einzelne Holzlatte hat eine andere Farbe und auf jeder Seite befindet sich ein kleines rundes Fenster. Es ist ein richtiges Kunstwerk.

Als wir eintreten, geht sofort lautes Gegacker los.

»Wir haben sie alle von einer Eierfabrik hier in der Nähe«, sagt die Frau und streicht sich eine Haarsträhne aus dem Gesicht. »Wenn die Hühner einige Jahre alt sind, legen sie nicht mehr so viele Eier, sie machen sozusagen eine Pause. Auch wenn sich das später wieder ändert, verursachen sie dadurch zu viele Kosten, da ist es günstiger, die Hühner auszutauschen.«

»Was passiert mit den alten Hühnern?«, frage ich.

»Sie werden ziemlich billig an Höfe verkauft oder zum Schlachthof gebracht.«

Mir gefällt der Gedanke, dass die Hühner sozusagen gerettet worden sind, und ich nehme mir vor, ihnen bei uns ein ganz besonders schönes Leben zu ermöglichen. Fünf Hühner dürfen wir aussuchen und mitnehmen. Es ist gar nicht so einfach, sie einzufangen. Sie sind ziemlich flink, und wenn ich dann mal eins erwischt habe, traue ich mich kaum es zu packen und hochzunehmen. Es fühlt sich so merkwürdig zerbrechlich an in meinen Händen und wehrt sich gleichzeitig heftig mit Flügelschlägen. Die Frau, Mathilda heißt sie, sieht mir schmunzelnd zu und zeigt mir dann, wie man es am besten macht. Nämlich so, dass man die Flügel festhalten kann. Und ganz so zimperlich wie ich darf man dabei natürlich auch nicht sein. Nur weil sich etwas zerbrechlich anfühlt, heißt das nicht, dass es nicht ungeheuer zäh und kräftig ist. Mathilda leiht uns auch noch eine Art Käfig, mit dem wir unsere neuen Mitbewohner nach Hause transportieren können.

Schließlich ist es geschafft, Papa macht den Kofferraum zu, was die Hühner darin nochmals ordentlich zum Gackern bringt. Ich öffne die Beifahrertür und will gerade einsteigen, als ich SIE sehe.

Sie ist es tatsächlich! Sie steht bei Mathilda, die dann wohl ihre Mutter ist, und unterhält sich mit ihr. Na ja, eigentlich führt wohl eher Mathilda die Unterhaltung, ihre Tochter macht irgendwie einen schüchternen Eindruck, den ich nicht ganz einordnen kann. Es wirkt fast so, als würden sie sich noch nicht lange kennen, was wahrscheinlich Quatsch ist.

Die Ähnlichkeit zwischen den beiden ist so verblüffend stark, dass ich mich frage, warum mir das nicht gleich aufgefallen ist. Wie eingefroren stehe ich da, den Griff der Autotür in der Hand, und beobachte sie. Was sie reden, kann ich nicht verstehen, dazu sind sie zu weit weg. Schon wieder kann ich meinen Blick nicht von ihr abwenden.

»Schau zu mir, schau zu mir!«, denke ich, aber sie scheint uns gar nicht zu bemerken.

Schließlich legt ihre Mutter ihr die Hand auf die Schulter und sagt etwas, worauf sie nickt und zum Haus hinübergeht. Ich schaue ihr so lange nach, wie ich kann. Dann kommt Mathilda zurück und wir verabschieden uns. Als sie meine Hand schüttelt, kann ich nicht verhindern, dass mir der Gedanke durch den Kopf schießt, dass es die gleiche Hand ist, die eben noch auf der Schulter dieses wunderschönen Mädchens gelegen hat. Das ist langsam nicht mehr normal. Wahrscheinlich werde ich verrückt.

10

MEINE STIMMUNG ist schon fast am Tiefpunkt angekommen, als die Schulglocke uns endlich vom Matheunterricht in die Mittagspause entlässt. Es waren zwei endlose Stunden. Den Anschluss habe ich sowieso längst verloren, irgendwo zwischen den ganzen Funktionskurven. Dabei sind sie hier sogar etwas im Stoff hinterher im Vergleich zu meiner alten Schule. Was meine Laune zusätzlich trübt, ist, dass SIE heute viel früher Schluss hat als ich. Was bedeutet, dass ich die Mittagspause und den ganzen Nachmittag, zu allem Überfluss vollgestopft mit einer Doppelstunde Französisch und Sport, ohne den Lichtblick ertragen muss, sie sehen zu können.

»Lasst uns draußen sitzen.« Tina folgt ihrer Schwester und ich trotte ebenfalls hinterher. Wir lassen unsere Taschen neben die Stühle auf den Boden fallen, und als ich mich setze und aufschaue, trifft mich fast der Schlag.

Am Tisch nebenan, keine fünf Meter entfernt, sitzt sie tatsächlich. Sie ist alleine und vertieft in ein Schulbuch. Der Tisch ist übersät mit Blättern und Stiften. Hoch konzentriert hebt sie kaum den Blick von ihren Unterlagen, die blonden Strähnen fallen ihr ins Gesicht. Möglichst unauffällig rücke ich meinen Stuhl so zurecht, dass ich zu ihr hinüberschauen kann, ohne dass es zu offensichtlich ist. Tina bemerkt es trotzdem.

»Wendest du dich jetzt von uns ab?« Sie grinst.

Ich bilde mir ein, dass es ein wissendes Grinsen ist. Sieht man mir eigentlich alles an? »Nee, ich will nur gerne mehr in der Sonne sitzen.«

Eine himmlische Mittagspause lang kann ich sie sehen, versuchen einen Blick von ihr zu erhaschen und mir einbilden, sie würde unserem Gespräch zuhören. Ich versuche möglichst interessant zu wirken, baue alle möglichen Themen in die Unterhaltung ein. Ich rede viel mehr, als ich eigentlich will, und ärgere mich ein bisschen darüber. Vielleicht mag sie keine Leute, die so viel und so aufgeregt reden, vielleicht nervt es sie, weil sie lernen will. Vielleicht hört sie aber auch zu. Selten schaut sie auf und manchmal treffen sich dann unsere Blicke. Ich lächle, aber sie lächelt nicht zurück. Sie wundert sich wahrscheinlich, weil sie mich ja gar nicht kennt. Wie gerne würde ich wissen, was sie wohl denkt, wenn sie mich anschaut. Denkt sie überhaupt an etwas Bestimmtes? Ihr Blick ruht manchmal einen Moment auf mir, aber nie so lange, dass es nicht mehr wie ein Zufall wirken würde. Viel zu schnell ist die Pause um und sie packt ihre Sachen und geht.

»Hey Lou«, ruft mir Tina hinterher, als ich schon ein paar Schritte von Bianka und ihr entfernt bin. Die nächste Stunde haben wir leider nicht zusammen. Tina tauscht einen Blick mit ihrer Schwester, als müssten sie sich nochmals darüber abstimmen, was Tina mich gleich fragen wird. Dann schließt sie zu mir auf.

»Hast du Lust, morgen Abend mit zu einem Konzert zu kommen? Es ist eine eher unbekannte Band, die du wahrscheinlich nicht kennst, aber es könnte ganz lustig werden zu dritt.« Sie lächelt, als müsste sie sich selbst noch davon überzeugen. Merkwürdig, es zwingt sie ja keiner, zu diesem Konzert zu gehen.

»Es wird bestimmt sehr, sehr gut«, fügt Bianka mit einem Unterton hinzu, der die Zweifel ihrer Schwester unterdrücken will.

»Ähm ... ja, klar.« Bei Konzerten bin ich immer dabei. »Was kostet es denn und wo müssen wir hin?«

»Es kostet nicht viel, denke ich, vielleicht zehn, fünfzehn Euro, aber wir müssen zwei Stunden mit dem Zug hinfahren, wäre das okay? Auch mit deinem Dad und so?«

»Klar«, sage ich schnell. Ich hatte noch nie einen Grund, Übernachtungen bei Freunden vorzutäuschen, um irgendwohin zu können, erst recht nicht am Wochenende.

»Sehr cool«, freut sich Tina und auch Bianka lächelt erleichtert.

Tina klopft mir zum Abschied auf die Schulter und dann müssen wir uns einmal mehr beeilen, um gerade noch pünktlich zum Unterricht zu kommen.

Vor dem Eingang hat sich eine lange Schlange gebildet. Bianka und Tina sind schon ganz aufgekratzt. Ich glaube, sie sind wahnsinnig aufgeregt. Wir stehen vor einem leicht zwielichtigen Club, und das bestimmt schon seit einer halben Stunde, weil sich die Schlange so langsam fortbewegt. Bianka tritt von einem Fuß auf den anderen, Tina hingegen scheint die Ruhe selbst zu sein, doch als sie sich eine

Zigarette anzündet, sehe ich, wie sehr ihre Finger zittern. Mannomann, diese Band muss ja der Hammer sein, wenn die sich so aufführen. Ich hole schon Luft, um sie danach zu fragen, aber lasse es dann doch. Vielleicht werde ich es ja verstehen, wenn ich die Band sehe beziehungsweise höre.

Nach einer gefühlten Ewigkeit haben wir es endlich nach vorne geschafft und können rein. Der Club sieht von innen genauso aus, wie ich ihn mir vorgestellt habe. Ein kleiner Raum, links neben dem Eingang eine Bar aus dunklem Holz und am anderen Ende eine kleine Bühne. Es ist jetzt schon ziemlich stickig und die Leute stehen dicht gedrängt, die meisten mit einer Bierflasche in der Hand.

»Mist, so sehen wir gar nichts«, sagt Bianka enttäuscht.

»Wart's ab«, sage ich und schnappe mir ihr Handgelenk.

Im Gänsemarsch bahnen wir uns Schritt für Schritt einen Weg durch die Menge. Ganz nach vorne schaffen wir es so zwar auch nicht, aber immerhin etwas näher an die Bühne heran. Wir bleiben hintereinander stehen, weil hier so ein Gedränge herrscht, dass an Nebeneinanderstehen nicht zu denken ist.

Es dauert noch eine weitere halbe Stunde, in der mir mein Vordermann mindestens dreimal auf den Fuß tritt, bis endlich das Licht ausgeht und vier Männer auf der Bühne erscheinen, in der typischen Rockband-Zusammenstellung: Sänger, Bassist, Gitarrist und Drummer.

Der Sänger ist ein großer Typ mit langen dunklen Haaren und Dreitagebart. Er brüllt so laut ins Mikrofon, dass es beinahe rückgekoppelt wird. Den Namen der Band hätte ich auch nicht verstanden, wenn er deutlich gesprochen hätte, weil im gleichen Moment das Publikum, mehrheitlich Typen wie die auf der Bühne, zu brüllen angefangen hat.

Dann geht es los. Ziemlich simpler Rockaufbau, nett anzuhören, aber die einzelnen Stücke sind kaum zu unterscheiden. Vom Text versteht man auch nicht sonderlich viel, dazu brüllt der Sänger zu sehr.

Ich lasse mich von den Menschen um mich herum hin und her schubsen, wippe etwas im Takt mit und schaue mich ein paarmal zu Tina und Bianka um, aber sie scheinen mich gar nicht wahrzunehmen. Ganz still stehen sie da und starren mit einem seltsamen Ausdruck im Gesicht zur Bühne. Es liegt eine Mischung aus Bewunderung, Misstrauen und Respekt darin, den ich nicht zu deuten weiß. Was sie bloß an dieser Band finden? Es hatte mich schon gewundert, als sie mich gestern überredet hatten, die fast zwei Stunden herzufahren. Dabei sind sie sich, wie in fast allem, in ihrem Musikgeschmack sehr unähnlich.

Ich schaue wieder nach vorne. Na ja, vielleicht stehen sie auch einfach nur auf den Frontmann. Ich verziehe das Gesicht und muss gleichzeitig lachen. Der Typ ist mindestens vierzig und ich nehme nicht an, dass sich die beiden ausgerechnet in ihrem Männergeschmack einig sind.

Nach nur einer Stunde verabschiedet sich die Band und geht von der Bühne. Doch das Publikum hat noch nicht genug, es brüllt und stampft, ruft nach einer Zugabe. Ich habe definitiv genug. Von allen Seiten sind mir dauernd Leute auf die Füße getrampelt, mir ist heiß und ich muss aufs Klo. Zum wiederholten Male frage ich mich: Was finden die Leute vergisst. Dass er total in sie verschossen ist, ist so offensichtlich, dass es nicht mal mehr einen Anlass zu Getratsche gibt.

»Kann sein«, war Tinas einzige Antwort, als ich sie einmal darauf angesprochen habe, ob sie das auch bemerkt hätte.

Armer Toni, da hat er wohl eine harte Nuss zu knacken. Wenn sie sich überhaupt knacken lassen will.

bloß an denen? Weiter vorne haben einige Frauen sogar ihre Shirts ausgezogen und schwingen sie durch die Luft. Das ist jetzt nicht so wirklich nachvollziehbar.

Endlich erlöst die Band ihre Fangemeinde und erscheint noch einmal. Der Langhaarige stellt sich wieder hinter sein Mikro und wartet, bis es etwas ruhiger geworden ist, bevor er sagt: »Well … thank you a lot. The next song is for my children, Alex and Leon!« Er wirft seine Haare zurück und seinen Leuten einen Blick zu, dann spielen sie noch einen Song, der genauso klingt wie alle anderen zuvor.

Plötzlich spüre ich, wie jemand mein Handgelenk packt und mich nach hinten zieht. Wenig später finde ich mich vor dem Club wieder.

»Wir fahren nach Hause, komm, beeil dich, es fährt gleich ein Zug«, teilt Tina mir mit.

Bianka ist schon hundert Meter weiter weg, sie geht sehr schnell und energisch. Ich bin total verwirrt. »Was ist denn los? Ist was passiert?«

Tina zieht die Augenbrauen hoch und zeigt über ihre Schulter zurück in den Club. »Ich hatte nur mal wieder recht.« Dann geht auch sie los, allerdings viel langsamer, und zündet sich eine Zigarette an.

»Womit hattest du recht?«, frage ich sie, als ich sie eingeholt habe.

»Er ist ein Arsch.« Sie dreht den Kopf zur Seite und atmet den Rauch aus.

»Wer?«

»Unser Erzeuger.« Sie schaut mich an. »Ein echt widerliches Wort irgendwie, oder? Aber Vater kann man ihn wirklich nicht nennen.«

Es dauert eine Weile, bis ich begreife, wen sie meint. »Der Sänger?«

»Jap.«

Ich versuche meine Gedanken zu ordnen, während wir nebeneinander hergehen.

»Mama hat ihn kurz vor dem Abi getroffen. Er hat sie geschwängert und ist dann eines Nachts verschwunden, nach Amerika. Er konnte einfach nicht damit umgehen, schon Vater zu werden. Und dann kriegt er auch noch gleich zwei auf einmal!« Tina lacht leise. Ein sarkastisches Lachen. »Er hatte große Pläne für sein Leben, nur leider kamen wir nicht drin vor.« Sie schaut mich an. »Ziemlich lächerlich, wie er sogar hier in Deutschland den Amerikaner spielt.«

Ihr Gesicht ist total ausdruckslos, während sie mir das alles erzählt. In ihrer Stimme schwingt ein bisschen Bitterkeit mit, aber Tina wirkt, als hätte sie sich damit abgefunden. Als hätte sie diesen Mann, ihren Vater, schon vor langer Zeit aus ihrem Leben gestrichen.

»Zweimal haben wir ihn noch wiedergesehen, einmal einige Tage vor Biankas und meinem zehnten Geburtstag und das letzte Mal, als wir zwölf waren. Er war mit der Band in der Nähe und brauchte einen Platz zum Schlafen. Einen anderen Grund gab es nicht, denke ich. Mama hat es immer geduldet, keine Ahnung, wieso. Aber wahrscheinlich hat seine neue Frau was dagegen, sofern die überhaupt etwas von uns weiß. Jedenfalls ist er nicht wiederaufgetaucht und wir haben auch nichts mehr von ihm gehört. Ist wahrscheinlich auch besser so.«

Wir schweigen und ich versuche immer noch zu verstehen, was ich da gerade alles erfahren habe. »Was ist mit Bianka?«, frage ich vorsichtig.

»Sie will einfach nicht einsehen, dass er nie unser Vater sein wollte und auch nie sein wird. Sie glaubt immer noch, dass er eines Tages plötzlich vor unserer Tür stehen und eine richtig gute Erklärung haben wird, warum er nie für uns da war.« Tina schaut traurig. Irgendetwas hatte sie sich von diesem Abend bestimmt auch erhofft. Schließlich war Bianka nicht die Einzige, die das ganze Konzert über nur Augen für ihren Vater hatte.

Ich frage mich, wie das sein muss, wenn man den einen Elternteil zwar noch hat, aber damit klarkommen muss, dass man in dessen Leben keine Rolle spielt. Ich kann mich an keinen Tag meiner Kindheit erinnern, an dem ich mich ungeliebt gefühlt hätte. Wenn ich mir einer Sache immer sicher sein konnte, dann der, dass Mama, Papa und Tom mein sicheres Netz sind, das mich immer auffangen wird, ganz egal was da kommt.

Ich weiß nicht, was ich sagen soll, und lege Tina meinen Arm um die Schultern. Tina lehnt ihren Kopf gegen mich und so gehen wir langsam in Richtung S-Bahn-Station.

Vor einer Bar in der Nähe, die ein bisschen netter aussieht als das Etablissement von vorhin, wartet Bianka auf uns. »Wollen wir noch was trinken?«

Tina und ich zucken zustimmend mit den Schultern und wir gehen rein und setzen uns an die Theke, der einzige Platz, der noch frei ist. Die Musik ist hier ebenfalls besser als bei dem Konzert und zumindest Tina scheint sich wieder ein bisschen zu entspannen. Bianka hat seit ihrer Frage vor der Bar kein Wort mehr gesagt. Sie scheint versunken in so vieles, was sie vielleicht gerne sagen würde, aber nicht kann. Ich lade die beiden ein, nehme meine übliche Whiskey-Cola, Bianka auch, nur Tina trinkt lieber eine Cola ohne Whiskey.

Wir versuchen noch einige Male Bianka ins Gespräch einzubinden, lassen es aber schließlich sein. Tina und ich reden ein bisschen über dies und das, aber die meiste Zeit sitzen wir einfach da, lassen die Zeit vergehen und die Gespräche, das Gelächter und die Musik an uns abperlen.

Irgendwann kommt ein Typ zu Tina herüber und quatscht sie an. Entgegen meiner Erwartung lässt sie sich darauf ein, obwohl der Typ locker über dreißig ist und ganz klar einen sitzen hat.

Irgendwann höre ich nicht mehr zu und lasse meine Gedanken abschweifen. Automatisch taucht IHR Gesicht vor meinen Augen auf. Wie schön es wäre, sie jetzt neben mir zu haben. Mich mit ihr zu unterhalten oder einfach zusammen zu schweigen.

Ob wir gut füreinander wären? Ich spüre ein eindeutiges Ja in mir, aber woher soll ich das mit Sicherheit wissen? Vielleicht ist es dumm, mich immer weiter in den Gedanken hineinzusteigern, wie es wohl mit ihr wäre. Wie es wäre, sie in meinem Leben zu haben. Aber die Vorstellung von uns beiden ist zu schön, um sie verdrängen zu können, jedenfalls nicht mit Whiskey. Wir könnten im Winter lange Spaziergänge machen, und wenn wir wieder zu Hause wären, würde ich uns einen Kakao machen. Sie hätte noch einige langsam durch die Wärme schmelzende Schneeflocken im Gesicht und ich … ich würde sie ihr … wegküssen.

»Aber du hasst Spazierengehen«, gibt plötzlich wieder der Dämon in meinem Kopf seinen Senf dazu und schaut gelangweilt von meinen Träumereien auf seine Fingernägel. »Und zum Küssen bist du zu feige. Als würdest du überhaupt je an den Punkt kommen können, an dem du dich normal mit ihr unterhalten, geschweige denn sie küssen kannst.«

Mir fällt nichts ein, was ich ihm entgegnen kann, abgesehen von einem lahmen »Pfff!«.

Ich stehe auf und lege meine Tasche auf den Barhocker, um ihn besetzt zu halten. Im ersten Moment schwankt der Boden ein bisschen. Seit der Party mit Natalie habe ich die Finger ganz vom Alkohol gelassen. Ich bin nichts mehr gewohnt.

»Ich geh schnell aufs Klo, bin gleich zurück, okay?«, sage ich zu Bianka, die immer noch bewegungslos dasitzt und nichts sagt.

Mist, ich bin echt eine schlechte Freundin. Sitze einfach da und träume vor mich hin, anstatt für sie da zu sein. Anstatt bereit zu sein, wenn sie reden will. Wenn ich zurück bin, frage ich noch einmal vorsichtig nach, beschließe ich und bahne mir dann meinen Weg durch die Menschen.

»Scheiße, hast du mitgekriegt, wie viel sie getrunken hat?« Als ich zurückkomme, vor dem Klo war eine lange Schlange und es hat ewig gedauert, bis ich reingekommen bin, ist Tinas Typ weg und Bianka scheint auf der Bar eingeschlafen zu sein. Tina ruckelt an ihren Schultern und erhält ein unwilliges Grummeln als Antwort.

»Komm, wir müssen sie heimbringen.«

Das Geld von uns dreien reicht gerade so, um unsere Schulden beim Barkeeper zu bezahlen, Bianka hat sich wohl noch einige Drinks mehr bestellt, während ich die ganze

Zeit in Gedanken versunken danebengesessen habe. Mir wird übel, aber diesmal nicht wegen des Alkohols, sondern weil ich mich als Freundin so schlecht verhalten habe.

Tina und ich stützen Bianka und schaffen sie aus der Bar heraus und Richtung Bahnhof, der zum Glück nicht so weit weg ist. Direkt vor der nächsten Kneipe müssen wir anhalten und der von Bianka konsumierte Whiskey ergießt sich auf den Bürgersteig. Ein Typ, offenbar gehört er zu der Bar, steht in der Tür und motzt uns an, wir sollen sie hier wegschaffen und das gefälligst woanders rauslassen.

Ich habe Tina noch nie so wütend erlebt. »Was rausmuss, muss raus! Manchmal kann man sich den Ort nicht aussuchen, sonst wären es deine Füße gewesen, glaub mir! Wenn du uns nicht helfen willst, dann halt einfach den Mund.«

Die Antwort des Typen, wenn es überhaupt eine gab, kriegen wir nicht mehr mit, denn wir gehen einfach weiter.

Auf der Fahrt nach Hause sind wir alle ziemlich schweigsam. Bianka starrt finster und traurig vor sich hin, ihre Schwester hat den Arm um sie gelegt. Es ist schon nach drei Uhr morgens, als wir bei Bianka und Tina ankommen, und wir sind auch dementsprechend müde. Auf Zehenspitzen, um ihre Mutter und den kleinen Bruder nicht zu wecken, gehen wir direkt in Tinas Zimmer. Auf dem Boden liegen zwei große Matratzen, auf die wir uns, immer noch schweigend, legen und sofort einschlafen.

Die ganze Klasse ist da. Ich gehe an den Leuten vorbei, sie stehen alle abgewandt zu mir und ins Gespräch vertieft. Der helle Raum ist erfüllt von Gemurmel. Plötzlich sehe ich das blonde Mädchen, sie steht neben einem anderen aus meiner Klasse, das ich nur vom Sehen kenne. Es passiert, was in einer solchen Situation immer passiert: Mein Herz klopft schneller, das Blut rauscht in meinen Ohren und ein warmes, kribbelndes Gefühl breitet sich in meinem ganzen Körper aus.

Ich schaue sie an, lächle nervös und will gerade an ihr vorbeigehen, denke, dass sie mich sowieso nicht weiter beachten wird. Aber plötzlich kommt sie auf mich zu. In der Hand hält sie eine riesige Schachtel mit kleinen Salzbrezeln. Sie bleibt vor mir stehen und gibt mir die Schachtel. Mit ihren großen braunen Augen schaut sie mich an.

»Oh danke!«, sage ich. »Wofür sind die denn?«

Sie seufzt leise und dann lächelt sie mich an. »Jemand von uns muss doch endlich mal den ersten Schritt machen.«

11

ALS ICH AUFWACHE, fühle ich mich, als hätte mir jemand einen Backstein ins Gesicht geschlagen. Die Sonne scheint durchs Fenster und die Wärme ihrer Strahlen staut sich im Zimmer. Warum musste ich jetzt schon aufwachen? Ich sehe immer noch das schönste Lächeln der Welt vor mir. Wenn ich jetzt zu sehr versuche es mir weiter vorzustellen, was ich bestimmt nicht verhindern kann, verblasst das Bild noch schneller als sowieso schon. Ich setze mich langsam auf und schaue zu den andern, die noch tief schlafen. Bianka liegt im Arm ihrer Schwester. Ich muss lächeln. Alles sieht so friedlich und schön aus heute. Es bleibt zu hoffen, dass uns der gestrige Abend nicht einholt.

Leise stehe ich auf und gehe in die Küche. Alles ist still. Ich nehme ein Glas aus dem Schrank und fülle es mit Wasser. Als ich mich auf einen Stuhl setze, fällt mein Blick auf den Kühlschrank. Er ist komplett mit Fotos und Postkarten bedeckt. Die meisten sind Familienfotos, erkenne ich beim näheren Hinsehen. Auf einem sind Bianka und Tina noch total klein, so ungefähr vier Jahre alt, und von oben bis unten verschmiert mit etwas, das wie Schokolade aussieht.

Frech grinsen die beiden in die Kamera. Lächelnd schaue ich mir alle Fotos an, mein Blick gleitet über die vielen Gesichter, alle lachend, alle glücklich.

Ich will mich gerade abwenden, da entdecke ich plötzlich ein Bild, auf dem eine große Gruppe abgebildet ist, alle tragen Badeanzüge. In der zweiten Reihe steht Tina, stolz grinsend, und sieht nicht viel jünger aus als heute.

»Na, sind sie spannend?« Mir fällt fast das Glas aus der Hand, als Tina plötzlich neben mir steht und das gleiche Grinsen grinst, das ich schon von den beiden vierjährigen Mädchen auf dem Foto kenne.

Ich zeige auf das andere Bild. »Du bist im Schwimmverein?«

Tina wirft einen kurzen Blick darauf. »Ich war, hatte aber keine Lust mehr. Willst du was frühstücken?«

Sie hatte erwartet sich unsicherer zu fühlen. Aber jetzt sitzen sie hier und das Gespräch fließt dahin, ohne dass sie sich im Kopf ständig einen neuen Satz überlegen muss, damit keine lähmende Pause entsteht. Er ist erfrischend authentisch, wie er scheinbar einfach so alles aus dem Bauch heraus erzählt. Sie hatte ihn als Spieler eingeschätzt, als Charmeur, der eine ansteckende Wirkung auf andere Leute hat und ganz bewusst mit Worten spielt. Doch so ist er nicht, das hat sie sofort gemerkt, schon nach den ersten paar Sätzen, die sie gewechselt hatten. Genauso wie es Menschen gibt, bei denen sie schon bei der ersten Begegnung eine extreme Abneigung verspürt und sich instinktiv von ihnen fernhält, scheint es auch Menschen wie ihn zu geben. Er, der erste Mensch, dem sie begegnet und sich sofort wohl mit ihm fühlt. Seine Ausstrahlung ist ein leuchtendes Gelb, der Witz in seiner Sprache und der Aus-

druck in seinen Augen sind orange. Sie ist tatsächlich überrascht, dass es ihn gibt. ....

....

Ich verzichte aufs Frühstücken und fahre nach Hause. Den Weg von der Bushaltestelle im Dorf zu unserem Haus muss ich laufen. Über Nacht wollte ich mein Mofa nicht dort stehen lassen. Aber es macht nichts. So früh war ich am Wochenende schon lange nicht mehr unterwegs, und schon gar nicht zu Fuß. Es verspricht ein Tag wie aus einem Disneyfilm zu werden, die Sonne scheint mir ins Gesicht und es geht ein sanfter Sommerwind. Tracy Chapman singt mir leise ins Ohr und meine gute Laune lässt nichts anderes zu, als lautstark mitzusingen und mich im Gehen im Kreis zu drehen.

Immer noch habe ich das Gefühl, als wäre ich in diesem Traum von heute Nacht, als wäre er tatsächlich passiert. Er scheint mir eher eine Erinnerung als ein Traum zu sein. Ich fühle mich federleicht und die Welt fliegt an mir vorbei. Dann ist das Lied zu Ende.

Moment.

Lacht da nicht jemand?

Ich mache die Augen auf und kriege den Schock meines Lebens. Das darf jetzt bitte nicht wahr sein! Zwei Meter von mir entfernt steht mein Bruder, zwei Tassen in der Hand, und lacht mich aus. Das alleine wäre ja nicht schlimm gewesen, aber hinter ihm steht unser Gartentisch, an dem SIE sitzt und sich ein Grinsen nicht verkneifen kann.

Ein warmer Schauer durchfährt mich. Von so nahem habe ich sie bisher kaum länger als einen kurzen Moment gesehen. Unbeschreiblich schön ist sie, wie sie dasitzt, die Sonne lässt ihre blonden Haare leuchten und vereinzelte Sommersprossen schmücken ihre Nase und Wangen.

Und diese Augen!

Ich hätte nie gedacht, dass ich einmal einen Menschen treffe, bei dem ich denke: Was für wunderschöne, schokoladenbraune Augen, mit so einer enormen Tiefe.

Unsere Blicke treffen sich, aber ich schaue schnell wieder weg und ärgere mich im selben Augenblick darüber. Ich spüre, wie ich knallrot anlaufe. Ich hasse dieses Gefühl, weil man absolut gar nichts dagegen machen kann und sich wie ein Idiot vorkommt. Tracy stimmt ihr nächstes Lied an, aber ich reiße mir die Kopfhörer aus den Ohren. »Was ist denn hier los, schon so früh?«

Tom grinst und stellt die beiden Becher ab, schiebt den einen dem Mädchen zu. »Es ist schon halb zehn, du Faultier, und ich gebe Elia hier Nachhilfe in Französisch.«

Er dreht sich zu ihr um. »Das ist meine Schwester Lou. Und, wie gesagt, das ist Elia. Du wirst dich an sie gewöhnen müssen, sie kommt jetzt öfters her, um beim Meister zu lernen.«

Ich stehe da und kann mich nicht bewegen. Meine Gedanken erreichen nur sehr langsam mein Bewusstsein. Sie heißt Elia! Der Name passt einfach perfekt zu ihr, finde ich. Sie kommt jetzt öfters her! Was habe ich bloß für ein wahnsinniges Glück!

Wochenlang wünsche ich mir, diesem Mädchen näherzukommen, sie kennenlernen zu dürfen und plötzlich sitzt sie hier. Ich muss mich schwer zusammenreißen, um nicht zu schreien vor lauter Glück. Ich denke, das würde meine Lage hier nur noch instabiler machen und zur allgemeinen Verunsicherung führen. Also besser tief durchatmen und warten, bis ich mir in meinem Zimmer ein Kissen aufs Gesicht drücken kann.

Tom hat sich inzwischen hingesetzt und die beiden sehen mich erwartungsvoll an. Der gleiche Blick wie in meinem Traum, schießt es mir durch den Kopf. Dann merke ich, dass ich schon viel zu lange bewegungslos dastehe und wahrscheinlich ein komplett irres Leuchten in den Augen habe. Oh Gott, habe ich sie jetzt etwa die ganze Zeit angestarrt?!

»Äh …«, ich räuspere mich, »na gut, dann lernt mal schön.« Mehr kann ich einfach nicht sagen in diesem Moment.

Als ich die Haustür hinter mir zugezogen habe, lehne ich mich an sie und atme noch mal tief durch. Mir ist etwas schwindelig. Und das ganz sicher nicht, weil ich kein Frühstück hatte.

TEIL ZWEI

1

VON JENEM MORGEN an ist Elia einmal in der Woche bei uns zur Nachhilfe. Also bei Tom. Obwohl ich dann natürlich immer zu Hause bin und mir Mühe gebe, ihr öfters über den Weg zu laufen, haben wir bisher kaum ein Wort außerhalb der Begrüßungsebene gewechselt.

Anfangs habe ich mich nach jedem Hallo jedes Mal wie blöd hinter meiner Zimmertür gefreut. Aber bald reichte mir das nicht mehr. Ich will mich richtig mit ihr unterhalten, sie erleben und die Unterschiede in ihrer Stimme kennenlernen, wenn sie über verschiedene Dinge spricht.

Am liebsten würde ich sowieso dauernd bei den beiden sitzen, während sie lernen. Aber meistens sind sie in Toms Zimmer, da wäre es schon sehr merkwürdig, wenn ich mich jedes Mal dazugesellen würde. Womöglich würde ich dadurch alles nur noch seltsamer machen. Ich kann mich ja nicht mal mit Tom normal unterhalten, wenn SIE zuhört. Es ist, als wäre ich weiter denn je von der Möglichkeit entfernt, sie richtig kennenzulernen. Weil mir ihre Anwesenheit jede Woche vor Augen führt, wie schwierig es ist, mich in ihrer Nähe normal, geschweige denn sympathisch zu geben.

Der Sommer kommt noch einmal mit voller Wucht und enormer Hitze und weicht dann schnell einem warmen und traumhaften Herbst, in dem sich der Wald hinter unserem Haus wunderschön verfärbt. Ich unternehme gerne lange Streifzüge durch diesen Wald, wenn es noch warm genug für ein T-Shirt ist und trotzdem ein leichter Wind weht, der die Baumkronen rauschen lässt.

Heute bin ich ein bisschen weiter in den Wald hineingelaufen, weil mich plötzlich die Lust gepackt hat, einfach loszurennen. Nicht wie eine Joggerin natürlich, sondern eher wie die Protagonisten im Intro eines Kinderfilms. Also ungefähr zwanzig Sekunden lang. Länger halte ich peinlicherweise nicht durch.

Als ich mich gerade auf den Waldboden fallen lassen will, um in den Himmel zu gucken, entdecke ich den Hochsitz. Er scheint nicht mehr genutzt zu werden, denn der Zugang ist ziemlich zugewachsen und an den Tritten hängt ein Schild, auf dem »Betreten verboten« steht. Das ist ohnehin gar nicht möglich, weil die Tritte praktisch alle durchgebrochen oder zu morsch sind. Aber ich muss da rauf! Der Ausblick muss der Hammer sein, da bin ich mir sicher.

Doch als ich den ganzen Hochsitz dreimal umrundet habe, ist mir endgültig klar: Anders als über die Leiter kommt man nicht nach oben und das geht nicht mehr.

Enttäuscht mache ich mich auf den Nachhauseweg. Aber in meinem Kopf entsteht bereits ein Plan, den ich gleich morgen in die Tat umsetzen werde.

»Was willst du denn noch in der Stadt?« Tina schaut mich überrascht an, als wir nach der Schule im Bus sitzen.

»Ich brauch was aus dem Baumarkt. Nichts Spezielles«, sage ich zögernd.

Aber Tina scheint sich auch nicht weiter dafür zu interessieren. Sie zuckt mit den Schultern. »Na ja, ich muss sowieso nach Hause, heute muss ich ja sogar doppelt babysitten.«

Ich bin ehrlich gesagt erleichtert. Sie hätte mich bestimmt gefragt, wozu ich denn eine Strickleiter brauche. Ich weiß nicht, dieser Hochsitz ist irgendwie meins. Ein Rückzugsort, den ich mit niemandem teilen will. Falls ich es jemals schaffen sollte, da hochzukommen. Aber vielleicht hätte sie auch ohnehin nicht weiter nachgefragt, denn sie schaut die ganze Zeit mit gerunzelter Stirn auf ihr Handy.

»Wünsch Bianka gute Besserung von mir«, sage ich, als ich aussteigen muss, doch Tina nimmt mich kaum wahr.

Ein Hindernis, an das ich nicht gedacht habe, ist, wie ich diese Strickleiter nun ganz oben an den Hochsitz hängen soll. Manchmal denke ich echt nicht weiter als bis zu meinen Schuhen. Wütend über mich selber stampfe ich auf den Boden. Dabei erschrecke ich eine kleine Eidechse, die sich zum Sonnetanken auf den Stein neben mir gelegt hat. Blitzschnell verschwindet sie unter den Blättern am Boden.

Ich schaue mich um. Ein Baum ist nach oben hin schief gewachsen und neigt sich darum ein bisschen zu dem Hochsitz. Wenn ich da hochklettern könnte … Ich beschließe, dass ich's kann. Habe ich schon erwähnt, dass ich komplett sportfaul und total kletterunfähig bin?

Na ja, irgendwann habe ich es dann tatsächlich so weit nach oben geschafft, dass ich mich auf der Höhe des Hochsitzes befinde. Okay. Ich bringe das Strickleiterende in Position und werfe, wobei ich die Stelle knapp verfehle, an der sie sich fürs Erste hätte einhaken können. Fluchend klettere ich den Baum wieder runter, hole die Leiter und steige dann noch mal hoch.

Dieses Spielchen wiederholt sich noch einige Male und meine Arme werden immer lahmer. Dabei war ich doch schon beim ersten Durchlauf überrascht, überhaupt den Baum hochgekommen zu sein.

Ich glaube schon gar nicht mehr an den Erfolg und versuche es nur deshalb immer wieder, um nicht mit dem Gefühl heimgehen zu müssen, aus diesem Tag nichts gemacht zu haben. Und wenn es nur die Eroberung eines Hochsitzes wäre. Bis ich die glorreiche Idee habe, mich einen Ast entlang ein Stück nach vorne Richtung Hochsitz zu hangeln, nur ein ganz kleines Stück, dann hätte ich die perfekte Position …

Es ist sehr viel anstrengender, als ich erwartet hatte. Jetzt rächt sich, dass ich die Klimmzüge im Sportunterricht immer so halbherzig gemacht habe. (Wieso hat man in solchen Situationen eigentlich immer noch die Zeit, an solchen Mist zu denken?) Mit der rechten Hand hake ich die Strickleiter um das obere Ende der kaputten Hochsitzleiter. Kaum habe ich sie losgelassen, verlassen mich die Kräfte. Meine linke Hand rutscht vom Ast ab und ich versuche mich mit der rechten schnell irgendwo am Hochsitz festzuhalten. Statt der Strickleiter bekomme ich aber nur einen der alten Tritte zu fassen. Blöd, denn der ist total morsch, so dass er mit einem lauten Knacken zerbricht.

Im Moment des Fallens denkt man nichts. (Na ja, außer:

Oh nein, ich falle.) Das weiß ich jetzt sogar aus eigener Erfahrung. Mein Greifreflex ist es, der mich vor Schlimmerem bewahrt. Irgendwie bekomme ich im Fallen die Strickleiter wieder zu fassen und mein Arm wird durch den Ruck fast aus seinem Gelenk gerissen. Schnell nehme ich die andere Hand dazu, kralle mich fest und taste mit den Füßen nach Halt. Dann fange ich so sehr zu zittern an, dass ich mich gar nicht mehr bewegen kann. So hänge ich eine Weile da, ungefähr zwei Meter über dem Boden. Nach einer halben Ewigkeit traue ich mich endlich, einen Fuß nach dem anderen die Strickleiter langsam hinabzusteigen.

Unten angekommen lege ich mich erst mal auf den Boden und atme tief durch. Was man für gewaltigen Mist gemacht hat, merkt man ja immer erst, wenn man es überstanden hat. Immer noch zitternd stehe ich auf und gehe nach Hause. Auf den Hochsitz traue ich mich heute nicht mehr.

Es wird bereits dunkel, als ich zu Hause ankomme. Auf dem Küchentisch steht eine Portion Nudeln mit Toms Spezialsoße, die allerbeste, die ich in meinem jungen Leben je gegessen habe. Papa ist wohl noch in der Stadt. Im Wohnzimmer finde ich Tom.

»*Tatort* läuft«, sagt er zu mir, ohne seinen Blick vom Fernseher zu lösen.

Schnell wärme ich mein Essen auf und setze mich zu ihm. Tom und ich sind leidenschaftliche *Tatort*-Gucker. Es ist ein unabgesprochenes Ritual zwischen uns, ihn zusammen zu gucken. Nach dem Umzug war das irgendwie untergegangen. Aber wie wir jetzt so hier sitzen, merke ich, wie sehr ich es vermisst habe. Das Zusammensein, das

Mitfiebern und den Wettbewerb zwischen uns, wer den Fall zuerst durchschaut hat.

»Wie geht's eigentlich Natalie?«, fragt Tom plötzlich.

Die Frage trifft mich unerwartet und ich erschrecke, als ich feststelle, wie selten ich in der letzten Zeit an sie gedacht habe. Ich habe nie eine Antwort auf meine SMS bekommen und das fällt mir jetzt erst auf! Langsam und unbemerkt ist sie zwischen Elia, Tina und Bianka und überhaupt allem Neuen verschwunden.

Ich löse meine Augen von der Leiche auf dem Tisch der Gerichtsmedizin und schaue Tom an. »Ich weiß es nicht«, sage ich ehrlich.

»Habt ihr denn gar nichts mehr voneinander gehört?« Tom rangiert mit der Gabel eine Nudel in seinen Mund und stellt seine Frage ganz nebenbei, den Blick weiter auf den Fernseher gerichtet. Aber ich weiß genau, er hört mir zu.

Ich ziehe die Schultern hoch und lasse sie wieder sinken. »Doch, schon, zu Beginn haben wir oft telefoniert, aber das ist jetzt auch schon eine Weile her. Ich habe sie ein paarmal zu erreichen versucht, aber sie hat im Moment wohl auch viel zu tun.«

Oder sie will sich einfach nicht mehr melden, schießt mir ein fieser Gedanke durch den Kopf. Sie ist vielleicht froh, dass ich jetzt so weit weg bin und sich die Sache auf der Party somit gut unter den Teppich kehren lässt. Dass sie sich nicht mehr mit mir beschäftigen muss. Aber so ist sie doch gar nicht, oder?

Plötzlich macht es mich sehr traurig, dass ich gar nichts mehr von ihr weiß, auch wenn es mir selber gar nicht so aufgefallen war. Jahrelang war ich mir so sicher, dass es keinen wichtigeren Menschen als Natalie für mich geben könnte. Und jetzt, nach so kurzer Zeit, scheint das auch umgekehrt gar nicht mehr zu gelten. Wahrscheinlich bin ich einfach leicht zu ersetzen. Eine Lisa hat bestimmt Interessanteres zu einem Clubabend beizutragen als die graue Lou, die sowieso jedes Mal lieber woanders gewesen wäre.

»Ach Lulu«, seufzt Tom und legt seinen Arm um mich. Er ist der Einzige, der mich so nennen darf. Bei anderen klingt dieser Spitzname einfach nur affig. »Wie geht's dir denn hier so? Du würdest mir doch sagen, wenn dich was beschäftigt, oder?«

Ich lächle und überlege, ob ich ihm von meinen merkwürdigen Gefühlen Elia gegenüber erzählen soll, vielleicht könnte er mir sogar dabei helfen, sie besser kennenzulernen. Mindestens würde es mir aber verdammt guttun, mal darüber zu reden, diese komischen Gefühle und Gedanken mal laut ausgesprochen zu hören. Wenn ich jemandem vertrauen würde, was diese Dinge betrifft, dann wäre es Tom.

Aber in diesem Moment hören wir die Haustür und ich schiebe meinen Gedanken ganz schnell zurück in die Tiefen meines Kopfs.

Papa ist wieder da und setzt sich sofort zu uns.

»Klar würde ich«, kürze ich die Sache deswegen ab und lächle Tom an. »Danke.«

2

MIT JEDEM WEITEREN Tag, an dem ich ihr begegne, wird mir stärker bewusst, dass ich ihr unbedingt näherkommen muss. Irgendwie. Einfach, um sie kennenzulernen. Ich wüsste so gerne so viele Dinge über sie. Was genau sie liest, wenn sie mittags in ein Buch vertieft draußen sitzt. Was spricht sie an in einem Text? Welche Gedanken löst er aus? Womit kann sie sich identifizieren, worin erkennt sie sich wieder? Welche Musik sie hört, will ich wissen. Was sie über verschiedene Dinge denkt. Was sie inspiriert, was sie traurig und was sie glücklich macht. Wer sie ist.

Ich will mich nicht mehr wie ein Stalker fühlen, der sich etwas nimmt, was ihm nicht zusteht. Ich wünsche mir so sehr, dass wir uns einfach auf eine Bank in die Sonne setzen könnten und sie mir alles erzählt, was sie über sich weiß.

Aber wie soll ich das bloß anstellen? In meinem Kopf bin ich schon oft einfach zu ihr hingegangen und habe sie angesprochen. Habe sie mit meinem Lächeln, das in meinen Gedanken manchmal sogar extrem anziehend wirkt, gefragt, ob wir mal was zusammen machen wollen. Aber auch wenn ich mich innerlich dafür anschreie, dass ich so ein Schisser bin, kann ich nichts dagegen tun. Es ist doch sofort klar, was ich von ihr will, wenn ich sie das frage. Aus welchem Grund sollte ich sie sonst ansprechen, ein Mädchen, dem ich erst wenige Male begegnet bin, weil mein Bruder ihr zufällig Nachhilfe gibt? Das ist bislang meine einzige Verbindung zu ihr und ich habe es ja nicht einmal zu Stande gebracht, ihr mehr als »Hallo« zu sagen.

Eigentlich ist sie ja nur irgendein Mädchen, das ansonsten nie meinen Weg kreuzen würde, wenn ich es nicht darauf anlegen würde. Nein, ich kann es nicht. Solange ich noch die Chance dazu habe, ist alles unentschieden. So lange ist noch alles möglich und das gibt mir genug Kraft und genug Erfüllung, um relativ glücklich zu sein. Ich habe ja jederzeit die Möglichkeit, sie doch noch anzusprechen.

Ganz davon abgesehen wüsste ich auch gar nicht, was wir zusammen unternehmen könnten. Im Kino kann man sich nicht unterhalten, Tanzen ist ja, wie bereits erwähnt, nicht mein Spezialgebiet und beim Spazierengehen oder so könnte es peinlich werden, wenn wir uns nichts zu erzählen hätten.

Was leider definitiv mein Spezialgebiet ist: im entscheidenden Moment gar nichts zu sagen oder nur Müll zu labern.

Was soll ich bloß tun? Seit Tagen und Wochen geht mir diese Frage nicht mehr aus dem Kopf. Es ist erstaunlich, dass sie da überhaupt noch ein bisschen Platz gefunden hat – neben Elias Lächeln, Elias Gesicht, Elias Stimme.

Ich stelle mir eine Situation vor, in der ich sie einfach anspreche. Manchmal bin ich sogar kurz davor, es wirklich zu tun. Aber dann klopft mein Herz so schnell, dass ich glaube, es nicht den Weg zu ihr hinüber zu schaffen, oder wenn doch, dass ich dann direkt vor ihr einfach umkippe. Außerdem ist sie meistens bei ihrer Klasse, und wenn sie mir alleine begegnet, bin ich es nicht. Vor allen andern, das pack ich erst recht nicht. Vor allem wohl deshalb, weil ich nicht weiß, wie der schlimmstmögliche Ausgang dieser Situation aussehen könnte.

Ich spiele auch mit dem Gedanken, ihr anonyme Briefchen zu schreiben oder Mails. Oder ein Lied für sie zu schreiben. Aber das ist wohl mal wieder komplett übertrieben. Ich kenne sie ja überhaupt nicht und weiß noch nicht mal ganz genau, was ich eigentlich von ihr will. Vielleicht will ich rein gar nichts mehr von ihr, wenn ich sie erst mal richtig kennengelernt habe. Aber wie soll man vorher bloß wissen, was man will? Auch wenn ich mir in den meisten Momenten absolut sicher bin, dass da mehr ist, dass es keine Einbildung ist. Ziemlich sicher steht sie sowieso nicht auf mich, kann es nicht. Kann Mädchen nicht auf diese Weise mögen. Vielleicht aber doch, schließlich habe ich keine Ahnung von ihren Gefühlen. Woran kann man so etwas bloß erkennen?

....

.... *Erstaunlich, wie schnell die Zeit verfliegen kann. Man sitzt nur da, zu zweit, und redet. Und drei Augenaufschläge später sind Stunden vergangen. Sie ist froh, dass es ihn gibt. Bei ihrer ersten Begegnung mit ihm hatte sie sich nicht getäuscht. Eine Verbindung wie die mit ihm hat sie noch nie gehabt. Bei anderen hatte es sie, wenn sie ehrlich ist, nie besonders interessiert, was sie erzählten, und auch die Art und Weise, wie sie das taten, hatte sie nie berührt. Es war immer nett gewesen und sie hatte zugehört, aber sie hatte es selten für nötig empfunden, eine Antwort zu geben, die wirklich von ihr kam. Sie macht sich darüber nicht so detaillierte Gedanken, vielleicht fällt es ihr selbst auch gar nicht auf. Aber ihr Lachen ist echt, weil er sie dazu bringt. Nicht weil sie bewusst oder unbewusst denkt, dass es sich so gehört, in einem solchen Moment ebendies zu tun. Wie wertvoll diese Menschen sind, die uns ein echtes Lachen lachen lassen.*

Wenn ich melancholisch drauf bin, höre ich Radiohead oder The Cure. Oder Fences, wie heute Abend. Die YouTube-Playlist mit zehn Videos läuft rauf und runter. Ich trage meine Kopfhörer, so bin ich näher dran, ganz in der Musik drin. Ich sitze bestimmt schon seit einer Stunde einfach nur da und versinke immer mehr in den Songs und in meinen Gedanken. Ich fange an mich zu bemitleiden und finde mich gleichzeitig unglaublich lächerlich und feige. Wahrscheinlich mache ich einfach ein viel zu großes Drama daraus. Ziemlich sicher sogar. Oder?

Ich brauche unbedingt die Meinung von ein paar Unbeteiligten, beschließe ich und wende mich meinem Computer zu. Nach kurzem Zögern tippe ich »Lesbenchat« in das Google-Suchfeld ein.

Unglaublich, aber allein dieses Wort auf dem Bildschirm zu sehen lässt mich rot anlaufen. Vor mir selber! Und da spiele ausgerechnet *ich* mit dem Gedanken, das schönste Mädchen der Welt anzusprechen, na herzlichen Glückwunsch! Aber jetzt ist es schon passiert. Kaum zehn Minuten später bin ich in einem eher kleinen Chatroom mit dem Nick BlueShadow registriert.

Tomatensuppe, Rina92 und LaLu sind online, begrüßen mich und wollen wissen, wie es mir geht.

»Ehrlich gesagt bräuchte ich mal einen Rat von euch«, tippe ich.

Rina92 antwortet mir keine fünf Sekunden später. »Klar, schieß los.«

Ich versuche die Umstände so kurz wie möglich zusammenzufassen.

BlueShadow: also, ich hab da dieses mädchen getroffen.

Tomatensuppe: aaaaah, alles klar ;)

BlueShadow: besser gesagt hab ich sie immer in der schule beobachtet und jetzt gibt mein bruder ihr zufälligerweise nachhilfe. wir lächeln uns zu und sagen hallo, aber mehr ist da leider nicht.

Rina92: und jetzt willst du wissen, wie du das anstellen sollst?

BlueShadow: mhm …

LaLu: frag sie doch einfach mal, ob sie nicht nach der nachhilfe noch ins kino oder was trinken gehen will.

BlueShadow: aber unter welchem vorwand?

Tomatensuppe: wozu brauchst du einen vorwand?

BlueShadow: ach ich weiß nicht …

Rina92: wovor hast du angst?

BlueShadow: dass ich alles vermassle

LaLu: mensch, du vermasselst es doch eher, wenn du so lange wartest, dann ist sie nämlich vielleicht weg

Tomatensuppe: und was ist, wenn sie deine traumfrau ist? Ist sie es denn nicht wert, dass du es versuchst? Und, ja gut, auch wenn es vielleicht schiefgeht, EGAL! Denn du hast es wenigstens versucht.

Diese letzten Worte hallen in den Ecken meines Zimmers lautlos nach, als ich im Dunkeln in meinem Bett liege. Sie haben alle miteinander recht, und ich weiß es. Ich wusste es schon, bevor ich sie überhaupt gefragt habe. Was ich wollte, war Bestätigung darin zu finden, dass es das einzig Richtige ist, es einfach zu wagen. Jetzt habe ich sie bekommen und ich wollte, ich hätte unrecht gehabt. Denn jetzt habe ich nichts mehr, mit dem mein Kopf mich zurückhalten kann, nichts mehr, was gegen die Stimme anschreit, die mich zu ihr herübergehen und vor ihren Füßen zusammenklappen lassen wird.

Ich werde wütend auf mich selber und strample unter meiner Bettdecke. Ich bin so bescheuert! Ich bin so verdammt feige! Ich will es einfach nicht wieder kaputt machen, bevor es überhaupt beginnen konnte. Es ist merkwürdig: Ich kenne sie gar nicht, aber es ist mir verdammt wichtig, es nicht zu vermasseln.

Ich brauche irgendeinen Anstoß, ein Zeichen.

3

WO SIND DIESE verdammten Tortenverzierungsteile?« Tom durchsucht hektisch die ganze Küche.

Ich stehe im Türrahmen und muss lächeln. Mein Bruder, der Perfektionist. Kochen und Backen ist total sein Ding. Seit gestern Nachmittag werkelt er ununterbrochen in der Küche, um alles für Papas Geburtstags-Schrägstrich-Einweihungsparty heute herzurichten. Da wir noch kaum jemanden hier kennen, hat Papa einfach die gesamte Nachbarschaft eingeladen, was trotz der ländlichen Bevölkerungsdichte eine ganze Menge Leute sind. Entsprechend viel Essen muss vorhanden sein und Tom rotiert wie ein Wahnsinniger.

Ich habe versucht ihm zu helfen, aber ich habe da wohl nicht die gleiche Begabung wie er, denn er musste meine Kreationen ständig nachbessern (besser gesagt: in den meisten Fällen neu erschaffen) und so brachte das natürlich nichts.

Jetzt ist er allerdings echt verzweifelt. »Mann, Lou, jetzt hilf mir doch mal! Die müssen hier doch irgendwo sein.«

Ich stoße mich vom Türrahmen ab und gehe zielsicher auf den Toaster zu, in dem die Packung mit den kleinen

Schweinchen-Figuren aus Zucker steckt. Ist wohl etwas schusselig heute, der werte Herr Koch.

Dankbar nimmt er mir die Packung aus der Hand und atmet tief durch. Ich lasse ihn besser alleine und fange im Garten an die Tische und Stühle aufzustellen. Wenn Tom gestresst ist, hilft ihm gar nichts, am wenigsten, wenn man blöd rumsteht und zuguckt.

Die ersten Gäste trudeln gegen halb fünf ein und dann wird es immer voller. Ich stelle mich gefühlte zweihundert Mal vor, verteile Sektgläser und sage »Es läuft gut« auf die Frage, wie es in der Schule läuft.

Natürlich warte ich aber die ganze Zeit nur darauf, dass Elia auftaucht. Dabei weiß ich gar nicht sicher, ob Papa ihre Familie auch eingeladen hat, sie wohnen ja nicht in unmittelbarer Nähe. Aber ich hoffe es.

Dann kommen Tina und Bianka mit einem Mädchen, das ich nur vom Sehen her kenne. Das Mädchen hat ihre Band mitgebracht, die sich dazu bereit erklärt hat, etwas Musik zu machen. Sie sind mir auf Anhieb alle sympathisch: Liza, Jule, Ole und Tim. Sie treten in der klassischen Rockband-Formation Gitarre, Bass, Schlagzeug auf, mit Liza als Sängerin.

Es scheint nicht ihr erster Auftritt bei einem solchen Anlass zu sein, denn sie wirken alle sehr professionell und die Lieder sind passend ausgewählt. Die meisten sind Cover-Songs, aber ganz eigen interpretiert und nicht zu aufdringlich, so dass man sowohl tanzen, sich aber auch gut nebenbei unterhalten kann.

Immer wenn ich Leute in meinem Alter sehe, die sich

schon etwas so Cooles in ihrem Leben aufgebaut haben, bin ich davon etwas eingeschüchtert. Dann fühle ich mich einmal mehr so langweilig normal und spüre den Druck, den ich mir selbst mache. Den Druck, mich endlich nicht mehr mit meinem Normalo-Ich zu langweilen und das Echte in mir wiederzufinden.

Als das Buffet eröffnet wird, kann auch Tom endlich entspannen. Tina schlägt zu, als hätte sie seit Tagen nichts gegessen, und lobt Tom mit vollem Mund in den höchsten Tönen. Schnell sind die beiden in ein Gespräch übers Kochen vertieft. Ich wusste gar nicht, dass Tina ebenfalls gerne kocht, und ich stehe etwas einsam daneben.

Schließlich gehe ich zu Bianka hinüber, die ebenfalls alleine und etwas abseits im Gras sitzt. Schweigend beobachten wir die Leute, die sich langsam, nicht zuletzt durch den Alkohol lockerer geworden, auf die Tanzfläche gewagt haben.

Unter ihnen entdecke ich Papa, wie er mit Mathilda tanzt. Mein Blick bleibt lange an den beiden hängen. Wie glücklich Papa aussieht. Richtig ausgelassen bewegen sie sich, aufeinander abgestimmt, als hätten sie nie etwas anderes gemacht.

»Dein Vater kann echt gut tanzen«, sagt Bianka bewundernd.

»Ja«, sage ich lächelnd. »Das ist seine Leidenschaft. Er hat schon, als er so alt war wie wir, in einer Gruppe getanzt und dann hat er mit meiner Mama viele Tanzkurse gemacht.«

Als ich Bianka das alles erzähle, kommen Erinnerungen in mir hoch. Obwohl ich noch so klein war, fünf Jahre alt, kann ich mich an diese eine Szene bis ins Detail erinnern: Es war der Abend des Abschlussballs von dem Tango-Kurs, den sie ein Jahr lang gemacht hatten. Mama trug ein schlichtes rotes Kleid und sah wunderschön darin aus. Ihre Frisur musste sie einige Zeit gekostet haben, sie war kunstvoll geflochten und Papa steckte ihr auf der rechten Seite eine kleine gelbe Blume ins Haar.

Sie kicherten und wirkten wie zwei frisch verliebte Teenager. Zum Abschied gab Mama Tom und mir einen Kuss auf die Stirn, wo ihr Mund einen Lippenstiftabdruck hinterließ. Oma war extra zwei Stunden hergefahren, um auf uns aufzupassen, und wir standen zu dritt in unserer Haustür und winkten unseren Eltern nach.

Wenn ich an meine Mama denke, kommt mir zum Glück immer zuerst dieser Abend in den Sinn. Dieser Abend verdrängt alle schlechten Zeiten und lässt mich vergessen, dass es sie überhaupt gegeben hat.

»Aber seit Mama nicht mehr da ist, hat er nur noch selten getanzt. Als wäre es jetzt so, dass immer etwas fehlen würde.«

Bianka schweigt betroffen. Nach einer Weile fragt sie leise: »Fehlt sie dir sehr? Ich meine, hast du je das Gefühl gehabt, du hättest irgendwas verpasst?«

»Verpasst würde ich nicht sagen.« Ich muss nachdenken und weiche ihrem Blick aus. »Bestimmt wäre mit ihr einiges ganz anders gekommen und natürlich wünsche ich mir, es wäre so gewesen.«

»Aber?«

»Es war nun mal nicht so und es geht uns jetzt gut, Papa, Tom und mir. Es bringt nichts, sich etwas dringend herbeizusehnen, was nicht möglich ist. Man passt sich halt dem Leben an, um weitermachen zu können.«

Ich weiß, dass ich mich in diesem Moment unglaublich altklug anhöre. Und ich weiß, dass ich vor Bianka herunterspiele, wie es wirklich war und ist. Dass es immer noch Momente gibt, in denen ich keine Luft kriege, weil ich Mama so vermisse und ich nicht verstehe, warum manche Menschen sterben und andere weiterleben. Dass sich die ganze Woche vor ihrem Todestag jedes Jahr ein schwarzer Schatten über uns drei zu legen scheint und wir kein Ritual gefunden haben, wie wir anders damit umgehen könnten, als einfach den Kopf zu senken und den Tag verstreichen zu lassen.

Keiner von uns wollte diesem Tag je diese Macht geben, aber wir haben keinen Weg gefunden, um uns dagegen zu wehren. Wir sind keine Familie, in der wir unser Inneres nach außen kehren und den anderen zeigen.

Das Besondere zwischen Tom und mir ist, dass wir eben nicht reden müssen, sondern dass wir wissen, was mit dem anderen los ist. Reden können wir alle nicht besonders gut und ich glaube, dass wir uns gerade zu einem solchen Anlass wie Mamas Todestag nicht auch noch gegenseitig belasten wollen. Auch wenn es vielleicht guttun würde, macht keiner von uns den ersten Schritt.

Das alles sage ich Bianka nicht. Ich glaube, es ist nicht das, was sie gerade braucht. Und wenn ich meinen Worten nachlausche, weiß ich auch, dass sie Sinn ergeben. Auch wenn es nicht immer leicht war, mit dieser Weisheit zu leben, fühlt sie sich wahr an.

Bianka beobachtet wieder die Tanzenden, aber mit ihren Gedanken scheint sie ganz woanders zu sein. »Ich wünschte, ich könnte auch so damit umgehen«, sagt sie.

Mitfühlend lege ich ihr meine Hand auf den Rücken. »Es

tut weh. Aber es wird besser mit der Zeit. Es ist ein Klischee, aber eins, das stimmt.«

Sie lächelt ein kleines bisschen.

Bianka ist schon lange aufgestanden und gegangen, während ich noch hier sitze, als es mir plötzlich wie Schuppen von den Augen fällt (was ist das eigentlich für ein unmöglicher Ausdruck?): Elias Mutter ist hier, da kann ihre Tochter doch nicht weit sein, oder? Mit leicht zitternden Knien stehe ich auf und sehe mich um. Ich kann sie aber nirgends entdecken, weder am Buffet noch auf der Tanzfläche oder an einem der mit weißen Papiertischdecken und Rosen dekorierten Tische. Auf der Suche nach ihr gehe ich einmal durch den ganzen Garten, ohne sie zu finden. Dass ich sie schließlich doch finde, ist Zufall.

Sie liebt es zuzusehen. Zu beobachten und Menschen auf diese Weise unbemerkt kennenzulernen. Sie hat einen kleinen Skizzenblock geschenkt bekommen, gleich am Tag ihrer Ankunft. Er ist seitdem ihr ständiger Begleiter. An diesem Abend hat er sich gefüllt mit Zeichnungen. Zeichnungen von Menschen, die heute Abend im Jetzt leben. Menschen, denen man genau das ansehen kann. Unauffällig und von allen unbemerkt hat sie am Rand gesessen und gezeichnet, bis es zu dämmerig wurde, um sehen zu können, was sie aufs Papier bringt. Sie beschließt zur Nachbearbeitung der Skizzen woanders hinzugehen.

Das Buffet hat sich schneller geleert als erwartet, besonders der Obstsalat scheint beliebt zu sein, und so beschließe ich davon noch etwas nachzuliefern. Tom wird es mir verzeihen, dass ich ihm da reinpfusche, denke ich. Er ist nun ebenfalls auf der Tanzfläche und tanzt mit Tina zu einem ziemlich rockigen Song.

Ich störe ihn lieber nicht, schließlich hatte er schon so viel Arbeit und so ein Obstsalat sollte selbst für mich kein Problem sein. Die Musik wechselt zu einem sehr ruhigen Song und die beiden fangen an eng zu tanzen. Wow, da lasse ich sie besser erst recht alleine!

Als ich den Lichtschalter in der Küche drücken will, erschrecken wir uns beide ziemlich und beinahe rutscht mir die fast leere Schüssel aus den Händen. Da sitzt sie tatsächlich, alleine in der dunklen Küche. Nur die kleine Lampe, die auf dem Tisch steht, beleuchtet ihr Gesicht. Es wirkt noch schöner in diesem schummerigen Licht. Sie sitzt einfach nur da.

Obwohl der Schreck mittlerweile abgeklungen sein sollte, zittere ich immer noch und mein Magen fühlt sich an, als hätte ich zu viel Brausepulver geschluckt. Oh Gott, was ist nur los mit mir? Reiß dich doch mal zusammen!, befehle ich mir und muss fast lachen wegen des ganzen Geblubbers in meinem Bauch.

»Was machst du denn hier so alleine?«, schaffe ich zu sagen. **Schüchternlächel**. Wow, wie brillant für meine ersten Worte an sie, abgesehen von »Hallo«.

»Oh«, sagt sie, immer noch ein bisschen erschrocken, und steckt schnell etwas Kleines und Flaches in ihre Hosentasche. Was das wohl war?

Sie steht ganz langsam auf und rückt sorgfältig den Stuhl zurecht. »Der Trubel da draußen war mir vorhin etwas zu viel. Aber ich will nicht im Weg sein. Entschuldigung.«

»Nein, nein!«, sage ich schnell und fast ein bisschen zu laut. Ich spreche immer zu laut, wenn ich Angst habe, meine Stimme könnte zittern. »Bleib ruhig da sitzen, du störst überhaupt nicht. Ich muss nur etwas Obstsalat nachfüllen.«

»Okay.« Sie setzt sich zögernd wieder hin und sieht mir zu, wie ich ein Messer und ein Schneidbrett hervorhole.

Es ist noch Unmengen Obst da. Zum Teil solches, das ich gar nicht kenne und bei dem ich mich frage, wie man es schneiden soll. Tom hat eine Vorliebe für exotische Früchte. Ich fange mit einem Apfel an, den kenne ich wenigstens.

Eine Weile ist es still, man hört nur gedämpft die Musik und das Stimmengewirr von draußen. Fieberhaft denke ich nach, was ich jetzt sagen könnte. Das ist meine Chance! Wieso, wieso, wieso bin ich nur so unglaublich schlecht in Small Talk?

»Kann ich dir vielleicht helfen?«, fragt Elia in die Stille hinein.

»Ähm ...« Ich schaue hilflos auf die Frucht, die ich gerade in den Händen halte. »Vielleicht hast du ja eine Ahnung, wie man die hier schneidet? Welcher Teil davon ist überhaupt essbar?«

Sie lächelt. Ein kleines Lächeln, aber es lässt ihr ganzes Gesicht aufleuchten. Unglaublich. Von einem solchen Lächeln habe ich immer nur gelesen und es für erfunden gehalten. »Also, nur wenn du magst natürlich.«

»Mag ich. Ich schaue nicht gerne anderen beim Arbeiten zu.«

Oh Mann, dieses Lächeln! Ich gebe ihr ein zweites Messer und ein Brettchen und auch gleich die merkwürdige Frucht.

»Das ist ein Granatapfel. Am besten machst du das so.« Sie schneidet ihn in der Mitte durch und zeigt mir, wie man die kleinen, tropfenartigen Mini-Früchtchen in seinem Innern am besten ablösen kann.

Ich schaue ihr über die Schulter und atme ihren Geruch ein. Sie riecht wahnsinnig gut! Nach Vanille, mit einem Hauch Lebkuchen. Oder so ähnlich. Auf jeden Fall gut. Ich bin hin und weg von ihr, allerspätestens jetzt.

»Wenn du willst, kann ich die Granatäpfel machen.« Sie dreht ihren Kopf leicht zu mir nach hinten.

Ich weiche ihrem Blick schnell aus. Anderenfalls wäre es endgültig vorbei gewesen mit meiner geistigen Präsenz, fürchte ich. »Klar, sehr gerne, danke.«

Wieder schweigen wir, während sich die Schüssel vor uns immer mehr füllt. Ich muss irgendetwas sagen! Draußen erklingen die ersten Takte von David Bowies »Heroes«. Inzwischen hat jemand die Band abgelöst und macht den DJ.

»Kennst du den Song?«, frage ich sie.

Sie hält inne und hört zu. »Nein, ich glaube nicht.«

Ich lächle sie an, wage es, ihr endlich direkt ins Gesicht zu schauen. »Dann musst du jetzt unbedingt gut zuhören, der Song ist wahnsinnig gut.«

Sie lächelt zurück und dann stehen wir einfach nur da, bewegen uns nicht und lauschen der Musik. Dieser Moment ist mehr, als ich je für möglich gehalten hätte. Mit ihr hier allein zu stehen. Sie schaut mich an, ich schaue sie an, direkt in die Augen, David Bowie als Soundtrack, das ist der absolute Wahnsinn!

Leider sind die allerschönsten Momente oft die, die am schnellsten verfliegen. Denn plötzlich steht Tom in der

Küche, und sosehr ich meinen Bruder liebe, könnte ich ihn jetzt verfluchen.

»Was macht ihr denn da? Da draußen ist Party und ihr schneidet Granatäpfel?«

Ich lege das Messer hin. »Ja, es war fast kein Obstsalat mehr da.«

»Ach.« Tom winkt ab. »Jetzt essen die Leute sowieso nichts mehr, die sind fast alle auf der Tanzfläche.«

»Mhm.« Ich schaue auf meine Füße.

»Hi, schön, dass du auch gekommen bist«, wendet er sich dann Elia zu. »Kommst du mit raus? Auf einen Tanz?«

»Okay, gerne«, antwortet sie leider und legt ihr Messer ebenfalls hin.

Sie folgt meinem Bruder aus der Küche, aber im Türrahmen dreht sie sich noch mal zu mir um. »Hat mir übrigens sehr gefallen, der Song.«

Sie lächelt wieder dieses Wahnsinnslächeln und dann ist sie weg. Lässt mich hier zurück. Ich, die ich vor lauter Glücksgefühlen gerade überhaupt nicht weiß, wohin.

4

NACH DIESEM Abend fällt es mir immer schwerer, mich in der Schule auf etwas anderes zu konzentrieren als darauf, ob ich sie vielleicht irgendwo entdecke. Leider war sie schon weg, als ich mich endlich so weit beruhigt hatte, dass ich die Küche verlassen konnte.

Inzwischen fällt es auch Tina und Bianka auf, dass mit mir etwas los ist. Besonders Tina löchert mich den ganzen Tag mit Fragen. Doch ich weiß nicht, wie und was ich ihnen sagen soll. Wenn ich versuche einen erklärenden Satz zu formulieren, kommt es mir plötzlich so vor, als wären die beiden total weit weg von mir. Natürlich nur innerlich, aber mir ist, als müsste ich schreien, damit sie mich überhaupt hören können.

Dabei denke ich nicht mal, dass sie komisch oder abweisend reagieren würden. Ich bin diejenige, die ein Problem hat. Ich bin diejenige, die bestimmt knallrot anlaufen, der man sofort ansehen würde, wie unwohl ich mich mit diesem mir noch so unbekannten Teil von mir fühle. Ich weiß nicht mal, was die Zeit, die ich wohl noch brauche, ändern wird, aber ich brauche sie wirklich. Ich will mich nicht für meine Gefühle vor anderen schämen müssen und ich will niemand sein, der das sogar vor sich selbst tut. Ich will bereit sein, wenn ich ihnen erzähle, was los ist.

Bianka geht es ein bisschen wie mir. Sie scheint sich wirklich wahnsinnig in Tom verknallt zu haben, denn jedes Mal, wenn wir ihm begegnen, sagt sie kein Wort mehr, kriegt rosarote Wangen und schaut ihn sehnsüchtig an. Es wird immer offensichtlicher.

»Ach, da kommt Tom.« Tina knufft Bianka in die Seite. »Aber reiß dich dieses Mal zusammen, ja?«

»Was meinst du denn?«, fährt Bianka sie sauer an.

Sie hat heute sowieso keinen guten Tag. Tina, lass sie lieber in Ruhe, versuche ich ihr telepathisch zu übermitteln. Es misslingt.

»Hey, das musst du nicht verstecken, man sieht es dir sowieso immer an, wenn du dich verknallt hast«, macht Tina weiter.

Willkürlich halte ich die Luft an und kneife meine Augen zusammen. »Halt doch einmal in deinem Leben deinen verdammten Mund!«, fährt Bianka sie an, springt auf und stößt dabei ihre Colaflasche um. Die braune Flüssigkeit breitet sich aus und frisst sich sofort in den Holztisch. »Bloß weil du deine Gefühle immer verdrängst, heißt das nicht, dass du uns andere dafür ständig fertigmachen musst!«

Das scheint gesessen zu haben, denn Tina wird auf einen Schlag kreidebleich im Gesicht. Langsam steht sie auf und stellt sich vor ihre Schwester. Sie versucht etwas zu sagen, kriegt aber keinen Ton raus. Bianka schaut sie verachtend an, dreht sich dann um und geht schnell davon.

Tina bleibt wie versteinert stehen. Ihren Gesichtsausdruck kann ich nicht deuten. Sie scheint genauso erschrocken über Biankas plötzlichen Ausbruch zu sein wie ich, aber sie wirkt auch so, als hätte ihr jemand die Kruste einer Wunde abgekratzt, die schon relativ gut abgeheilt war.

Ich wage nicht ihren Gedankenfluss zu stören. Ich achte sogar darauf, nicht zu laut zu atmen. Aber sie beachtet mich sowieso nicht. Schweigend nimmt sie die Tasche von ihrem Stuhl, schultert sie und geht ebenfalls.

Ich sitze völlig überrumpelt da und weiß nicht, was ich machen soll. Bianka nachgehen? Tina nachgehen? Und dann? Ich weiche solchen Situationen eigentlich immer aus, weil ich mich meistens zu unsicher fühle, um solche emotionalen Gespräche zu führen. Es könnte ja alles nur noch schlimmer machen. Und außerdem will ich mich auf keine Seite stellen. Ich habe doch kaum eine Ahnung davon, was zwischen den beiden gerade abgegangen ist.

Mein Handy piepst und nimmt mir die Entscheidung ab. Ach, Natalie meldet sich auch mal wieder bei mir!

»Wow«, sage ich laut und mit einem ironischen Unterton. »Da bin ich jetzt aber gespannt.«

Weil freunde das wichtigste im leben sind: schicke diese nachricht an mindestens 5 leute weiter, die du nie in deinem leben verlieren willst. hast du sie innerhalb von 24 stunden weitergeschickt, wird dir morgen ein besonderer mensch begegnen. unterbrichst du die kette, wird sich dein bester freund von dir abwenden, also schick sie weiter! ;)

Ich starre auf die Nachricht und Enttäuschung macht sich in mir breit. Ernsthaft jetzt? Da meldet sich meine angeblich beste Freundin fast fünf Wochen lang nicht und dann kriege ich so eine billige Kettennachricht? Ohne wenigstens einen winzigen Kommentar dazu? Jetzt werde ich auch noch sauer. Oder eher traurig. Etwas dazwischen irgendwie.

Schnell lösche ich die Nachricht. Ich hätte große Lust, sie auch aus mir zu löschen. Aber abgesehen davon, dass es kaum möglich ist, die ganze Zeit mit Natalie zu vergessen, wäre es auch zu schmerzhaft. Sie war oder ist immer noch so viel für mich, dass es mir vorkommt, als würde dann ein Teil von mir verschwinden. Verdammt! Ich habe es doch schon so weit geschafft. Ich habe mir hier ein neues Leben aufgebaut, mit neuen Freunden, und ich habe nicht mehr an sie gedacht, als sie sich nicht mehr gemeldet hatte. Wieso bloß hat Natalie immer noch diese Macht über mich? Bleibt das jetzt für immer so?

Meine deprimierenden Gedanken werden sofort unterbrochen, als ich plötzlich Elia erblicke. Wahnsinn, dass sie einfach sofort ALLES besser machen kann. Sie geht hinter einem kleinen Pulk von Leuten her, die mit ihr in der gleichen Klasse sind. Das weiß ich bereits von den vielen Malen, die ich sie beobachtet habe.

Als sie bei Tom vorbeikommt, bleibt sie stehen und er sagt etwas zu ihr. Ich sehe, wie sie daraufhin lacht, aber sie ist zu weit weg, als dass ich es hören könnte.

Im Weitergehen antwortet sie ihm und jetzt lacht Tom und sieht ihr hinterher wie ich auch. Wie kann man jemanden auch nicht bewundern, der es schafft, in gewöhnlichen Jeans und T-Shirt wie eine Göttin auszusehen?

Als ich an diesem Tag nach Hause komme, höre ich ein merkwürdiges Rumoren, als ich an Toms Zimmer vorbeigehe. Langsam stoße ich seine Tür auf und muss loslachen, als ich sehe, was der Grund dafür ist.

In der Mitte des Zimmers steht mein Bruder mit nacktem Oberkörper und schaut verzweifelt auf die T-Shirt-Haufen, die überall um ihn herum auf dem Boden verstreut sind.

»Lou!« Er sieht erleichtert aus, als er mich sieht. »Oh Gott, Lou, bitte, du musst mir helfen!«

Ich muss immer noch lachen. »Ja klar, worum geht's denn?«

»Okay, also das ist jetzt echt superwichtig!« Er schaut mich streng an und ich versuche mein Lachen hinunterzuschlucken. Es gelingt mir sogar fast. Ich nicke.

»Also, worin sehe ich am besten aus?«

Ich mustere ihn. »Wenn ich ehrlich bin, solltest du am besten einfach so gehen.«

Obwohl er sich eigentlich ärgern will, muss auch Tom lachen und wirft mir ein blaues Shirt an den Kopf. »Nein, jetzt mal ernsthaft!«

»Okay, okay!« Obwohl ich sagen muss, dass mein Vorschlag den Abend bestimmt nicht in eine falsche Richtung gelenkt hätte. Ich verstehe schon, dass sich sogar Mädchen, die meinen Bruder noch gar nicht kennen, sofort in ihn verlieben. Er sieht heiß aus, ohne dabei arrogant zu sein oder so zu wirken, und das ist eine verdammte Seltenheit.

Ich lasse meinen Blick über die Auswahl schweifen. »Das Grüne«, entscheide ich dann.

»Ganz sicher?« Tom zieht es sich an und schaut kritisch in den Spiegel auf der Innenseite seines Kleiderschranks.

»Ganz sicher.«

»Gut.«

Trotzdem mustert er weiter kritisch sein Spiegelbild.

In dem Moment fällt mir ein, was ein Mädchen aus unserer Klasse gestern von sich gegeben hat. Sie fände es ja so zum Kotzen, dass sich immer mehr Männer Gedanken über ihr Aussehen machen würden. »Wie manche sich sogar die Augenbrauen zupfen wie Frauen. Ich sag dir, mich schüttelt's, wenn ich so was sehe. So einer muss gar nicht bei mir ankommen. Und wenn er noch so sehr behauptet hetero zu sein.« Ihre Banknachbarin schürzte entweder zustimmend die Lippen oder sie war zu sehr mit ihrem Lipgloss beschäftigt, um gleichzeitig die unglaublich komplexen Sätze ihrer Freundin verstehen zu können.

Ich hätte gerne wenigstens irgendwas *gesagt*, was meiner Lust, ihren Kopf auf die Tischplatte zu knallen, nahe gekommen wäre. Aber ich traute mich ja kaum zu denken, dass jeder Mensch die Freiheit hat so auszusehen wie er oder sie will. Und dass ich nicht verstehe, warum das Schminken und Zurechtmachen nur den Frauen zugestanden wird. Und dass noch lange nicht jeder gepflegte Mann schwul ist.

Wahrscheinlich hat sie sowieso nur Angst, einen Spiegel vorgehalten zu bekommen, übertrieben zugekleistert, wie sie immer ist. Natürlich habe ich wie ein Mäuschen direkt hinter ihr gehockt und keinen Piep gemacht. Und werde mich bestimmt noch in Jahren über genau solche Situationen ärgern, in denen ich einmal mehr zu feige gewesen war.

»Was hast du denn vor?«, frage ich.

Tom schaut mich verschwörerisch an. »Ich hab 'ne Kino-Verabredung heute Abend.«

Na was 'ne Überraschung bei meinem Bruder. Aber dass er je so einen Aufstand um sein Outfit gemacht hätte, daran kann ich mich nicht erinnern. Vielleicht ist es ja mal etwas richtig Ernstes.

»Mit wem denn?«

Aber Tom legt sich den Zeigefinger auf die Lippen und schüttelt den Kopf.

»Jetzt tu doch nicht so geheimnisvoll! Was schaut ihr euch denn an? Oder willst du mir das auch nicht erzählen?«

»Doch, das geht schon. Wir schauen uns den neuen ›Fast and Furious‹-Film an.«

Ich verziehe das Gesicht. Ist das nicht der, den Tina auch sehen wollte? Kann ich nicht verstehen, warum man sich so was freiwillig reinzieht. »War das ihre Wahl oder deine?«

»Meine, aber ich bin sicher, er wird ihr gefallen.«

Ich ziehe leicht spöttisch die Augenbrauen hoch. »Na denn. Viel Glück!«

»Danke Schwesterchen.« Hoch konzentriert verteilt Tom Gel in seinen Haaren.

Ich schüttele innerlich ungläubig den Kopf. Wie aufgeregt er ist, das kenn ich gar nicht von ihm!

In meinem Zimmer grüble ich weiter darüber nach, mit wem er wohl ausgeht. Dann fällt es mir plötzlich ein und ich frage mich, wieso ich diese logische Verbindung nicht gleich gesehen habe. Tina natürlich! Sie haben eng umschlungen auf der Party getanzt und dann hat Tina Bianka damit aufgezogen, dass diese angeblich in ihn verliebt sei. Dabei war Tina bloß eifersüchtig! Und Bianka weiß vermutlich auch schon über das Date Bescheid, deswegen war sie so schlecht drauf und sauer auf Tina. Das i-Tüpfelchen ist der Film, den sie beide sehen wollen. Wie konnte ich nur so blind sein? Tom, Tom, Tom ... Ich muss grinsen. Das hättest du mir doch auch sagen können.

Später rufe ich Bianka an. Nein, sie wisse nicht, wo Tina stecke. »Keine Ahnung, sie ist weggegangen. Interessiert mich auch nicht.«

Die beiden hatten nach der Szene heute Mittag kein Wort mehr miteinander gewechselt. Es scheint also ein ernsterer Streit zu sein, denn Bianka klingt, als wäre sie ziemlich am Ende. Ich spreche sie dann lieber doch nicht auf Tom und Tina an. Stattdessen unterhalten wir uns eine Viertelstunde lang über Belangloses, bis uns der Gesprächsstoff ausgeht.

»Bianka?«, frage ich in die Stille hinein. »Was hast du eigentlich damit gemeint, als du gesagt hast, Tina würde ihre Gefühle verdrängen?«

Eine Weile bleibt es still auf der anderen Seite der Leitung. »Sei mir nicht böse, Lou, aber ich mag heute nicht mehr drüber reden, okay? Da solltest du sowieso lieber Tina fragen. Ich geh besser schlafen.« Sie klingt tatsächlich sehr müde.

Etwas ist anders seit jenem Abend. Sie denkt sehr oft daran und an manchen Stellen schleicht sich auch ein Lächeln auf ihr Gesicht. Aber beim Gedanken an andere Momente des Abends findet sie keins. Diese anderen Momente beunruhigen sie. Ihr Gefühl ist untrüglich. Da waren Augen, die sie auf eine ganz bestimmte Weise angesehen, Hände, die sie wie zufällig berührt haben. Aber nicht zufällig genug, als dass keine Absicht dahintergesteckt hätte. Und dann noch Worte. Worte, die sie sehr in ihrem Gefühl bestärkten. Diesem Gefühl, das sie ziellos, aber ununter-

brochen herumstreunen und die Gedanken in ihrem Kopf nicht zur Ruhe kommen lässt. Obwohl sie sich sicherer nicht sein könnte, hofft sie, dass sie sich irrt.

Das Haus ist dunkel und ganz still, als ich nach unten in die Küche gehe, um mir etwas zu essen zu holen.

»Na, mein Kleiner. Machen wir zwei uns heute einen schönen Abend zu zweit? Wenn die uns alle hier zurücklassen?«, sage ich zu Frankie, der um meine Beine streicht.

Er mauzt wie zur Bestätigung. Offenbar ist Tom nicht der Einzige, der heute Abend ein Date hat. Ich vermute mal stark, dass Papa zu Mathilda rübergefahren ist. Natürlich nennt er es nicht »Date«, sondern »Abendessen mit einer Nachbarin, von der er viel über die Arbeit auf einem Hof lernen kann«.

Während sich mein Essen in der Mikrowelle dreht, gehe ich kurz vor die Haustür. Der Himmel ist sternenklar. So klar war er in der Stadt nie. So viele Sterne wie heute habe ich selten gesehen und mehr von ihnen nur ein einziges Mal, im Outback von Australien, wohin wir eine unserer seltenen Reisen zu dritt gemacht haben.

Ich lege mich direkt vor der Tür auf den Boden und schaue nach oben. Es ist ein bisschen kühl, besonders weil der Wind gegen Abend zugenommen hat. Eine Gänsehaut überzieht meine Arme. Ich liege noch nicht lange so da, da sehe ich plötzlich einen Lichtstreifen und ein Stern fällt vom Himmel. Schnell schließe ich meine Augen und wünsche mir etwas. Einen Versuch ist es doch wert.

Den restlichen Abend verbringe ich mit Mathe-Hausaufgaben oder besser gesagt damit, sie geschickt zu umgehen, indem ich mich mit anderen Dingen beschäftige. Es ist kurz vor Mitternacht, als ich vor meinem offenen Fenster sitze, gedankenverloren an den Saiten meiner Gitarre herumzupfe und Tom hereinkommt. Er setzt sich unter dem Fenster auf den Boden.

»Und? War's gut?« Ich hätte gar nicht fragen brauchen, er sieht so glücklich aus. Alles an ihm leuchtet, er wirkt fast ein bisschen irre. »Ist sie gar nicht mitgekommen?«

Tom sieht mich ehrlich empört an, was mich zum Lachen bringt. »Das hört sich ja fast so an, als wäre das normal bei mir.«

»Stimmt doch auch.«

Wir schweigen.

»Diesmal ist es was anderes«, sagt er leise.

Wir sitzen noch eine Weile schweigend so da, bis Tom aufsteht. Kurz bevor er geht, sagt er noch etwas, was meinen Puls erst stillstehen und dann raketenstartartig beschleunigen lässt. »Ich soll dich übrigens von Elia fragen, ob du ihr den Song auf CD brennen könntest.«

Ich weiß sofort, welchen sie meint. »Echt?«

Mein Herz hat jetzt auch geschnallt, dass da was Großes im Gange ist und wechselt innerhalb von Millisekunden von einem gemächlichen Klopfen zu einem atemraubenden Rasen.

Tom grinst ein bisschen verwirrt über meine Frage. »Es hat nicht wie ein Witz geklungen.«

5

DIE GANZE NACHT kriege ich kein Auge zu. Sie will den Song. Weiß sie nicht mehr, wie er hieß, und kann ihn sich deshalb nicht selber besorgen? Oder will sie ihn ausdrücklich von mir, sozusagen als Vorwand? Was soll das bedeuten? Bedeutet es überhaupt etwas? Aber wenn es etwas bedeuten würde, warum hat sie mich dann nicht direkt gefragt? Ich werde irre! Wieso gibt es momentan bloß so viele Fragezeichen in meinem Leben?

Weil ich sowieso nicht schlafen kann, stehe ich auf und brenne den Song für sie auf eine CD. Die lange Version vom Album und die kürzere Radio-Variante. Ich überlege kurz, ob ich noch mehr Lieder draufmachen soll. Um anzutesten, ob es ein Vorwand war und sie vielleicht will, dass ich ihr ein Stück entgegenkomme.

Nein, besser nicht. Wenn es nicht so gemeint gewesen war, wäre es schon wieder zu aufdringlich. Lieber ganz kleine Schritte machen. »Oder interpretiere ich da schon wieder zu viel rein?«, frage ich mich laut und muss über mich selbst lachen. Ein Lachen, das in ein hysterisches Jauchzen umschlägt. Ich werde wirklich noch verrückt.

Am nächsten Tag peitscht der Wind den Regen gegen die komplett verglaste Seite des Schulgebäudes. Der Sommer ist nun endgültig dem Herbst gewichen, der heute sein graues Gesicht zeigt. Grau ist auch die Stimmung in unserer Dreierclique. Tina und Bianka haben sich zwar wieder vertragen, vermutlich zwangsweise, da sie sich nun mal nicht allzu gut ausweichen können. Aber die Stimmung zwischen ihnen ist trotzdem noch fühlbar angespannt.

Mehr oder weniger schweigend verbringen wir die Mittagspause. Der einzige Lichtblick ist Elia, die an unserem Tisch vorbeiläuft. Sie lächelt mich sogar kurz an!

»Hey ihr.« Plötzlich steht Tamara vor uns, als ich noch immer in meinem Hurra-sie-hat-mich-angelächelt-Flash stecke. »Als Klassensprecherin bin ich leider dazu verpflichtet, euch darüber zu informieren, dass für die Ferien wieder Leute zum Putzen gesucht werden.«

Tina und Bianka schütteln bloß die Köpfe und widmen sich wieder ihrem Essen.

»Hier in der Schule?«, frage ich.

»Jap. Es wird auch großzügig entlohnt«, sagt Tamara augenzwinkernd. »Nimmst du mir also einen ab? Bitte?« Sie wedelt mit dem Anmeldebogen vor meinem Gesicht rum.

»Okay, na gut.« Ein bisschen Beschäftigung und etwas Kohle in den Ferien können ja nicht schaden.

»Na, wie kommst du mit deiner geheimnisvollen Unbekannten voran?«, frage ich Tom am Abend, während er im Badezimmer steht.

Er brummelt etwas Unverständliches, klingt missmutig dabei und spuckt die Zahnpasta ins Waschbecken.

»Die hält dich ja ganz schön hin«, rufe ich im Weitergehen lachend. Das passt zu Tina, wenn ich an die Geschichte mit Toni aus der Theater-AG denke. Sie ist wohl wirklich eine harte Nuss.

»Mann, du siehst echt fertig aus. Bist du sicher, dass du es überhaupt schaffst, bis nach acht Uhr die Augen aufzubehalten?«

»Na vielen Dank, das war ja charmant!«

Bianka reicht mir zur Besänftigung die bis zum Rand gefüllte Popcornschüssel. Es stimmt, ich bin wirklich ziemlich müde, aber trotzdem konnte ich Tina und Bianka nicht absagen, als sie mich angerufen und zu einem DVD-Abend eingeladen haben. Immerhin muss der Ferienbeginn doch gefeiert werden, und wenn ich morgen um Punkt sieben Uhr in der Schule zum Putzen erscheinen muss, ist wenigstens der Weg kürzer als von mir zu Hause aus.

Tinas Zimmer hat sich in ein kleines Kino verwandelt. Die beiden besitzen einen Beamer, den sie sich gemeinsam zusammengespart haben. Die Regale von der einen Seite des Zimmers haben sie weggeräumt, die weiße Fläche dahinter ist jetzt unsere Leinwand. Wir machen es uns auf Tinas Bett gemütlich, mit Popcorn und Gummibärchen, und schauen »Notting Hill«, einen Film mit Hugh Grant und Julia Roberts.

Ich habe den Film mit Natalie schon mehrmals gesehen, aber ich schaue ihn immer wieder gerne. Es geht um den Buchhändler William, der sich in eine bekannte Schauspielerin verliebt, die eines Tages zufällig in seinen Laden spaziert kommt. Meiner Meinung nach haben die Filme mit

Hugh Grant etwas, was sich vom übrigen Hollywoodkitsch abhebt. Diesen speziellen Witz und ganz eigenen Stil, was die Figurendarstellung und Hintergründe angeht. Es sind Filme zum Lachen, aber auch zum Darin-Versinken.

Heute schaue ich den Film aber mit ganz anderen Augen als sonst. Ich leide richtig mit Hugh Grant oder besser gesagt mit William, weil er das Gesicht seiner Geliebten überall sieht, ohne an sie herankommen zu können. Jemanden ständig zu sehen, dem man sich nahe fühlt, aber einfach nicht nahe sein kann. Ist das nicht mit das Schlimmste, das einem passieren kann?

Da stehen wir nun also alle. Trotz Ferien mussten wir noch früher aufstehen als zu Schulzeiten. Ich mustere die anderen, kenne aber niemanden, abgesehen von zweien aus meiner Klasse, mit denen ich bis jetzt allerdings nicht großartig zu tun hatte. Herr Bosch, ein großer, bärtiger Mann und der Hausmeister, faltet einen Zettel auseinander und liest vor, wer in welchem Teil des Schulgebäudes zum Saubermachen eingeteilt ist. Die Klassenzimmer im zweiten Stock gehören mir.

»Baut keinen Scheiß mit dem Putzzeug, macht es ordentlich, und wen ich bei einer Dauerpause erwische, fliegt raus! Alles klar dann?«, fragt Herr Bosch.

Etwas eingeschüchtert nicken wir. Das kann ja lustig werden!

Die Arbeit ist sehr viel anstrengender, als ich erwartet hatte. Bereits nach den ersten drei Tischen, die ich aus dem Zimmer raus auf den Gang tragen muss, damit ich den Boden polieren kann, ziehe ich mein Sweatshirt aus, weil es in dem Ding einfach zu warm ist. Auf meinem Handy höre ich alle meine Lieblingskünstler quer durcheinander und die Arbeit geht mit der Zeit immer besser voran. Ab dem zweiten Zimmer fange ich an mitzusingen und ab dem dritten kleine Dancemoves ins Putzen einzubauen.

Als ich mich gerade zu Depeche Mode ganz schnell im Kreis drehe, die Arme ausgestreckt, so wie Dave Gahan es auch immer macht, höre ich plötzlich ein Räuspern. Ich kriege einen Riesenschreck, weil ich denke, dass mich der Bosch gerade in einem sehr ungünstigen Moment erwischt hat. Aber es ist sogar noch schlimmer. Waruuuuum ist mein Kontingent an peinlichen Momenten so unendlich groß?

Keine Geringere als Elia steht im Türrahmen und kann sich ein fettes Grinsen nicht verkneifen. Mir bleibt die Luft weg und ich weiß nicht, ob wegen meines abrupten Tanzstopps oder wegen ihr. Sie trägt ein einfaches, rotes T-Shirt und eine Jeans-Latzhose, die ich normalerweise nicht so wahnsinnig toll fände, aber bei ihr sieht sie einfach … wow! aus und außerdem trägt sie neue Ohrringe! Zwei silberne Kreolen zieren ihre Ohren, nicht so klein, um sie zu übersehen, aber auch nicht so groß, dass sie protzig wirken. Ich bin völlig … Und ihre Hände, in denen sie Lappen und Putzmittel hält! Habe ich schon erwähnt, dass ich total auf schöne Hände stehe? Sie hat die schönsten! Wie ihre Augen … hach … Aufwachen, Lou! Atmen. Und dann sollte ich vielleicht mal Hallo sagen. »Hallo.«

»Hi«, erwidert sie lächelnd.

Nicht so starren! Ich schaue auf den Tisch, den ich gerade aus dem Zimmer schaffen wollte, und tue sehr beschäftigt. Wieder mal kommt mir meine weise Oma in den Sinn. Frechheit siegt über Unsicherheit. »Bist du gekommen, um mich auszulachen oder um mit anzupacken?«

»Darf ich mithören?« Elia zeigt auf die Kopfhörer, die mir um den Hals hängen und aus denen immer noch Musik zu hören ist. Ich stöpsle sie aus und lege mein Handy auf den Rand der Wandtafel. Schweigend fangen wir an zu arbeiten.

»Danke für die CD.«

Alles Blut, das eigentlich in mir fließen sollte, sitzt wieder mal in meinem Gesicht.

»Gerne«, sage ich lächelnd, als sich unsere Blicke treffen.

Ob sie sich wohl erkundigt hat, in welchem Teil des Gebäudes ich bin, und dann mit Absicht hierhergekommen ist? NEIN, schiebe ich einmal mehr einen Gedanken zur Seite, der unaufgefordert in meinen Kopf geraten ist. Bestimmt wurde sie einfach zufällig hier eingeteilt. Vielleicht habe ich das Schicksal ja ausnahmsweise mal auf meiner Seite.

Wir kommen gut voran. Ich denke fieberhaft darüber nach, was ich sagen, wie ich ein Gespräch in Gang bringen könnte. Aber mir fällt nichts ein, ich bin zu nervös. Trotzdem ist es kein peinliches Schweigen, außerdem läuft ja zum Glück noch Musik. Ab und zu wechseln wir einen Blick, ein Lächeln oder einen kurzen Satz, alles ganz ruhig. Und in mir das komplette Gegenteil.

Ich stelle den Tisch kurz ab, den ich gerade durch die Tür hieven wollte. Ich wische mir den Schweiß von der Stirn und schaue zu Elia hinüber. Sie kniet auf einem der anderen Tische und putzt mit einem Tuch langsam und mit kreisenden Bewegungen das Fenster. Die Nachmittagssonne scheint ihr direkt ins Gesicht und lässt ihre wunderschönen Haare wieder einmal fast golden aufleuchten. Fasziniert kann ich den Blick nicht von ihr abwenden. Völlig vertieft in ihre Arbeit ist sie und summt leise die Melodie des Songs, der gerade läuft. In meinem ganzen Leben habe ich noch nichts gesehen, was mich so durchdringend und vollständig glücklich gemacht hat.

Ich weiß nicht genau, wie lange ich sie schon so beobachte, aber plötzlich scheint sie zu merken, dass aus meiner Richtung gar keine Arbeitsgeräusche mehr zu hören sind, und dreht sich um.

Sofort schaue ich weg und untersuche gründlich die Sprüche, die gelangweilte Schüler auf den Tisch gemalt oder geritzt haben. »Björn was here!«

Dann riskiere ich wieder einen Blick zu ihr. Sie ist ein bisschen rot geworden, was ihr unverschämt gut steht. Wieso sehen manche Leute dabei aus wie sie und ich dagegen wie das rote Mitglied der Barbapapa-Familie?

»Tut mir leid«, sagt sie.

Hä?

»Das passiert einfach immer, ich merke es gar nicht.« Sie zeigt auf ihren Mund. »Ich weiß, das ist nervig.«

»Ach Quatsch! Mach ruhig, das war süß.« Shit. Das war jetzt etwas zu ungefiltert aus meinem Hirn entwichen. »Ich meine, du summst ja wenigstens nicht schief oder so. Also … mach ruhig.«

Sie schaut etwas verwirrt. Oder eher verblüfft. Und nickt langsam.

Jetzt bin ich diejenige, die rot anläuft. Schönstes Barbapapa-Rot. Ich beeile mich, mit meinem Tisch aus dem Zimmer zu kommen.

6

TOM HAT MIR erzählt, dass ihr erst vor Kurzem hergezogen seid«, sagt Elia zu mir, als wir unsere Mittagspause machen. Wir essen in dem Zimmer, das wir gerade putzen, das Wetter lädt nicht dazu ein, draußen zu sitzen. »Gefällt es dir hier?«

Ich lasse meine Füße baumeln. Wir sitzen auf den letzten beiden Tischen, die ich noch nicht nach draußen auf den Gang gestellt habe.

»Ja, sehr gut.« Ich weiß nicht, was ich noch sagen soll. Ich fühle mich ein bisschen wie in den von mir so verhassten Vorstellungsrunden in einer neuen Gruppe, wo jeder seinen Namen und sein Lieblingstier sagen soll und ich mich plötzlich an beides nicht mehr erinnern kann. Mit dem Unterschied, dass ich mich in diese Situation mit ihr immer wieder gerne begeben würde. »Wohnst du auch gerne hier?«

Sie überlegt kurz, etwas länger als eine Sekunde vielleicht, dann nickt sie. »Aber auch noch nicht viel länger als ihr.«

»Echt? Dann seid ihr auch frisch hergezogen?«

»Nein, nur ich. Meine Eltern machen gerade eine Weltreise. Da war ich wohl im Weg. Darum bin ich bei meiner Tante eingezogen.« Sie sagt das alles sehr kurz und knapp, als wollte sie es schnell hinter sich bringen, ohne viel darüber nachzudenken.

Ob es sie sehr traurig macht, dass ihre Eltern sie zurückgelassen haben, frage ich mich. Aber ich hake nicht nach, denn sie sieht nicht so aus, als würde sie sich gerne noch weiter darüber unterhalten. Es trifft sie scheinbar sehr. Mathilda ist also gar nicht ihre Mutter, wie ich angenommen hatte. Dabei sieht sie ihr so ähnlich.

»Und wo kommst du eigentlich her?«

»Aus Kiel.« Allein an der Art, wie sie das sagt, merkt man, wie gerne sie da gelebt hat. Die Arme, da wurde sie einfach mal ans andere Ende des Landes versetzt, scheinbar ohne sehr viel Mitspracherecht gehabt zu haben.

»Hast du noch Kontakt zu deinen Freunden dort? Das muss doch bestimmt total schwer sein auf die Distanz.«

Überraschenderweise lächelt sie. »Ja, ich telefoniere fast jeden Tag mit Astrid, meiner besten Freundin. Aber selbst wenn wir das nicht täten, diese Freundschaft wird nie kaputtgehen, das weiß ich. Weder durch Distanz noch durch Veränderung. Uns kriegt man nicht entzweit.«

So viel habe ich sie noch nie am Stück sprechen hören. Ich glaube, sogar sie selbst ist überrascht von sich.

»Das klingt schön«, sage ich schließlich. »Meine beste Freundin und ich haben inzwischen fast keinen Kontakt mehr. Ich hätte nie gedacht, dass wir einander so schnell vergessen würden.«

Sie schaut mich ununterbrochen an, während ich rede. Das gibt mir ein gutes Gefühl, denn oft bin ich mir nicht sicher, ob ich überhaupt etwas erzählen soll, ob es überhaupt jemanden wirklich interessiert. Aber jetzt bin ich ganz sicher.

»So nahe wie ihr stehe ich sonst nur noch meinem Bruder. Sie weiß einfach alles von mir. Oder jedenfalls wusste sie bis vor dem Umzug alles. Ich dachte wirklich, das wäre etwas wert. Aber inzwischen fühle ich mich immer unwichtiger, als wäre der Mensch, den sie in mir gesehen hat, Einbildung und inzwischen auch für mich nicht mehr existent.«

Sie schweigt betroffen und mir wird plötzlich bewusst, dass ich ihr gerade einfach so erzählt habe, was mir schon lange durch den Kopf geht. Einfach so, ohne nachzudenken. Ich hatte fast vergessen, wie gut das tut.

Ich liebe es, ihr zuzuhören. Sie ist viel spannender als die meisten Leute, die ich bis jetzt getroffen habe. Vor allem aber hat sie eine so schöne Art, Dinge über sich zu erzählen, nicht angeberisch oder als wären diese Dinge Sensationen. Aber auch nicht gleichgültig.

Sie will später Illustratorin oder etwas in der Richtung werden. »Dann kannst du gut zeichnen?«

Sie zuckt mit den Schultern. »Ich mache es sehr gerne. Und woher soll ich wissen, dass ich das Zeug dazu habe, wenn ich es nicht versuche?«

Ich bin beeindruckt von ihrer Selbstsicherheit. Ehrlich gesagt hätte ich ihr das gar nicht unbedingt zugetraut. Aber jetzt kriegt das schöne Mädchen erst wirklich ein Gesicht und es passt hervorragend zu ihr. Ich höre ihr fasziniert weiter zu und frage nur gelegentlich etwas. Das Putzen mache ich irgendwie nebenbei, ich merke es gar nicht. So fühlt es sich also an, wenn man verzaubert worden ist.

»Oh, tut mir leid, rede ich zu viel?« Sie unterbricht sich und lässt den Lappen sinken, mit dem sie gerade dabei war, die Fensterscheibe zu polieren.

»Nein, überhaupt nicht!«, widerspreche ich ihr. »Ich hör dir echt gerne zu, ganz ehrlich.«

Sie lächelt. Ihr Lächeln ist viel offener geworden als zu Beginn des Tages. »Ich rede sonst gar nicht so viel, aber …«

Jaaaa?!

....

Sie ist erstaunt, wie viel sie über sich erzählt. Erzählen will. Aber es fühlt sich richtig an. Sie denkt, dass es vielleicht an dieser Familie liegt, dass sie das Gefühl hat, mit den beiden mehr teilen zu können als mit anderen.

....

»So meine Frauschaften, wie sieht's bei Ihnen aus?«, fragt Herr Bosch plötzlich dazwischen. Hätte der nicht eine Minute später reinkommen können? Der Hausmeister geht in die Hocke und legt prüfend den Kopf schief. »Ja, doch, das sieht ganz ordentlich aus.« Er ächzt leicht, als er sich wieder aufrichtet. »Ihr könnt dann auch Feierabend machen, die andern sind schon gegangen. Bis morgen!«

»Na dann«, sage ich, als er weg ist. Ich packe extra langsam meine Sachen zusammen, um den Abschied hinauszuzögern. »Bis morgen!« Fast bin ich traurig, dass ich schon gehen muss. Eigentlich sogar mehr als fast.

»Ja«, sagt sie. Und leiser: »Ich freu mich.«

Aber sie hat wirklich sehr, sehr leise gesprochen und ich bin mir schon im Moment danach nicht mehr sicher, ob sie es tatsächlich gesagt hat. Aber wenn ja, was bedeutet das dann? Schon wieder ein Fragezeichen. Oder bin ich wieder mal zu kompliziert?

An diesem Abend fliege ich praktisch nach Hause. Sternschnuppenwünsche werden also tatsächlich wahr!

Die ganze Nacht liege ich wach und zapple herum, weil ich viel zu glücklich bin, um einschlafen zu können. Dadurch vergeht die Zeit gefühlt gar nicht und ich befürchte meinen letzten Rest Verstand auch noch loszuwerden.

Schließlich stehe ich viel zu früh auf und dadurch auch viel zu früh vor dem noch verschlossenen Schulgebäude. Leider und zum Glück verabscheue ich das Rauchen, sonst wäre es jetzt so weit, dass ich mir für die Nerven eine anstecken würde.

Ich sehe sie schon von weitem, wie sie über den Schulhof auf mich zukommt. Sie trägt eine Jeansjacke, die sie vorne zuhält, um sich vor dem Wind zu schützen. Sie sieht mich und lächelt. Und ehrlich, es fühlt sich an, als würde ihr Lächeln durch die Luft auf mich zufliegen und sich wie Sonnenstrahlen auf meinem Gesicht ausbreiten. Verrückt. Ich fühle mich stark, wenn sie mich so anschaut. Ich fühle mich dazu bestimmt, sie zu beschützen. Panik breitet sich in mir aus, dass ihr irgendetwas zustoßen könnte. Dass ihr irgendjemand wehtut. Dass sie nicht weiß, dass sie geliebt wird. Angst, dass genau dieses Lächeln und diese Wärme verschwinden. Und dass ich persönlich dafür verantwortlich sein könnte, wenn das passieren sollte.

Ich bin so tief in meinen Gefühlen versunken, dass ich mir gar nicht überlege, was ich zu ihr sagen soll und ob wir gleich in peinlicher Stille nebeneinanderstehen werden. Aber irgendwie muss ich mir das auch gar nicht mehr überlegen. Nach gestern können wir auch gut hier zusammen warten, ohne etwas sagen zu müssen. Außerdem ist meine

Nervosität sehr viel angenehmer geworden. Natürlich ist sie nicht weg. Mein Gott, ich stehe hier schließlich neben dem schönsten Menschen, den ich je gesehen habe! Es wäre verrückt und möglicherweise fahrlässig, nicht nervös zu sein. Aber nicht mehr in einer Fantasie-Vorstellung einer Begegnung mit ihr gefangen zu sein, sondern sie jetzt wirklich kennengelernt zu haben, nimmt mir schon sehr viel Druck.

Irgendwann kommen dann auch die anderen, und als wir alle hintereinander ins Gebäude trotten, liegt ein ganzer Tag mit IHR vor mir. Besser könnte es kaum sein.

Die verbleibenden drei Tage verfliegen wie im Flug und sie bestehen praktisch nur aus Elia und Putzen. Jeden Abend, wenn ich nach Hause komme, bin ich so müde von der Arbeit und meinen Gefühlen, dass ich sonst nichts mehr auf die Reihe kriege, sondern immer gleich schlafen gehe. Ich kriege nichts mehr von den anderen mit. Keine Ahnung, was Tom, Papa, Tina und Bianka den ganzen Tag machen. Aber so schlimm ist es nicht, von ihnen mehr oder weniger abgeschnitten zu sein. Der Rest der Welt kann mir sowieso gestohlen bleiben, wenn ich dafür den ganzen Tag mit Elia verbringen kann.

Wir verstehen uns mit jedem Tag besser und unterhalten uns über alles Mögliche. Stück für Stück erfahre ich mehr über sie, über den Menschen hinter diesem schönen Mädchen. Regelmäßig bin ich baff, wie ähnlich wir denken, und genauso oft überrascht, wenn ich etwas über sie erfahre, das ich ihr in meinen Vorstellungen nicht zugeschrieben hatte.

Aber eines bin ich nie: enttäuscht. Die ganze Zeit über hatte ich diese Angst in mir, mich in eine Wunschvorstellung von ihr verliebt zu haben und dann von der Realität eingeholt zu werden. Ich habe nicht gewagt, daran zu glauben, dass es auch genau umgekehrt sein könnte. Und doch ist es jetzt tatsächlich genau so und ich mag sie mit jedem kleinen Teilchen Realität mehr. Das Leben kann manchmal so unverhofft schön und leicht sein!

Als ich am Abend des vorletzten Putztages nach Hause komme, bin ich so glücklich, dass ich gar nicht mehr weiß, wohin damit. Oder anders gesagt, ich weiß genau, wohin damit. Ich nehme vor Aufregung und Vorfreude zwei Stufen auf einmal und fange schon an zu reden, bevor ich Toms Zimmertür ganz aufgestoßen habe. Und genauso schnell schlucke ich den Rest des Satzes wieder hinunter, denn mein Bruder sitzt lässig auf seinem drehbaren Schreibtischstuhl und telefoniert. Seine Augen leuchten, als er mich ansieht. Wegen mir oder wegen der Person am anderen Ende der Leitung?

Ich mache die Reißverschluss-über-den-Lippen-Geste und setze mich auf sein Bett. Mein Blick schweift durch sein Zimmer, das wie immer auf eine gemütliche und nicht übertriebene Art aufgeräumt ist.

Über seinem Schreibtisch hängt eine Bleistiftzeichnung. Nein, falsch, es ist eine *wunderschöne* Bleistiftzeichnung, auf der Tom zu sehen ist. Er lacht und strahlt so viel Glück aus. Seine Gesichtszüge sind ganz sanft gezeichnet, mit weichen Schatten, und genauso weich fallen ihm seine Locken ins Gesicht. Die Signatur in der rechten unteren Bildecke kann ich nicht entziffern, aber es ist ein kurzer Name. Ich habe noch nie eines von Tinas Werken aus der Nähe gesehen, aber sie zeichnet offenbar wirklich genial!

Ein neuer Verdacht kommt in mir auf ... und wird kurz darauf bestätigt, als Tom ins Handy lacht und sagt: »Gut, alles klar, dann bis Mittwoch, du verrückte Nuss! Ciao, Tina.« Er legt auf und guckt mich mit dem Ausdruck im Gesicht an, den er immer hat, wenn er überdreht ist.

Ich mache ihn nach und packe meine Quatschstimme aus. »Sooooo ... Tina?!?« In seinem Gesicht regt sich nicht der kleinste Muskel. Verdammter Meisterschauspieler.

»Ja, ich bin ihr frisch gekürter Nachhilfelehrer. Aber eigentlich wollte sie nicht, dass das jemand mitbekommt, Glückwunsch!«

Ich strecke ihm die Zunge raus. »Und sonst so?«

Sein Gesicht hat wieder seine normalen Züge angenommen. »Was und sonst? Nichts sonst. Wolltest du was, dass du so in mein Zimmer eingefallen bist?«

Ich mustere ihn lange, bevor ich antworte. »Nein, nichts. Nur mal Hallo sagen.«

Wenn er Geheimnisse vor *mir* hat, behalte ich meine auch für mich.

Dann ist der letzte Arbeitstag gekommen, der letzte Tag mit Elia. Ich habe herausgefunden, dass sie auch zu den »Ärzte«-Fans gehört, und von da an haben wir den ganzen Tag nichts anderes mehr gehört. Es gibt ja zum Glück genug Alben der Band, so dass man sie nicht so schnell satthat.

Irgendwann ist die Stimmung dann so vertraut zwischen uns, dass ich sogar mitsinge, und auch sie überwindet sich.

Sie kann die Songs besser auswendig als ich, da ich die Ärzte in letzter Zeit kaum gehört habe. Wir drehen völlig ab, spielen grauenhaft schlecht Luftgitarre, jedes Klassenzimmer ist eine neue Bühne.

»Ooh, ich liebe dieses Lied!«, schreit sie mir von der anderen Seite des Raums zu, wo sie die Fensterscheiben putzt. Sie muss es noch einmal schreien, weil wir die Musik mit jedem Song noch lauter aufgedreht haben und ich außerdem gerade staubsauge.

Ich halte kurz inne und konzentriere mich auf das Intro des Songs. Er heißt »M & F« und ist tatsächlich mal einer, den ich komplett auswendig kann. Das Staubsaugerrohr wird mein Mikrofon und ich schreie mein ganzes Rauschgefühl hinein.

Beim ersten Refrain vergesse ich mich und alle meine Ängste total, renne zu dem Fenster, vor dem Elia auf einem Stuhl steht, und halte ihr meine Hand entgegen. Sie ergreift sie, ohne zu zögern, springt vom Stuhl direkt neben mich, legt mir den Arm um die Hüfte und entreißt mir mein »Mikrofon«. Doch damit nimmt sie mir auch meine Sicherheit und in jeder anderen Situation hätte ich jetzt wohl einfach wie angewurzelt dagestanden. Aber die Musik ist mir sofort in die Beine gegangen und es ist mir scheißegal, wie bescheuert das jetzt aussieht, ich tanze, so wie ich eben tanze.

Sie lacht mir ins Gesicht und wir singen weiter und vollführen irgendwelche Verrenkungen dabei. Und plötzlich habe ich diesen Text im Mund und er ist draußen, bevor ich es kapiere.

»Manche Männer lieben Männer, manche Frauen eben Frauen, da gibt es nichts zu bedauern und nichts zu staunen, das ist genauso normal wie Kaugummikauen, doch die meisten werden sich das niemals trauen …«

Jetzt erstarre ich doch. Es fällt aber nicht auf, weil nach der letzten Zeile sowieso der Übergang zum Refrain kommt.

Ich beobachte Elia ganz genau, während sie schon weitersingt. Sie ist kein bisschen über den Text gestolpert. Sie findet es also im Allgemeinen nicht komisch, sie bedauert nicht und sie staunt nicht. Aber gehört sie zu denen, die sich trauen, oder zu denen, die sich die Frage nie stellen mussten, ob sie sich trauen würden?

»Ist alles okay bei dir?« Jetzt hat sie es doch gemerkt, dass ich den ganzen Schluss des Songs über wieder in mir versunken war.

»Jaja«, sage ich schnell und hebe den Putzlappen auf, um kurz durchatmen zu können. »Ich muss nur mal eben …«

Ohne sie noch einmal anzusehen, gehe ich so schnell wie möglich aus dem Zimmer und aufs Klo und lehne mich gegen die Kabinentür.

Die Verzweiflung überrollt mich wie eine Welle, die über meinem Kopf bricht. Sie hat nicht einmal gestutzt. Kann es sein, dass sie so sehr zu sich steht, dass sie einer fast Fremden einen solchen Text ins Gesicht singen kann, ohne das kleinste bisschen unsicher dabei zu sein? Oder ist der Text einfach ganz banal für sie? Ein Text, über den sie nie nachgedacht hat, weil er sie nicht betrifft?

Ich muss mich gar nicht mehr fragen, welche der Möglichkeiten hier wohl wahrscheinlicher ist. »Sie will dich nicht. Sie wird dich nicht aus deinem Loch ziehen.« Der Gedanke hämmert in meinem Kopf und zieht mich runter. Fast lasse ich mich gehen, erinnere mich aber gerade noch rechtzeitig, dass man mir ansehen würde, wenn ich geheult hätte, und außerdem bin ich mittlerweile sowieso schon merkwürdig lange verschwunden.

Ich fülle meinen Putzeimer unter dem Waschbecken mit warmem Wasser, als kleines Alibi für mein langes Wegbleiben, dann gehe ich zurück und tue, als wäre nichts gewesen.

Trotz des erdrückenden Gedankens, der den restlichen Tag nicht mehr ganz verschwindet, ist die Stimmung bald wieder wie vor dem Song.

Als wir nach dem Arbeiten zum Waschraum gehen, um uns etwas frisch zu machen, sind wir total überdreht. Na ja, eher ich. Ich erzähle eine blödsinnige Geschichte nach der anderen und wir können uns vor Lachen kaum auf den Beinen halten. Sie hat ein so schönes Lachen, dass ich gar nicht anders kann, als sie immer wieder dazu zu bringen. Wir lachen auch noch, als wir im Waschraum stehen, und müssen es noch mehr, als wir unsere Spiegelbilder sehen. »Hey, du weinst ja«, merke ich plötzlich.

Die Tränen laufen Elia über die Wangen. Ich verfolge den Lauf einer Träne mit meinen Augen. Wir sind ganz still und ich hebe meine Hand. Mein Daumen streicht über ihre Haut. So weich. Er streicht ihr die Träne weg. Sie steht ganz still da und beobachtet mich dabei. Ihre sanften, dunklen Augen schauen mich an, Sekunden werden zu Minuten und mein Herz klopft so laut wie noch nie. Tu es, schießt es mir durch den Kopf. Aber ich bin wie versteinert und kann nicht vor und nicht zurück. Ich kann es nicht.

»Weg«, sage ich laut und trete gleichzeitig einen Schritt vom Spiegel zurück.

Auch sie scheint wie aus einer Trance zu erwachen. Wahrscheinlich fragt sie sich jetzt, was das eben war, so verwirrt, wie sie aussieht. Oh Gott, wenn ich es wirklich getan hätte! Es wäre vermutlich, nein, es wäre ganz sicher das Wundervollste auf Erden gewesen, aber danach wäre der tiefe Fall gekommen. Wie beim letzten Mal. Sie ist zu wertvoll, ich kann sie noch nicht verlieren. Denn bestimmt hätte sie genauso reagiert wie Natalie.

Wir wenden uns beide den Waschbecken zu und spülen unsere Gesichter mit kaltem Wasser ab.

Ich nehme mir nicht die Zeit, das Gesicht abzutrocknen, und warte auch nicht auf sie. »Man sieht sich. Bis bald«, sage ich nur und gehe dann schnell, ohne eine Antwort abzuwarten.

Und das fühlt sich so richtig scheiße an.

Auf meinem Mofa fahre ich, so schnell ich kann. Als ich schon fast zu Hause angekommen bin, drehe ich noch mal um und fahre genauso schnell auf der Straße zurück. Der kalte Fahrtwind schlägt mir hart ins Gesicht und die Nebeltröpfchen, die in der Luft hängen, treffen mich wie kleine Stromschläge auf die Wangen und auf die Stirn. Es tut gut nicht nachzudenken und einfach nur zu fahren.

7

ALS ICH VOR unserem Haus bremse und mein Mofa abstelle, geht es mir besser. Na gut, möglicherweise bilde ich mir das auch nur ein.

Im Wohnzimmer treffe ich auf Tom, der auf dem Sofa vor dem Fernseher hängt. Ihm geht es ähnlich schlecht wie mir, das sehe ich auf einen Blick. Ich setze mich neben ihn, was er kaum registriert, und wir schauen uns zehn Minuten lang dämliche Werbungen für Haarfarbe, Pizza und diesen Joghurt, der angeblich die Verdauung anregen soll, an.

»Scheißtag?«, frage ich.

»Deiner auch?«

Schweigen. Er soll mich bloß nicht fragen, warum mein Tag scheiße war. Ich fühle mich noch viel zu zerbrechlich, um darüber zu reden. »Tom, du machst mir Angst. So hab ich dich noch nie gesehen.«

Tom versucht eine Art Grinsen, was aber misslingt, so dass es aussieht, als würde er sein Gesicht zu einer schmerzvollen Grimasse verziehen.

»Mann, jetzt red mit mir!« Ich boxe ihm gegen die Schulter. »Was ist los?«

»Ich glaube, sie will nichts von mir«, sagt er merkwürdig monoton.

»Die geheimnisvolle Unbekannte? Wie kommst du denn darauf?«

Er zuckt mit den Schultern. »Ist einfach ein Gefühl. Sie ist nett und wir können uns gut unterhalten, aber es scheint nicht so, als hätte sie dieses andere Interesse an mir.«

»Das bist du gar nicht gewohnt von den Frauen, was?« Mein Aufmunterungsversuch lässt Tom sein Gesicht nur noch mehr verziehen.

»Wow«, sage ich und atme hörbar aus. »Die hat es dir ja echt angetan.«

»Ja. Sie ist nicht wie die anderen, Lou. Sie bedeutet mir sehr viel mehr. Und sie ist die Erste, die, wie soll ich das sagen ... die eine Art Macht über mich hat, verstehst du? Keine von den andern hat mich so zum Nachdenken gebracht und verwirrt. Ich habe keine Ahnung, was ich machen soll und wer ich noch bin, wenn es nichts mit ihr wird.«

Ich nicke langsam. Klar verstehe ich ihn. So geht es mir schließlich auch, noch viel stärker als damals mit Natalie. Der arme Tom! Vielleicht sollte ich mal mit Tina reden. Mir fällt wieder ein, was Bianka ihr an den Kopf geworfen hat. Sie könne ihre Gefühle nicht gut zeigen. Tina ist wirklich ganz anders als die anderen Mädchen, mit denen Tom sich sonst verabredet hat.

Ich lege meinen Arm um ihn. »Tom, ganz ehrlich: Wenn sie so besonders ist, wie du sagst, dann wird sie bestimmt noch erkennen, wie toll du bist. Vielleicht kann sie es auch einfach nicht so gut zeigen. Gib ihr mehr Zeit und mehr Möglichkeiten.«

»Meinst du?«

Ich nicke. »Meine ich.«

»Wirkt das dann nicht zu aufdringlich?«

Oha, da macht sich wohl jemand ähnlich komplizierte Gedanken wie ich.

»Vielleicht braucht sie das ja«, sage ich.

Tom sieht nicht wirklich überzeugt aus. Da muss ich wohl noch etwas nachhelfen.

»Wie wär's, wenn du sie morgen Abend zu uns einlädst, zu einem Film oder so? Ich werde mich dann gleich verziehen und Papa ist morgen auch nicht da. Ist doch perfekt.«

Schon besser. Immerhin grinst er jetzt wieder.

»Bin ich jetzt leichtsinnig, wenn ich auf meine kleine Schwester höre? Oder kann ich das riskieren?«

»Hey!« Gespielt empört schlage ich ihm ein Kissen ins Gesicht und innerhalb weniger Sekunden ist eine herrliche Kissenschlacht in Gange.

»Hör sofort auf!«, kreische ich laut, als er mich kitzelt. Mein Bruder kennt mich einfach viel zu gut und weiß, wo meine Schwachpunkte sind. Er hört erst auf, als Papa plötzlich im Zimmer steht und besorgt fragt, ob alles okay mit uns ist. Wir japsen, dass alles in Ordnung sei, worauf er kopfschüttelnd wieder geht.

»Hey Lou.« Auf dem Weg in unsere Zimmer dreht Tom sich noch mal um. »Danke. Schön, eine Schwester wie dich zu haben.«

Gerührt lächle ich. »Gerne, bester Bruder.«

Dieses Gefühl zwischen uns: als könnte nichts uns je auseinanderbringen.

Manchmal ist die Wahrheit der einzige Weg, um größeren Schaden zu vermeiden. Auch wenn man damit erst mal mehr davon anrichtet, als bis zu diesem Zeitpunkt da gewesen ist. Sie hatte sich nie damit schwergetan, die Wahrheit zu sagen. Doch bis zu diesem Tag hatte sie auch immer genau gewusst, was ihre Wahrheit war. Jetzt ist sie sich dieser Wahrheit nicht mehr so sicher. Das Einzige, was sie weiß – und eigentlich ist das schon eine Menge –, ist, dass sie das ungute Gefühl, das sie seit dem Abend auf der Party verfolgt, bis zu seinem Auslöser zurückverfolgen muss. Dort wird sie die Wahrheit finden. Ihr ist bewusst, dass die besondere Verbindung, die sie zu ihm hat, zerstört werden könnte, wenn sie noch länger wartet. Und das will sie auf keinen Fall riskieren. Sie fühlt sich taub vor Angst. Schaden in jemandem anzurichten hatte sie immer vermieden. Doch dieses Mal es ist unumgänglich.

8

MANCHMAL SIND die Menschen so naiv. Naiv und dumm. Habe ich wirklich gedacht, nichts könnte sich je zwischen Tom und mich stellen?

Kaum etwas ist je so schmerzvoll gewesen wie dieses Gefühl, das jetzt gerade durch meine Adern gepumpt wird. Ein Gefühl ohne Namen, undefinierbar. Es kommt in regelmäßigen Schüben über mich und steigert sich, bis ich es nicht mehr auszuhalten glaube.

Ich renne immer schneller. Der eisige, scharfe Wind durchdringt mich, aber ich spüre die Kälte schon lange nicht mehr, obwohl ich nur ein T-Shirt und eine dünne Hose anhabe. Als wäre mir von innen her schon zu kalt, um noch etwas zu spüren. Außer diesem einen Gefühl.

Ich renne immer schneller, schaue meinen Füßen zu, wie sie über den Waldboden laufen. Es ist beinahe so, als würde ich sie gar nicht dazu antreiben, sie bewegen sich wie von allein.

Ich renne immer schneller und doch nicht schnell genug, denn die Bilder holen mich ein. Toms glückliches Gesicht, ein Gefühl in mir, als würde ich fallen, ihre irgendwie schuldbewusste Miene (oder bilde ich mir das nur ein?), das

Leuchten in Toms Augen, als sie ihn anlächelt, sein Blick zu mir, das ist sie!, dann seine Verwirrung, als er meinen Gesichtsausdruck sieht. Er ist mein Bruder. Er weiß sofort, was los ist. Ich muss es nicht laut aussprechen. Der Verwirrtheit folgt ein verschlossener Blick. So dunkel habe ich seine Augen noch nie gesehen. Diesmal muss ich gehen und ich weiß es. Sie gehört ihm, wenn sie will. Ich drehe mich um und renne.

Ich renne immer schneller und komme doch niemals weit genug von den beiden weg. Tom und Elia.

Ich habe keine Taschenlampe und es ist schon fast ganz dunkel. Wohin ich laufe, weiß ich nicht. Ich achte nur noch darauf, in der Dunkelheit nicht gegen einen Baum zu knallen. Alles andere ist mir zu viel. Alles andere ist mir egal.

Plötzlich stehe ich vor dem Hochsitz. Seit jenem Nachmittag, an dem ich runtergefallen bin, war ich nicht mehr hier. Die Strickleiter hängt noch so da, wie ich sie hinterlassen habe. Sie schwankt gefährlich hin und her, als ich sie hochsteige.

Merkwürdiges Gefühl, in der kompletten Dunkelheit hin und her zu schwanken. Als ob man sich in nichts mehr sicher sein kann.

Oben angekommen prüfe ich, ob der Boden mich noch trägt, und stampfe ein bisschen darauf herum. Der Hochsitz erzittert zwar, aber er scheint zu halten. Erschöpft setze ich mich an den Rand der offenen Seite und lasse meine Beine runterbaumeln. Wenigstens ist das Dach noch da, denke ich, als es zu regnen anfängt.

Langsam spüre ich die Kälte wieder und wie sie von mir

Besitz ergreift, mit den anderen Gefühlen um die Vorherrschaft kämpft. Ich habe nicht mehr die Kraft, etwas dagegen zu tun. Am ganzen Körper zitternd fange ich laut zu schluchzen an. Es ist kein richtiges Weinen, eher ein Wechselspiel aus Wimmern und Schreien.

Was habe ich falsch gemacht? Wieso sie? Wieso Tom? Wieso ich? Wieso Natalie? Wieso? Kann ich denn nicht einfach mal glücklich werden? Vielleicht habe ich das ja einfach nicht verdient. Ich komme mir einsam und verlassen vor.

Natalie hat mich verlassen, Tom wird mir weggenommen, indem das Schicksal ihn mit der Frau zusammenführt, die ich liebe und die mich deswegen wahrscheinlich sowieso abgewiesen hätte.

Ja, ich liebe sie, das wird mir in diesem Moment zum ersten Mal eindeutig klar.

Papa ist auch weg, wahrscheinlich bei Mathilda, er darf auch glücklich sein.

Und Mama.

Ich komme mir richtig lächerlich und selbstmitleidig vor, was ich ohne Zweifel auch bin. Aber ich kann nicht anders. Ich weine um all diese Menschen und ich weine um mich. Egal ob mich das jetzt weiterbringt, es hilft mir in diesem Augenblick. Und es geht in diesem Augenblick auch einfach nicht mehr anders.

Irgendwann kommen keine Tränen mehr, aber trotzdem krampfe ich mich immer wieder zusammen und zittere immer stärker. Ich stelle mir vor, wie Tom und Elia jetzt bei uns auf dem Sofa sitzen und sich einen romantischen Film ansehen. Sie haben mich schon längst vergessen. Dieses Bild im Kopf erschöpft mich so sehr, dass ich irgendwann einschlafe, ohne es zu merken.

Ich erwache, noch bevor die Sonne ganz aufgegangen ist. Meine Klamotten fühlen sich klamm auf meiner Haut an und ich bin völlig unterkühlt. In meinen Händen habe ich kaum noch Gefühl und meine Haare sind feucht vom Tau. Jede Bewegung kostet mich Überwindung. Es dauert eine gefühlte halbe Stunde, bis ich mich zu der Stelle bewegt habe, wo die Strickleiter hängt.

Sehr langsam setze ich einen Fuß nach dem anderen auf den ersten Tritt und versuche mich mit meiner tauben Hand irgendwo festzuhalten.

Es dauert eine weitere Ewigkeit, bis ich mit beiden Füßen wieder auf festem Boden stehe. Ich laufe los, ohne jegliche Orientierung. Geistig bin ich gar nicht richtig anwesend und ich fühle mich wie von einem Traktor überfahren. Okay, natürlich weiß ich nicht, wie sich das anfühlt, und ich übertreibe mal wieder.

Ich bin ungefähr zwanzig Minuten gegangen (wobei ich nicht mit Sicherheit sagen kann, ob ich nicht die ganze Zeit im Kreis gelaufen bin), als ich meinen Namen höre. Besser gesagt drei Stimmen, die meinen Namen rufen. Ich hätte vor Erleichterung fast schon wieder heulen können, als Tina zwischen den Bäumen auftaucht.

»Ich hab sie, hier!« Kurz darauf ist sie bei mir und nimmt mich fest in den Arm. »Mensch, Lou! Was soll dieser Unsinn! Wir suchen dich schon die ganze Zeit!«

Sie lässt mich los, zieht ihren Mantel aus und mir an. Dann sind plötzlich auch noch Bianka und Tom da. Tom zögert nicht, hebt mich hoch und trägt mich bis ganz nach Hause. Ich schließe die Augen, damit ich ihn nicht ansehen muss.

Zu Hause legen sie mich in mein Bett, Bianka macht mir eine Wärmflasche, Tom eine heiße Schokolade und Tina sitzt die ganze Zeit neben mir und hält meine Hand. Langsam wird mir wieder warm und ich kann nach und nach klarer denken. Tina erzählt mir, was passiert ist. Offenbar hat Tom, keine halbe Stunde nachdem ich weggerannt bin, sofort angefangen mich zu suchen.

»Zuerst hat er bei uns angerufen. Zum Glück hast du dein Handy liegenlassen. Aber du hattest dich nicht gemeldet und eine weitere Möglichkeit ist uns nicht eingefallen. Also ist er nach draußen und hat dich gesucht, drei Stunden lang. Dann ist er wieder zurück ins Haus und wollte auf deinen Vater warten, aber der ist wohl die ganze Nacht nicht heimgekommen, also hat er heute früh wieder bei uns angerufen«, erklärt mir Tina.

»Und wir sind natürlich sofort hergekommen, um dich zu suchen«, ergänzt Bianka, die in diesem Moment mit der Wärmflasche reinkommt.

Ich weiß gar nicht, was ich sagen soll. Plötzlich schäme ich mich entsetzlich. Ich dumme, egoistische Kuh! Habe ich wirklich gedacht, Tom würde sich einen schönen Abend machen, wenn ich draußen im Wald rumirre? Allein meinetwegen hat er sein Date mit Elia sausenlassen und ist draußen in der Kälte rumgelaufen! Und Tina und Bianka, die sofort hergekommen sind, ohne zu zögern!

Mir wird ganz warm von innen. Habe ich gestern wirklich noch gedacht, ich wäre einsam und verlassen? Oh Gott, in meinem ganzen Leben habe ich mich noch nie so sehr geschämt wie jetzt.

»Was hast du dir bloß dabei gedacht? Und was war überhaupt los?«, fragt Tina.

»Danke«, sage ich heiser zu den beiden, statt ihr eine Antwort zu geben. Und als Tom hereinkommt, einen dampfenden Becher in der Hand, sage ich es noch mal: »Danke. Es tut mir alles so leid.«

Tom sagt nichts, schaut mich nur sehr besorgt an und streicht mir über die Haare.

»Ruh dich gut aus!«, mahnt Tina mich, bevor sie und Bianka gehen.

Tom deckt mich fürsorglich zu und geht dann auch. Ich fühle mich warm und geborgen. Die Müdigkeit übermannt mich wieder und ich schlafe sofort ein.

9

MEINE ÜBERNACHTUNG auf dem Hochsitz hat eine ziemlich heftige Grippe zur Folge, die mich ans Bett fesselt. Erst am dritten Tag nach meinem kleinen Abenteuer wage ich für eine längere Zeit aufzustehen.

Papa hat sich heftige Vorwürfe gemacht, als er gehört hat, was los war (natürlich hat Tom ihm nicht alles erzählt). Das wiederum macht mir ein schlechtes Gewissen, denn eigentlich ist es ja nicht sein Problem. Er kam gegen Mittag nach Hause, und als ich aufwachte, saß er neben meinem Bett und strich mir übers Haar.

»Was machst du denn bloß für Sachen«, sagte er leise. »Ich weiß zwar immer noch nicht ganz genau, was da passiert ist, aber du kannst doch nicht einfach davonrennen, wenn es Probleme gibt.«

»Ich weiß«, nuschelte ich in meine Bettdecke, die ich mir bis zur Nasenspitze hochgezogen hatte. »Es tut mir leid, ich mach's nicht wieder.«

Papa atmete tief durch und schaute ein bisschen hilflos, so dass sich mein schlechtes Gewissen wieder meldete. »Wenn irgendetwas los ist, kannst du immer mit mir reden. Das weißt du doch, oder? Es tut mir leid, wenn ich euch zu sehr alleine gelassen habe mit der neuen Situation hier und überhaupt. Ich habe immer darauf vertraut, dass ihr zu mir kommt, wenn es Probleme gibt. Ich hoffe, dass ihr das auch so verstanden habt?«

Ich richtete mich auf und kuschelte mich ganz nahe an ihn heran. »Ich weiß das, Papa. Mach dir bitte keine Vorwürfe. Ich fühle mich wirklich wohl hier. Ich verspreche, dass ich dir sagen würde, wenn es anders wäre.«

»Gut.« Papa atmete erleichtert durch. So viel wie in dieser Situation redet er sonst selten. Er muss sich ziemliche Sorgen um mich gemacht haben. Ich drückte ihn ganz fest und schwor mir, nie wieder solch einen Mist zu veranstalten.

Auch wenn ich das nicht hundertprozentig garantieren kann, haben mir diese Nacht und ihre Folgen doch eine Lehre erteilt. Vor allem, weil ich Leute mit reingezogen habe, die gar nichts mit der Sache zu tun hatten und nicht verantwortlich dafür waren.

Aber das Allerschlimmste ist, dass sich bis jetzt keiner groß dazu geäußert hat. Weder hat Tom irgendetwas gesagt noch haben die Zwillinge mich noch einmal gefragt, warum ich denn eigentlich so ausgerastet bin. Elia hat vermutlich gar keine Ahnung von dem ganzen Drama, das sich hier hinter den Kulissen abspielt. Obwohl sie sich bestimmt gewundert hat, dass ich einfach weggerannt bin, als ich sie und Tom gesehen habe, und mein Bruder sie dann kurz darauf weggeschickt hat. Was wohl seine Erklärung dafür war?

Ich habe das Gefühl, dass eine gewaltige Spannung in der Luft liegt. Ich glaube, das heftige Ende steht uns allen noch bevor. Und ich habe Angst davor, wie alles ausgehen wird.

Poetische Menschen würden diese Stimmung vielleicht »die Ruhe vor dem Sturm« nennen und das klingt eigentlich ziemlich passend.

Plötzlich habe ich nur noch einen Wunsch: Ich will mit Natalie reden. Nur ihr konnte ich immer alles erzählen, neben Tom. Aber ich traue mich noch nicht, zu ihm zu gehen. Ich weiß, dass er darauf wartet. Er hat alle seine Karten auf den Tisch gelegt, teils unwissentlich, aber ich bin bisher nur vor der Wahrheit weggerannt. Es geht einfach noch nicht.

Obwohl Natalie sich so lange nicht gemeldet hat und ich nicht mehr so oft an sie gedacht habe, vermisse ich sie. Ich vermisse, wie sie ihre Stirn runzelt, während sie mir konzentriert zuhört, und ich vermisse ihre schlauen Sprüche. Sie wüsste jetzt bestimmt, was zu tun ist.

Kurz entschlossen schlage ich die Bettdecke zurück, unter der ich mich jetzt schon fast vier Tage verstecke, obwohl es mir eigentlich schon viel besser geht.

Nach einer langen Dusche ziehe ich mich an, mein Lieblings-T-Shirt und ein dickes Sweatshirt darüber. Toms Sweatshirt. Ich habe keine Ahnung, was sich alles zwischen uns verändern wird, wenn und falls wir das alles klären können, aber ich brauche ihn jetzt und heute bei mir.

Ich packe meine nötigsten Sachen zusammen und knete mir etwas Stylingpaste in meine Haare. Unsicher wiege ich mein Handy in der Hand. Ob ich vorher anrufen sollte? Aber Natalie fährt im Herbst sowieso nie in den Urlaub. Ich werde sie einfach überraschen, beschließe ich und werfe das Handy in die Tasche.

Als ich mich von Papa verabschiede, runzelt er die Stirn. Er setzt seine Arbeitsbrille ab und lässt sie in der Hand hin und her pendeln. »Fühlst du dich wirklich schon fit genug für so eine Fahrt?«

»Ja, Papa. Ich bin nur noch etwas verschnupft, aber sonst ist alles wieder gut, ehrlich«, sage ich ungeduldig und schließlich lässt er mich ziehen.

Leise gehe ich an Toms Zimmer vorbei, ich will nicht, dass er mitkriegt, dass ich gehe. Aus seinem Zimmer hört man keinen Mucks. Ich bin mir nicht mal sicher, ob er überhaupt da ist. Ich streiche mit der Hand über die Holztür. »Ciao Tom.«

Ich fahre gerne Zug. Die Welt erscheint einem so unendlich viel simpler, wenn man einfach ganz schnell an allem vorbeifährt. Und trotzdem keineswegs bedeutungsloser. Meine Stirn wird ganz kalt an der Stelle, an der ich meinen Kopf gegen das Fenster lehne. Beim Zugfahren kann ich am besten nachdenken. Meine Gedanken erscheinen mir dann viel klarer, aber trotzdem kann ich mich nicht auf einen einzigen konzentrieren. Die ganze letzte Zeit fliegt zusammen mit der Landschaft da draußen in angenehmem Abstand an mir vorbei.

Natalies Mutter ist das, was man eine Naturschönheit nennt. Bei ihr sieht man die italienischen Wurzeln von Natalies Großvater noch stärker als bei Natalie. Ihre Haut ist immer schön gebräunt und ihre langen dunklen Haare umrahmen ihr fein gezeichnetes Gesicht. Nur ihre Augen sind hell, hellblau.

Sie stutzt einen Moment, als sie mir die Tür aufmacht. Bestimmt wegen meiner kurzen Haare.

»Lou! Na so eine Überraschung!« Sie schiebt mich ins Haus, bevor ich überhaupt etwas sagen kann. »Mensch, du hast dich ja verändert! Stehen dir gut, die Haare! Und gesund siehst du aus, kommt wohl von der guten Landluft, was?«

Beinahe muss ich lachen. Na, wenn sie mich vor drei Tagen gesehen hätte, als ich wie eine halbe Leiche ausgesehen habe! »Ja, es geht mir echt gut, es ist wunderschön dort draußen.«

Sie schaut mich einen Moment lang lächelnd an und schweigt. Dann fällt ihr Blick auf meine Tasche. »Bleibst du heute bei uns?«

Mist, vielleicht hätte ich doch vorher anrufen sollen. Ich glaube, ein gewisser Egoismus liegt mir einfach im Blut. »Nur, wenn das in Ordnung geht. Sonst fahr ich später zurück, ist kein Problem.«

Sie lacht und legt mir eine Hand auf die Schulter. »Aber nein, natürlich bleibst du hier, wir freuen uns doch!«

»Vielen Dank, ich freu mich auch.«

»Sehr schön. Wo Natalies Zimmer ist, wirst du ja noch wissen, oder? Aber du solltest besser anklopfen, sie hat Herrenbesuch.« Sie lacht vergnügt und zwinkert mir zu.

Ach du Schande, einem von Natalies Typen zu begegnen, darauf hätte ich eigentlich gut verzichten können. Aber na ja, ich bin selbst schuld, wenn ich so überstürzt und unangekündigt hier auftauche.

Ich drücke mich eine Weile davor, an ihre Zimmertür zu klopfen. Von innen höre ich Gekicher und Gemurmel. Es verstummt augenblicklich, als ich zögerlich klopfe.

»Mama, wir versuchen hier zu lernen! Was ist denn schon wieder?«

Ich zögere, dann sage ich halblaut: »Ich bin's.«

Ich höre, wie Natalie genervt aufstöhnt. »Wer ich?«

Dann kommen Schritte näher und die Tür wird aufgerissen.

Der Typ, der mir gegenübersteht, kommt mir merkwürdig bekannt vor, und auch er mustert mich, als würde er überlegen, ob er mich kennt.

»Oh mein Gott, Louuuuu!« Natalie drängelt sich an dem Typen vorbei und drückt mich so heftig an sich, dass ich Angst um meine Sauerstoffversorgung habe. Plötzlich unglaublich erleichtert atme ich ihren Duft ein. Wir umarmen uns ungefähr eine halbe Minute lang, während der Typ ein bisschen doof danebensteht. Als wir uns wieder loslassen, strecke ich ihm höflich die Hand entgegen. »Hi, Lou.«

»Ja klar! Jetzt weiß ich's wieder!« Er ergreift meine Hand und schüttelt sie so stark, dass meine Gelenke knacken. »Die Party, weißt du noch? Ich bin Moritz. Ich war mir nur nicht sicher wegen deiner Haare.«

Jetzt fällt es mir auch wieder ein. Moritz, mit dem ich auf der Party getanzt habe, kurz bevor … ich schaue zu Natalie.

»Ihr kennt euch?«, fragt sie.

Moritz grinst. »Flüchtig.«

Er küsst sie schnell auf die Lippen. »Ich geh dann mal. Ihr habt bestimmt viel nachzuholen.«

Allerdings! Seit wann steckt Natalie in einer Küsschen-zum-Abschied-für-meinen-Schatz-Beziehung? Das ist ja ganz was Neues. Sie zuckt grinsend und sehr verlegen mit den Schultern, als ich sie fragend anschaue.

Nachdem Moritz gegangen ist, sitzen wir uns schweigend auf Natalies Bett gegenüber. Sie scheint irgendwie nervös zu sein, fummelt dauernd an einem Faden herum, der aus ihrem Bettdeckenbezug heraushängt. Als wüsste sie genau, was ich im nächsten Moment wissen will. »Wieso hast du dich denn gar nicht mehr gemeldet?«

Sie holt Luft.

»Sag jetzt nicht, du hattest keine Zeit!«

Sie atmet aus und schweigt. Ich traue mich. Inzwischen scheint mir dieses Problem gar nicht mehr so unbezwingbar, im Gegensatz zu jenem anderen. »Hat es was damit zu tun, dass ich dich auf der Party geküsst habe?«

Erleichtert atme ich durch. Endlich habe ich es angesprochen. Wir müssen das jetzt klären. Und endlich hebt sie auch ihren Blick und schaut mir ins Gesicht. »Ehrlich gesagt habe ich es auch schon davor vermutet, dass ... ja, also ... dass ...« Sie weicht meinem Blick aus.

»Dass ich dich mehr mag als nur rein freundschaftlich?«

Ich frage mich, ob ich diesen Satz immer noch im Präsens sagen kann. Irgendwie ist das alles total verwirrend.

»Es tut mir sehr leid, wie ich dich behandelt habe«, sagt sie schließlich. »Ich habe viel darüber nachgedacht, weißt du. Ich ... Ich wusste einfach nicht, wie ich damit umgehen soll, und deshalb habe ich mich nicht mehr gemeldet. Ich dachte, wenn ich Abstand zwischen uns bringe ... Keine Ahnung, dass wir es dann wieder schaffen, einfach beste Freundinnen zu sein, ohne ständig an diesen Abend zu denken.«

Ich grüble über ihre Worte nach. Ich glaube, ich kann Natalie sogar verstehen.

»Ich weiß jetzt, das war total egoistisch. Außerdem habe ich dich vermisst.«

»Ich dich auch.«

Sie lächelt unsicher.

»Vor allem als beste Freundin«, füge ich schnell hinzu.

Natalie schaut nachdenklich aus dem Fenster. »Ich habe mich nie gefragt, wie es wohl für dich war.«

»Der Kuss? Du küsst relativ akzeptabel«, versuche ich einen Scherz.

Fast muss sie grinsen, aber jetzt schaut sie wieder unsicher. »Und wie ist es jetzt für dich?«

Wenn ich das wüsste ...

»Es ist verwirrend«, sage ich leise. »Weißt du, eigentlich war ich mir sicher, dass ich nicht ... also nicht mehr ...« Ich suche nach den richtigen Worten. Da beugt sie sich plötzlich ganz schnell vor und küsst mich.

Ihre Lippen sind genauso weich wie beim letzten Mal. Unsere Nasenspitzen berühren sich wie beim letzten Mal. Sie küsst genauso gut wie beim letzten Mal.

Danach öffnen wir beide die Augen und schauen uns an. Ich bin völlig überrumpelt. Was sollte das denn jetzt?

Sie lächelt. »Das machen sie in den Filmen auch immer so, wenn sie sich nicht sicher sind, was sie wirklich fühlen.«

»Aha.«

»Und?« Sie schaut mich neugierig an.

»Also ...« Tatsächlich bin ich mir jetzt ganz sicher. »Ich liebe dich.«

Erschrocken reißt sie ihre Augen auf. Ich grinse frech. »Aber ich würde nicht mit dir schlafen wollen.«

»Oh, du Miststück!«, kreischt sie und wirft mir ein Kissen an den Kopf.

Sie scheint unendlich erleichtert und ich bin es auch.

Zweifellos war es ein sehr guter Kuss. Aber da hat eindeutig etwas gefehlt. Ich weiß das, denn was bei Natalie fehlt, ist bei ihr da. Elia. Ihr Gesicht habe ich vorhin vor mir gesehen, nicht Natalies. Sie gibt mir dieses Gefühl von vollkommenem Glück und das Brausepulvergefühl in meinem Bauch, sie bringt mein Herz zum Klopfen und die Farbe in mein Leben. Sie bewirkt, dass ich mich öffne, so schnell wie bei niemandem zuvor. Sie macht mir Angst. Ich frage mich, wie ich auch nur eine Sekunde daran zweifeln konnte, dass sie es ist. Nur sie.

10

DER GEDANKE an Elia lässt mich wieder traurig werden. Es ist viel schlimmer als vorher. Durch sie weiß ich jetzt, wie sich Liebe anfühlt. Aber ich kann sie nicht haben.

Natalie merkt, dass etwas nicht stimmt, und lässt das Kissen sinken, das sie gerade zum nächsten Angriff erhoben hatte. »Hey, was ist denn los mit dir?«

Besorgt rückt sie näher und legt ihren Arm um mich. Endlich kann ich jemandem alles erzählen. Von Anfang bis Ende. Ich erzähle ihr von Tom und wie er damals von ihr, Natalie, abgelassen hatte wegen mir. Ich erzähle von dem ersten Tag, an dem ich Elia begegnet bin, damals im Physik-Raum. Ich erzähle von Tom und dass er ihr zufälligerweise Nachhilfe gibt, von dem Fest an Papas Geburtstag, von »Heroes«. Ich erzähle ihr von den Tagen, die Elia und ich mit Putzen verbracht haben, von dem Song und der Szene im Waschraum. Wie ich geglaubt hatte, Tom habe sich in Tina verliebt. Wie er sagte, sie sei etwas Besonderes, dieses Mädchen, und wie ich erfahren habe, dass dieses Mädchen Elia ist. Meine bescheuerte Reaktion darauf lasse ich natürlich auch nicht aus.

Natalie hört mir zu, ohne mich ein einziges Mal zu unterbrechen.

»Mensch, Lou …«, seufzt sie, als ich fertig bin. »Das ist ja ein ganz schönes Chaos. Aber dein größtes Problem ist ein ganz anderes.«

Erstaunt blicke ich auf. »Ach ja?«

Sie schüttelt fassungslos den Kopf. »Siehst du das denn nicht? Du bist ein Schisser, ein Riesenschisser!«

Wie bitte?

»Du kriegst die Gelegenheiten auf einem goldenen Tablett serviert, aber dann ziehst du dich wieder zurück, rennst weg, verkriechst dich. Du ziehst dich in deine Traumvorstellungen zurück und steigerst dich da so lange rein, bis du es nicht mehr aushalten kannst. Aber du zeigst nie, was du willst. Wie soll sie denn da wissen, woran sie ist?«

Mir gefällt gar nicht, wie Natalie das jetzt darstellt. Es geht doch um Tom! »Ich wollte nichts überstürzen und jetzt geht's sowieso nicht mehr. Das kann ich Tom nicht antun.«

Ich zucke zusammen, als Natalie mir mit der flachen Hand gegen die Stirn schlägt. »Ausreden, Lou, alles Ausreden! Es ist die Liebe, da kannst du nicht einfach rumsitzen und warten, bis sich alles von selbst regelt! Du musst mal was riskieren, sonst bleibst du alleine! Außerdem ist sie eine Frau und wir wollen schließlich, dass der andere den ersten Schritt macht.«

»Was ist das denn für ein Unsinn? Es hilft mir kein bisschen weiter, wenn du dich hier selbst diskriminierst.« Langsam werde ich säuerlich. Ich lass mich doch nicht einfach als Feigling abstempeln!

»Das ist kein Unsinn, das ist ein Naturgesetz«, behauptet Natalie. Es scheint sie köstlich zu amüsieren.

»Bin ich etwa keine Frau?« Mein Tonfall wird schnippisch.

»Hat nicht *sie* dich wegen der CD gefragt? Glaubst du ernsthaft, sie ist zu blöd sich einen Song runterzuladen? Das war ein Vorwand, du Nuss! Sie hat gehofft, dass du mehr draus machst, als ihr einfach bloß die CD geben zu lassen!«

»Meinst du echt?«

Natalie rollt gespielt genervt mit den Augen. »Klar meine ich.« Jetzt fange ich doch an darüber nachzudenken. Ob Natalie recht hat? Hatte ich vielleicht einfach zu wenig Selbstvertrauen, um diese Signale zu sehen? Aber wahrscheinlich übertreibt sie es auch mal wieder. Sie schaut leidenschaftlich gerne kitschige Hollywoodschnulzen, bei denen sich das Ende schon nach der ersten Minute vorhersagen lässt.

»Das mit Tom ist allerdings blöd.« Nachdenklich beißt Natalie sich auf die Unterlippe.

»Sag ich doch.«

»Könnt ihr nicht drüber reden?«

»Und dann?«

»Na ja«, Natalie legt ihren Kopf schief, »eigentlich ist es doch sowieso nicht eure Entscheidung. Es ist ihre.«

Ich weiß, dass sie recht hat, diesmal ganz sicher. Aber wir wissen auch beide, dass es keine Rolle spielt, wenn es um Tom und mich geht. Wir schweigen lange.

»Du musst dich entscheiden Lou. Sieht so aus, als könntest du im Moment nicht beide haben. Tom *und* Elia.«

Genau vor dieser Entscheidung habe ich mich gefürchtet. Davor, dass ich sie beide verlieren könnte. Wobei man bei Elia nicht einmal sagen kann, dass ich sie je gehabt hätte oder je haben werde, ganz unabhängig davon, was ich jetzt tue.

Ich brauche einen Themenwechsel. »Sag mal, was ist eigentlich bei dir los? Seit wann hast du denn einen festen Freund?«

Natalie wird rot. Sie hatte sich früher immer nur lustig gemacht über das ganze Schatzi-Getue, über die Kosenamen, über »Kuschelnachrichten«, wie sie sagte. »Erzähl!«

Als sie noch wartet, um die Spannung zu steigern, kitzle ich sie. Lachend ergibt sie sich und erzählt mir ihre Geschichte. Es dauert bis weit in die Nacht hinein, aber ich höre ihr genauso aufmerksam zu wie sie zuvor mir.

Ihre Augen leuchten, wenn sie über Moritz spricht. Ich muss lächeln. Wusste ich's doch, dass es sie irgendwann auch erwischt! Ich glaube, davor ist niemand sicher. Man kann es sich nun mal nicht aussuchen, wann, wie und in wen man sich verliebt. Es ist eine Abhängigkeit, manchmal entsteht sie über lange Zeit und steigert sich, manchmal stellt sie von einer Sekunde auf die andere das gesamte Leben auf den Kopf. Und man ist komplett machtlos dagegen.

»Ich bin wieder da!«, rufe ich laut, als ich zur Haustür reinkomme und meine Tasche auf die Schuhpaare werfe, die unter der Garderobe verstreut liegen.

Ich war noch zwei ganze Tage bei Natalie und wir haben so einiges unternommen, es war fast wie früher. Aber dann auch wieder nicht. Ich bin einfach schon zu lange von da weg. Wenn wir abends mit der alten Clique unterwegs waren, habe ich mich immer ein bisschen fehl am Platz gefühlt, auch wenn sich alle um mich bemüht haben. Ich habe einfach zu viel verpasst. Alles scheint sich immer so rasend schnell zu verändern. Trotzdem war es schön, alle wiederzusehen, besonders Natalie. Ich wäre gerne noch geblieben, doch morgen geht die Schule wieder los.

Aus der Küche höre ich Stimmengemurmel und ich öffne die Tür ein kleines Stück. Auf dem Tisch stehen ein Streuselkuchen und die alte Kaffeekanne, die Mama einmal auf einem Flohmarkt in Spanien gekauft hatte, weil ihr das Muster darauf so gefiel. Ich dachte, wir hätten sie beim Umzug verloren, und bin froh, dass sie wieder aufgetaucht ist. Insgeheim fand ich immer, es ist ein bisschen so, als würde Mama bei uns sitzen, wenn wir die Kanne auf dem Tisch stehen haben.

Aber heute sitzt neben Papa und Tom wirklich noch eine weitere Person am Tisch. Ich erkenne sie sofort wieder, obwohl es gut drei Jahre her ist, seit ich sie das letzte Mal gesehen habe.

Oma hat sich kaum verändert. Sie trägt eine ihrer unzähligen Blumenblusen und die schneeweißen Haare, die beim letzten Mal zu einem strengen Dutt gebunden waren, sind nun kinnlang geschnitten, was total gut und sogar ein bisschen frech aussieht. Ihre schlanken und gepflegten Finger umschließen die zur Kaffeekanne passende Tasse, und als sie mich erblickt, leuchtet ihr Gesicht auf.

»Luna!« Sie gehört zu den wenigen Leuten, die mich mit meinem vollen Namen ansprechen. Mit einer Energie, die man ihr (trotz des neuen Haarschnitts) auf den ersten Blick nicht zutrauen würde, springt sie auf und läuft mir entgegen, weil ich mich vor Überraschung noch immer nicht rühren kann. Sie drückt mich, dass mir beinahe die Luft wegbleibt, und der Duft ihres Parfüms, das sie benutzt, seit sie so alt war wie ich, steigt mir in die Nase.

»Wahnsinn, wie du dich verändert hast!«, sagt sie leise und betrachtet mich. Sie sagt eine ganze Weile nichts und ich weiß, dass ich sie in diesem Moment an meine Mama erinnere. Ich habe ihr schon immer wahnsinnig geglichen, viel mehr als Tom, der total nach Papa kommt.

»Du dich gar nicht«, sage ich lächelnd.

Sie grinst schelmisch. »Das sollte ich dann wohl als Kompliment werten, was?« Sie zwinkert mir zu und dann setzen wir uns wieder.

»Oma hatte die Nase voll von Griechenland und will sich jetzt hier bei uns einnisten«, erzählt Tom, während er mir ein Stück Kuchen auf einen Teller legt.

»Du warst die ganzen letzten Jahre in Griechenland?«, staune ich und nehme den Teller von Tom entgegen, der mich nur kurz anschaut.

»Ja, ist das denn so verwunderlich? Bei dem Wetter, dem Meer und den griechischen Männern, die es dort zu sehen gibt?« Oma lacht vergnügt und schiebt sich ein großes Stück Kuchen in den Mund.

Grinsend schüttle ich den Kopf. Das ist so typisch für sie. Mein Großvater ist früh gestorben, hat ihr allerdings einen ziemlichen Haufen Geld hinterlassen. Meine Oma hat schon in mindestens acht verschiedenen Ländern gelebt, aber selten länger als zwei Jahre im selben. Mittlerweile spricht sie fünf Sprachen und hat so viel gesehen, dass es für mehrere Leben reicht.

»Wieso bist du denn von da weggegangen?«

»Ach, weißt du, auf die Dauer war das nichts. Ich wusste immer, dass mein Zuhause da ist, wo ich hergekommen bin.« Nachdenklich schiebt Oma die Kuchenkrümel auf ihrem Teller zusammen. »Drei Jahre ohne meine Familie, ohne euch, sind mehr als genug. Jemand muss doch hier mal wieder nach dem Rechten sehen.«

Papa legt ihr eine Hand auf die Schulter, die sie lächelnd ergreift. »Lou, machst du bitte das große Gästezimmer für Oma bereit?«

Oma hat alles mitgebracht, was sie an Materiellem besitzt, und das ist nicht gerade viel. Sie hat nie etwas von Besitz gehalten und vieles immer zurückgelassen, wenn sie weiterziehen wollte. Tom trägt die Koffer nach oben, während ich ihr helfe sich einzurichten. Außer dem Nötigsten haben Tom und ich immer noch kein Wort miteinander gewechselt. Ich bin unsicher, was das bedeuten soll. Keine Ahnung, ob er wütend auf mich oder sonst was ist.

Sobald alle Koffer in Omas Zimmer sind, verzieht er sich und lässt sich das ganze Wochenende kaum noch blicken. Und ich sitze die ganzen zwei Tage im Zimmer nebenan und kann irgendwie nichts mit mir anfangen.

Oma ist mit Papa weggefahren, er zeigt ihr die Umgebung. Den Hof hat sie sich gestern schon angeschaut und ihr ist gleich allerhand aufgefallen, was gemacht werden könnte. Sie ist selbst auf einem Bauernhof groß geworden und war entsetzt, dass wir außer den paar Hühnern und Frankie keine Tiere haben, nicht mal einen Hund. Ich habe so eine Ahnung, dass sich das angesichts ihres Tatendrangs bald ändern und unser Hof zu neuem Leben erweckt werden wird.

Papa lässt sie da wohl einfach mal machen, schätze ich. Zwischen den beiden hatte schon immer eine ganz besondere Verbindung und Sympathie bestanden. Oma hat mir einmal erzählt, dass sie Papa sofort ins Herz geschlossen hat, als meine Mama ihn eines Abends mit nach Hause gebracht hatte.

»Dein Papa ist so ein richtig guter Mensch, das habe ich sofort gesehen. Zurückhaltend, aber authentisch und sehr großherzig. Ich fand sofort, dass deine Mama ihn behalten dürfte«, hat sie mir mal gesagt. »Aber ich hätte ihn ihr sowieso niemals ausreden können. Deine Mama war von Kopf bis Fuß verliebt in ihn und ihr Glück strahlte mir aus jedem Blick und jedem Wort von ihr entgegen. Sie erzählte mir schon nach ihrem zweiten Treffen, dass er der *eine* Mann sei. *Die Liebe von diesem Leben und dem nächsten.* Sie war so jung und natürlich unglaublich naiv. Aber ich musste ihr in dieser einen Sache einfach glauben. Echtes Glück lässt sich eben schwer ignorieren oder kleinreden.«

Sie hatte mir diese Geschichte immer wieder erzählt, so lange, bis ich alt genug geworden war, dass ich sie auch ganz erfassen konnte. Ich werde nie vergessen, wie tröstend es gewesen ist, Mama in Omas Erzählungen noch einmal zu treffen.

11

AM SONNTAGABEND halte ich es nicht mehr länger aus und klopfe an Toms Zimmertür. »Können wir reden?«

Tom sitzt auf seinem Bett, gegen die Wand gelehnt. »Klar, wenn du meinst.«

Ich setze mich neben ihn und dann weiß ich nicht, was ich sagen soll. Gibt es überhaupt etwas zu sagen? Weiter als bis hierher habe ich nicht gedacht. Ich will einfach nur, dass ich nicht mehr klopfen muss, wenn ich in sein Zimmer gehe. Ich will einfach nur, dass alles wieder so ist wie vor jenem Abend.

»Du magst sie sehr, oder?«, frage ich leise, obwohl die Frage die dümmste ist, die ich hätte stellen können, weil ich die Antwort natürlich schon kenne.

»Ja, das tue ich.«

Dann schweigen wir wieder. Unten höre ich unser Auto heranfahren und kurze Zeit später zwei Autotüren zuschlagen.

»Weißt du, es klingt doof und oberflächlich und kitschig, aber sie ist wirklich ganz anders als jedes Mädchen, das ich bisher getroffen habe.«

»Ja.« Ich räuspere mich. »Das geht mir auch so.«

»Ich weiß.« Er sucht nach den richtigen Worten. »Es tut mir leid, Lou, aber ich kann sie nicht aufgeben, ich kann das nicht schon wieder. Es ist nicht wie beim letzten Mal. Ich weiß nicht, ob ich damit klarkommen würde, wenn ich mich verstecke damit. Auch wenn ich nicht will, dass *du* das musst.«

Er schaut auf, sieht mich zum ersten Mal direkt an. Seine braunen Augen sehen verzweifelt aus. Mein Bruder ist nicht mehr der gleiche Tom, der er vor unserem Umzug war. Längst nicht mehr. Er hat jemanden gefunden, für die er seine für ihn so sichere Lebenseinstellung ändern will. Er will nicht mehr *nicht* vermissen. Er will Bedeutung zulassen. Bedeutung, die tiefer geht und wehtut. Er will Erinnerungen, die verletzen. Er wird sich verletzen lassen, von ihr. Und er hat es sich nicht mal ausgesucht.

Plötzlich wird mir klar, dass Tom, genauso wie ich, mit inneren Dämonen zu kämpfen hat, nur mit ganz anderen. Ich weiß, dass es ihm genauso zu schaffen macht wie mir, dass zwischen uns nichts mehr so ist wie vorher und wir beide nichts dafürkönnen. Ich senke meinen Kopf und da sehe ich das Stück Papier, das Tom in der Hand hält. Vorsichtig nehme ich es ihm ab.

Es ist eine Bleistiftzeichnung. Nein, falsch, es ist eine *wunderschöne* Bleistiftzeichnung, auf der Tom zu sehen ist. Er lacht und strahlt so viel Glück aus. Seine Gesichtszüge sind ganz sanft gezeichnet, mit weichen Schatten, und genauso weich fallen ihm seine Locken ins Gesicht. In der rechten unteren Bildecke steht nicht Tina. Da steht IHR Name. Wenn ich jemals in den letzten Tagen Mut gefasst habe, so ist er in diesem Moment auf einen Schlag dahin. Und dabei denke ich nicht daran, was Elia will oder nicht, ob sie mich will oder ihn. Ich fühle mich plötzlich unwillkommen und vollkommen fehl am Platz. Als hätte ich mich auf das Band zwischen Tom und Elia gesetzt.

Ich stehe auf und lege das Bild neben Tom aufs Bett. »Ich werde sie mir schon irgendwie aus dem Kopf schlagen.« Ich kriege es sogar hin, dass ich fast cool dabei klinge.

Es fühlt sich an, als hätte ich eine Entscheidung getroffen, als ich das Zimmer verlasse. Aber eigentlich ist das Blödsinn. Wer hat schon die Macht, über so etwas zu entscheiden? Ich werde damit auch ganz sicher nicht klarkommen. Aber vielleicht kann ich ja so tun? Es muss doch irgendeine Lösung geben.

Später schreibe ich noch eine SMS an Tina und Bianka, die sich besorgt nach mir erkundigt haben, weil ich mich nicht mehr gemeldet hatte. Ich frage mich wirklich oft, womit ich Freunde verdient habe, die sich so um mich kümmern.

Alles wieder ok. Freu mich auf euch morgen ☺

Mein wahrer Zustand hätte keinen Platz in der Kurznachricht gehabt.

....

Sie kann die Wut auf sich selbst schmecken, die ganze Zeit. Ein fahler Geschmack in ihrem Mund, der Puls in ihrem Kopf und der Knoten in ihrem Bauch. Nur die Wahrheit, mehr hätte es doch nicht gebraucht. Und jetzt hatte sie diesen Moment verstreichen lassen. Sie könnte es positiv sehen. Klarer als je zuvor weiß sie jetzt, was sie will. Oder nein, was sie haben muss. *Sie hätte es sich ganz sicher nicht so ausgesucht, aber jetzt kann sie sich sowieso nicht mehr dagegen wehren. Sich fallenzulassen, ausgerechnet zu dem Zeitpunkt, wo alles zu zerbrechen droht. Verrückt, aber ungefährlich, wenn man weiß, warum man es tut. Allzu oft erscheint ein Gedanke inmitten des wilden Sturms in ihrem Kopf. Und mehr als einmal hatte sie sich auf ihn einlassen wollen. Er war so einfach, so unkompliziert und so egoistisch. Aber nein, zurückzugehen war keine Option. Die Eiszeit, beschließt sie, muss zu Ende sein. Und obwohl es nicht wirklich ein Beschluss ist, fühlt sie sich frei. Als hätte ein Teil in ihr die ganze Zeit gewartet, dass sie endlich zustimmt. Der nächste Schritt geht wie von selbst.* ....

....

Der nächste Tag ist ein typischer Novembertag, grau und verregnet. Als ich nach unten in die Küche komme, steht Oma am Herd und häuft Rührei auf einen Teller. »Guten Morgen, Liebes«, sagt sie lächelnd und stellt mir den Teller vor die Nase.

»Äh …« Ich schaue etwas überfordert auf die riesige Portion.

Oma blickt mich streng an. »Das Frühstück ist die wichtigste Mahlzeit des Tages. Das wird gegessen!«

Ich denke nicht, dass es sinnvoll ist ihr zu erklären, dass ich normalerweise morgens nicht mehr als einen Joghurt esse. Und meistens nicht mal den. Also setze ich mich brav hin und fange an den Teller leer zu putzen, den Blick ständig auf die Uhr gerichtet.

»Du kannst dir ruhig Zeit lassen, ich nehme dich nachher mit in die Stadt.«

Eigentlich fahre ich gerne Auto, wenn meine Oma am Steuer sitzt. Ihr Fahrstil ist ziemlich abenteuerlich. Sie hat bereits ihre Country-CDs in Papas Auto verstreut und zur Musik fahren wir jetzt in einem Affentempo Richtung Stadt. Ich werde richtig in den Sitz gedrückt und mit dem ungewohnt vollen Magen ist die Fahrt kein Vergnügen. Immerhin bin ich heute überpünktlich in der Schule. Wir haben sogar den Bus überholt, den ich normalerweise nehme. Bianka und Tina staunen nicht schlecht, als Oma mit quietschenden Reifen vor dem Schulgelände hält.

»Das war deine Oma?« Bianka kommt aus dem Staunen nicht mehr raus. »Mann, die hatte ja ein Tempo drauf.«

Tina lacht. »Unsere Oma ist noch nie in ihrem Leben Auto gefahren, das ist ihr viel zu gefährlich. Sie benutzt immer öffentliche Verkehrsmittel. Als ob Busse keine Unfälle bauen würden.«

»Hast du dich wieder erholt?« Bianka schaut mich besorgt an.

»Jaja, ich habe nur ein paar Tage mit einer Grippe flachgelegen, aber jetzt ist alles wieder in Ordnung.« Ich winke ab und will mich gerade auf den Weg zum Klassenzimmer machen, da hält mich Tina zurück.

»Magst du uns erzählen, was passiert ist?« Sie tauscht einen Blick mit ihrer Schwester aus. »Tom hat uns nur gesagt, dass ihr euch gestritten habt.«

Na ja, das stimmt nicht so ganz, aber irgendwas musste er wohl sagen, um mein Wegrennen zu erklären.

Die beiden schauen mich erwartungsvoll an. Aber ich

winke wieder bloß ab. »Ach, ist nicht so wichtig, schon vergessen. Wir haben das geklärt, alles in Ordnung.«

Ich hoffe, ich kann das irgendwann auch selber glauben.

TEIL **DREI**

1

ICH HABE ELIA nun seit fast drei Wochen nicht mehr gesehen. Die Schule hat wieder richtig angefangen, der Alltag kehrt zurück. Natürlich auch die Nachhilfestunden von Tom für seine bisher einzige Schülerin. Besuche von ihr, die ich nun in einem ganz anderen Licht sehe. Einige Minuten bevor sie unser Haus betritt, verlasse ich es, um ihr nicht über den Weg zu laufen, und ziehe mich auf meinen Hochsitz im Wald zurück. Oft sitze ich stundenlang da oben und höre Musik, mache sogar ab und zu mal was für die Schule. Zur Ablenkung. Wirklich etwas ändern kann ich dadurch aber nicht.

Das Einzige, was mich manchmal ein bisschen von dem Gefühl, in einer unfertigen Entwicklung festzustecken, ablenken kann, ist die Theater-AG. Anna, die Leiterin, ist immer noch mit einer so mitreißenden Begeisterung dabei, der sich keiner von uns entziehen kann. Unermüdlich proben wir Szene um Szene zum gefühlt vierhundertdreiundachtzigsten Mal und es macht immer noch Spaß. Anna findet für jeden von uns genau die richtigen Worte, um uns anzutreiben, wenn wir mal wieder das Gefühl kriegen, mit diesem Stück niemals rechtzeitig zur Aufführung fertig zu werden.

Immer noch gibt es Leute, die ihren Text noch nicht auswendig können, und dann hat jemand über der einzigen fertig gebastelten Kulisse einen Kaffee getrunken. Leider auf so ungeschickte Art, dass wir sie (ironisches »Juhu!«) noch einmal ganz neu machen müssen.

Bei dem ganzen Druck, den wir uns größtenteils selbst und auch gegenseitig machen, bleibt nur Tina cool und nutzt jede kleine Pause, um entspannt eine zu rauchen. Natürlich kann sie ihren Text längst auswendig und sie ahnt wohl auch, dass sie als der Star unter uns gilt und wir sie alle bewundern.

Am letzten Abend vor der Hauptprobe, mitten in der Szene, die in den letzten Wochen erst wenige Male fehlerfrei über die Bühne gegangen ist, klatscht Anna in die Hände. Es ist schon relativ spät, die Probe dauert, unter anderem wegen ebendieser Szene, mal wieder länger als geplant. Ich habe seit einer geschlagenen halben Stunde nichts mehr zu tun und sitze mit anderen zusammen am Bühnenrand. Die Augen fallen mir schon fast zu und mein ganzer Körper schreit nach meinem weichen, warmen Bett, das mich einfach schlafen lässt, ohne von mir Kulissenänderungen und Soufflier-Einsätze zu verlangen.

»Ihr Lieben, was haltet ihr davon, wenn wir an dieser Stelle abbrechen und alle zusammen noch was essen gehen?« Geschockt schauen wir sie an. Hat sie gar nicht mitgekriegt, wie holprig diese Szene noch ist? »Manchmal muss man von etwas ablassen und die ganze Sache etwas lockerer angehen, damit sie funktionieren kann. Also, was meint ihr?«

Wir schauen uns zögernd an. Dass es kaum noch etwas bringen wird, noch länger hier rumzusitzen und das Stück mit Gewalt zusammenzusetzen, ist uns allen klar. Aber unsere Nervosität am Tag der Aufführung wollen wir uns dann lieber nicht vorstellen. Unsere Zweifel sind dermaßen spürbar, dass man in dem Moment danach greifen könnte.

Anna bemerkt das auch, lacht uns entgegen und sammelt ihre Textblätter zusammen. »Vertraut mir! Ihr seid eine tolle Gruppe und ihr werdet staunen, wo wir nächste Woche plötzlich stehen werden. Druck fördert die Konzentration nur bis zu einem ganz bestimmten und sehr empfindlichen Punkt, danach blockiert er euch bloß noch. Gebt euch eine Pause, okay?« Sie lächelt uns aufmunternd zu, und wie das bei Anna so ist, vertrauen wir ihr einfach und lassen uns mitziehen.

Einige kommen noch mit in ein kleines Restaurant in der Nähe der Schule, wo Anna uns aus der AG-Kasse Pizza und Cola spendiert. Es wird ein richtig schöner Abend, an dem wir uns alle viel näherkommen oder besser gesagt anders näherkommen, als wenn wir zusammen Theater spielen. Plötzlich ist alles ganz leicht und spontan und ich rede drauflos, wie ich es selten tue.

Ich fühle mich unglaublich wohl und angenommen, ja gemocht von all den Leuten um mich herum und plötzlich lachen sie alle, wenn ich einen Witz mache. Sie hören zu, wenn ich rede, und ich höre gebannt zu, wenn die anderen erzählen.

Es geht natürlich um die Schule, bestimmte Lehrer und lustige Situationen, aber es wird auch persönlicher. Man erzählt sich von misslungenen Dates, unerfüllten Lieben, Zukunftsplänen, Ängsten und allem Möglichen.

Auch Anna redet mit, und wenn sie schon vorher nicht die typische AG-Leiterin für uns war, so ist es jetzt ganz logisch für uns, dass sie genauso zuhört und mitredet und dabei auf der gleichen Ebene wie wir ist. Und gerade als ich eigentlich langsam gehen wollte, um meinen letzten Bus nach Hause noch zu erwischen, erzählt Anna von ihrem Hund Sniff und dem Häuschen, in das sie gerade mit ihrer Freundin oder eher Frau eingezogen ist.

Natürlich beschleunigt sich mein Herzschlag mal wieder rasant und ich lasse meine Tasche, die ich gerade aufheben wollte, wieder unter den Tisch sinken. Ich kann bestimmt auch bei Tina und Bianka übernachten.

Sofort merke ich auch, wie mein Gesicht knallrot wird. Wieder mal fühle ich mich so direkt betroffen, dass ich mir vor all den Menschen, von denen ich mich gerade eben noch so angenommen gefühlt hatte, wie nackt vorkomme. Dabei schauen alle zu Anna und niemand scheint wirklich schockiert über ihr »Outing«, das für sie ja auch eher eine ganz normale Information aus ihrem Leben zu sein scheint. Aber neugierig sind schon einige.

»Echt, du bist lesbisch? Das hätte ich nie gedacht.«

»Dass man den Leuten das ansieht, ist ja auch voll das Vorurteil, Dummi«, sagt Tabea grinsend zu Marion, der ihr Kommentar offenbar viel schneller entfahren war, als sie es eigentlich wollte.

»Schon klar, ich meinte das ja auch nicht im negativen

Sinn. Ich finde das voll cool, wenn jemand so offen dazu steht. Ist doch völlig normal.«

Anna muss angesichts dieses Dialogs lachen. »Und ich finde es voll cool, wenn ihr das so seht, so sehe *ich* das nämlich auch.«

»Wie hast du denn gemerkt, dass du auf Frauen stehst und nicht auf Männer?« Marion versucht ihren Ausrutscher von eben zu überspielen und die Aufmerksamkeit wieder auf Anna zu lenken. Wobei sie aber merkt, dass die Frage dann doch sehr persönlich ist, schließlich ist Anna ja immer noch unsere Lehrerin. Aber die wirkt, als hätte man ihr diese Frage schon öfters gestellt und als wäre es trotzdem kein Problem, sie noch ein weiteres Mal zu beantworten.

Mein Lachen ist in meinem Gesicht festgefroren, weil ich gar nicht mehr darauf achten kann, wie ich gerade aussehe. Ich bin viel zu gespannt auf Annas Antwort.

»Also ... da muss ich etwas weiter zurück in die Vergangenheit gehen. Ich war ungefähr so alt wie ihr und habe mich schon seit längerem gefragt, was denn mit mir nicht stimmt. Alle um mich herum hatten lange vor mir erste Erfahrungen mit Jungs gemacht, den ersten Liebeskummer gehabt, die erste Beziehung oder auch schon das erste Mal hinter sich gebracht. Und während alle mir dauernd erzählten, was sie gerade in dieser Hinsicht so erlebten, fühlte ich mich wie ein Zuschauer, der unsicher ist, ob er Zuschauer bleiben oder sich einfach mal beteiligen sollte. Doch jedes Mal, wenn sich eine Möglichkeit ergeben hätte, fühlte ich mich extrem unwohl und ließ mich nie darauf ein, weil es sich einfach komplett falsch anfühlte weiterzugehen. Als wäre das ganz sicher etwas, was ich danach sehr bereuen würde. Ich hatte trotzdem das Gefühl, dass mir etwas fehlte. Ich wollte diese Erfahrungen, die die anderen machten, unbedingt auch machen. Aber ich hatte keine Ahnung, warum es sich dann nicht richtig anfühlte, genau das zu tun.«

Es ist ruhig geworden an unserem Tisch, alle hören gespannt zu. Anna scheint nicht mehr ganz bei uns zu sein. Nachdenklich knibbelt sie das Etikett von ihrer Bierflasche und überlegt zuerst eine Weile, bevor sie weiterredet.

»Ich hatte mir nie Gedanken darüber gemacht, ob ich mich von Mädchen angezogen fühlte. Ich hatte ganz allgemein einfach noch nie einen Menschen getroffen, der mich so von sich überzeugen konnte, dass ich hätte wissen können, was mich anzieht. Ich fand manche Menschen schön und ich fand manche sehr sympathisch, aber immer wenn ich dachte, ein Typ könnte mir in mehr als freundschaftlicher Hinsicht gefallen, gefiel er mir immer nur, solange wir nicht versuchten, mehr aus uns zu machen. So ungefähr war es übrigens auch bei Mädchen, es gab einige, die ich schön fand, aber es war nicht so, dass sie mich umgehauen haben und mir so die Augen hätten öffnen können.«

Ich überlege parallel zu Annas Geschichte, wie es mir ergangen ist. Vieles, was sie sagt, kommt mir so verblüffend bekannt vor. Die Geschichte mit meiner ersten »Beziehung«, in der ich mich so unwohl gefühlt hatte, passt haargenau zu dem Gefühl, das Anna gerade beschrieben hat. Es fühlte sich so falsch an, weitergehen zu wollen. Aber da war immer Natalie und irgendwie habe ich immer gewusst, dass ich mit ihr da hin gegangen wäre. Auch wenn ich mich nie mit meinen grundsätzlichen Gefühlen auseinandergesetzt habe. Ich hatte einfach gehofft, Natalie wäre die Ausnahme.

»Das sollte sich ändern, als ich mein Abitur gemacht hatte und mit dem Studium begann. Dort hatte ich meine erste Beziehung mit einer Frau. Sie war wunderschön und ich habe mich in sie auf genau die Art und Weise verliebt, wie ich es mir immer vorgestellt hatte. Sie hat mich richtig umgehauen, vom ersten Blick an. Und plötzlich ging alles ganz schnell. Es war, als hätte sie einen Teil von mir ans Licht geholt, der bis dahin unter einem dunklen Tuch versteckt gewesen war. Als wäre sie gekommen und hätte mir auf einen Schlag alles über mich und meine verkorkst geglaubten Gefühle erklärt. Das war dann gar nicht so einfach. Ich musste endlich den Schritt machen und mich überwinden und ihr dabei vertrauen. Bis dahin hatte es keinen Menschen gegeben, der mir so nahe gekommen war. Aber es hat sich einfach fantastisch angefühlt. Ich war zu hundert Prozent erfüllt von dieser Beziehung und von diesem Lebensgefühl, das man hat, wenn man ganz neu in die Szene kommt und es einen fast erschlägt, weil plötzlich alles so leicht scheint. Was übrigens nicht so ist, auch wenn es zuerst so aussieht. Es gibt unglaublich viel Zickenkrieg und Verstrickungen und man kann sich glücklich schätzen, wenn das Drama an einem vorbeigeht.«

Anna lacht in Gedanken versunken kurz auf. Sie erinnert sich wohl gerade an einige dieser Dramen.

»Es war so viel Neues, was ich erst einmal an mir entdecken wollte – endlich –, und trotzdem musste ich all das vor Menschen, die mir wichtig waren und sind, verstecken. Das ist ein Spagat, der sehr schwierig sein kann und wehtut.«

Ich schaue zu Tina und Bianka. Meinen beiden besten Freunden hier. Natürlich würden sie es verstehen, wenn ich ihnen erzählen würde, was los ist. Aber es ist, wie Anna sagt: Ich muss dieses Neue, das ich gerade erst anfange in seiner Ganzheit zu begreifen, erst für mich selbst entdecken. Und manchmal fühle ich mich sehr einsam damit.

»Ich erinnere mich, wie ich in den Semesterferien nach Hause gefahren und die ganze Fahrt über den Zug auf und ab gelaufen bin, weil ich vor Nervosität nicht sitzen konnte. Ich hatte beschlossen meiner Familie davon zu erzählen, weil ich ebendiesen Spagat nicht mehr länger durchhalten konnte. Ich wollte nicht jedes Mal lügen und einen so wichtigen Teil meines Lebens verstecken, wenn ich mit ihnen sprach. Ich habe dann aber erst mal meinen Mund nicht aufgekriegt, ich hatte keine Worte für etwas, was für mich selbst schon so natürlich und daher nicht erklärungsbedürftig geworden war. Doch auf Eltern ist meistens Verlass, die sprechen das Thema Beziehung schon irgendwann von selber an, wenn man ihnen ein bisschen Zeit gibt.«

Da grinsen einige in der Runde. Bianka verdreht die Augen und schaut Tina dabei vielsagend an. Ihre Mutter ist da wohl auch auf Zack.

»Meine Mutter fragte mich also, ob ich denn endlich *jemand Besonderen* gefunden hätte. Und ich nutzte ganz schnell die Vorlage, bevor ich zu sehr darüber nachdenken konnte. Das Wort Freund*in* konnte ich aber nicht aussprechen und das Wort *lesbisch* erst recht nicht. Da war eine Blockade in meinem Kopf und ich denke, ich wusste damals schon, dass diese News nicht immer mit Freudenschreien aufgenommen werden. Ich hatte ein Foto meiner Freundin in der Hosentasche und das legte ich kommentarlos vor den Salatteller meiner Mutter. Mein Vater hat das dann auch fast genauso kommentarlos zur Kenntnis genommen und es war ihm auch relativ egal, ob das nun eine Frau oder ein Mann war. Solche Dinge haben ihn nie so wirklich interessiert, er war da etwas eigen. Aber für meine Mutter brach eine Welt zusammen. Für sie war Homosexualität noch etwas ganz Exotisches und deshalb machte ihr das wohl auch große Angst. Und mir machte wiederum ihre Reaktion große Angst, denn meine Eltern waren die beiden einzigen Menschen, die ich an Familie hatte, und ich hatte Freunde, deren Eltern es nie gelungen war, sie zu verstehen oder es wenigstens zu versuchen. Diese Freunde haben teils sogar den Kontakt zu ihren Familien abgebrochen, weil sie dieses ständige Gespaltensein nicht mehr ertragen haben. Es waren jedenfalls sehr dramatische Ferien, meine Mutter und ich tänzelten irgendwie umeinander herum und es gab einige Seitenhiebe und ein paar schräge Fragen. Ich war ehrlich gesagt sehr froh, als ich wieder nach Hamburg fahren musste. Doch meine Mutter hatte immerhin angefangen sich mit dem Thema auseinanderzusetzen und hat nicht einfach die Augen verschlossen. Ich bin ihr bis heute unglaublich dankbar, dass sie es geschafft hat, über ihren Schatten zu springen und mich mit der Zeit immer besser zu verstehen. Wenig später war die Beziehung zu meiner damaligen Freundin leider vorbei. Aber dann traf ich Saskia, meine Frau, und meine Eltern sehen sie heute genauso als Teil der Familie an, wie sie es auch bei einem Schwiegersohn getan hätten.«

Nachdem Anna fertig erzählt hat, plappern die anderen

wieder los. Ich hänge immer noch meinen Gedanken nach und kriege nur am Rand mit, was geredet wird.

»Ich finde das wahnsinnig stark, dass du dich das alles getraut hast. Ich hatte früher immer ein bisschen Angst davor, lesbisch zu sein, weil die in meiner Vorstellung ganz einsame Leute waren, die ihresgleichen doch nur durch Zufälle oder im Internet finden. Ist zum Glück anders, oder?«

»Voll cool, dass deine Familie jetzt so dahintersteht!«

»Ein Freund von mir ist schwul und der erzählt mir auch immer von allerlei Dramen, die sich in der Szene abspielen. Aber ich glaube, das ist bei uns Heteros auch nicht viel anders.«

Und überhaupt erzählen plötzlich alle von ihren schwulen und lesbischen Freunden.

Es geht noch eine Weile hin und her, aber bald ist das Thema wieder ein anderes und die Ersten stehen auf, um sich zu verabschieden. Wie in Trance folge ich Tina und Bianka aus dem Restaurant.

Im Nachhinein bemerke ich, dass ich bei Anna schon immer so ein bestimmtes Gefühl gehabt habe. Ich fühle mich ihr irgendwie verbunden. Ich hätte aber nie erklären können, wie genau. Außerdem hatte ich das darauf geschoben, dass sie einfach total nahe an uns Schülern dran ist und mir wohl deswegen besonders sympathisch war. Ich fühle mich jetzt jedenfalls viel besser als vor diesem Abend.

Für Anna ist es also gut ausgegangen. Sie hat sich gefunden, eine wunderschöne Beziehung und sie kann so vielen Leuten, einfach so und ohne sich dabei unwohl zu fühlen, ihre Geschichte erzählen. Vielleicht werde ich eines

Tages auch dahin kommen. Ich bin mir eigentlich ziemlich sicher.

Die Generalprobe eine Woche später ist wie durch ein Wunder tatsächlich super gelaufen und hat uns ein bisschen die Nervosität vor dem heutigen Premierenabend genommen.

Die Aula ist bis auf den letzten Platz besetzt. Die AG hat einen ziemlich guten Ruf, auch über die Schule hinaus. Ich darf die ehrenvolle Aufgabe übernehmen, das Stück anzusagen. Und ich kann trotz des Gegenlichts durch die Scheinwerfer nicht verhindern, das Publikum nach kurzen blonden Haaren abzusuchen. Erfolglos.

Die Zeit verliert ihren Sinn ohne sie. Alles erscheint mir farblos und langweilig. Ich weiß nichts mit mir anzufangen, wenn ich zu Hause rumsitze und meine Gedanken dann automatisch anfangen um sie zu kreisen. In immer engeren Bahnen, bis ich es kaum mehr aushalte, diese ganzen Bilder und Worte, die alle mit ihr verbunden sind.

Ich träume von ihr und es macht mich verrückt, wenn sie in der Schule an mir vorbeigeht, immer zu weit von mir entfernt, um mich zu sehen. Wüsste ich es nicht besser, würde ich sogar sagen, dass sie mir ausweicht. Aber das ist nur eine weitere Manipulation meines hoffnungskranken Hirns. Was hätte sie denn für einen Grund?

Tom und ich tun so, als gäbe es da nichts, was zwischen uns steht. Wir machen uns etwas vor. Die Stimmung zwischen uns ist abgekühlt, ist ganz anders als früher. Ich habe große Angst, dass es nie wieder so sein wird, wie es mit uns beiden mal war.

Es ist richtig, mich von ihr fernzuhalten. Ich hätte mich

ja sowieso nicht getraut auch nur den kleinsten Schritt weiterzugehen, und wenn doch, dann wäre es eh umsonst gewesen. Wahrscheinlich erspare ich mir auf diese Weise viel größere Schmerzen. Es gibt Tage, an denen trotz allem alles in Ordnung ist. Nur habe ich bis jetzt noch keinen davon erlebt.

Und dann, eines Tages, als ich von der Schule nach Hause komme, sitzen sie zu dritt in der Küche: Oma, Tom und Elia. Dabei ist heute gar nicht Nachhilfetag!

Ich will mich gerade lautlos wieder zurückziehen, da hat Oma mich schon durch den Türspalt entdeckt. »Luna! Komm rein, setz dich zu uns! Wie war die Schule?«

»War okay. Nein, schon gut, ich geh lieber nach oben und …«

Aber Oma lässt sich nicht widersprechen. »Kommt nicht in Frage! Deine Oma hat deinen Lieblingskuchen gebacken, also probiere ihn wenigstens, ja? Sonst bin ich ziemlich angepisst, ich warne dich!«

Manchmal frage ich mich, ob in meiner Oma ein Teenager steckt und keine 74-Jährige. Und schon hat sie mich auf den einzigen freien Stuhl bugsiert, den gegenüber von Elia. Oma stellt mir ein riesengroßes Stück Mohnkuchen vor die Nase.

»Hi Lou«, sagt Elia und lächelt mich an.

»Hi«, sage ich schnell und stopfe mir dann den Mund mit Kuchen voll.

»Ich habe dich schon lange nicht mehr gesehen.«

Ich nicke mit vollem Mund, und als ich runtergeschluckt habe, sage ich: »Ja, ich habe viel zu tun momentan.«

Ich erschrecke mich selbst, als ich höre, wie kühl meine Stimme klingt.

»Oh, ach so.« Sie wirkt enttäuscht und verletzt. Es tut so weh, so zu ihr zu sein.

»Also!« Oma verschränkt ihre Arme und beugt sich ein bisschen vor. »Was hast du denn heute noch geplant mit deiner Freundin, Tom? Unternehmt ihr noch was?«

Ich verschlucke mich beinahe an meinem Kuchen. Freundin? Oder Freundin-Freundin?

Tom lacht laut auf. »Na ja, wir werden mal sehen, was der Abend so bringt, was, Elia?« Und er zwinkert ihr zu, während sie ein bisschen rot angelaufen ist.

»Eigentlich …«, setzt sie gerade an, als Oma sie unterbricht.

»Ja, schon gut, ich weiß, mit so alten Leuten wie mir wollt ihr solche Dinge wohl lieber nicht besprechen. Aber hier, macht euch einen schönen Abend.« Sie steckt Tom beinahe verschwörerisch einen Schein zu.

»Na, dann ist das jetzt wohl auf diese Weise bestimmt worden«, grinst der. »Wollen wir ins Kino?«

»Okay, gerne, aber bloß nicht wieder in so einen schrecklichen Actionstreifen wie letztes Mal, okay?«

Natürlich geht sie gern mit ihm ins Kino. Welches Mädchen würde das nicht? Elia steht auf, stellt ihren Stuhl zurück an den Tisch und schaut zu mir. »Tschüss, Lou, ich hoffe, man sieht sich bald mal wieder.«

Ihr Blick lässt erneut eine warme Kribbellawine in mir los. »Ja, bis dann.«

Oma schaut den beiden glücklich hinterher. Wahrscheinlich fühlt sie sich jetzt wie Amor persönlich.

Dann scheint sie sich wieder an mich zu erinnern. Sie setzt sich mir gegenüber hin und schaut mir zu, wie ich die letzten Krümel auf meinem Teller hin und her schiebe. »Endlich sind wir beide einmal für uns. Ich hatte dich lange nicht mehr für mich allein.«

Ich lächle unsicher. Bestimmt war dies die Einleitung zu dem Fragenblock, den sie gleich abarbeiten wird.

»Mensch, du hast dich ja wirklich verändert seit dem letzten Mal, als ich dich gesehen habe.«

»Klar, das ist ja auch drei Jahre her, Oma.«

Das einzige Mal, das wir Oma in Griechenland besucht haben. Liegt daran, dass Papa tierische Flugangst hat, und ich muss sagen, ich bin auch nicht ganz frei davon.

Oma schaut mich nachdenklich an. »Ja, das ist eine lange Zeit. Besonders wenn man jung ist, passiert so unglaublich viel in so kurzer, nicht wahr?«

Kann man so sagen, Oma, denke ich bei mir.

»Also«, sagt sie eifrig, klatscht in die Hände und setzt sich leicht zu mir gebeugt hin. »Erzähl mir alles! Wir haben so viel nachzuholen.«

Oje. »Äh … und wo soll ich anfangen?« Am besten mit etwas Unverfänglichem. »Also, die Schule hier ist echt in Ordnung. Französisch kann ich immer noch nicht leiden und in Mathe habe ich auch nicht wirklich den Durchblick, aber abgesehen davon läuft es ganz gut.«

Müsste Schule nicht ein Thema sein, das normale Omas brennend interessiert? Na ja, meine Oma jedenfalls nicht. Beinahe gelangweilt schaut sie mich an, als ich anfange zu erzählen, was wir in den verschiedenen Fächern machen.

Bald unterbricht sie mich. »Luna. Erzähl mir etwas von dir.«

Jetzt wird mir klar, worauf sie hinauswill. Verschwörerisch grinsend schaut sie mich an. »Tom hat mir gesagt, es gäbe bald einen Ball an eurer Schule?«

»Ja«, sage ich, »eine Freundin von mir, Bianka, organisiert ihn mit.«

»Und?« Die Neugier in ihren Augen steigert sich ins Unermessliche. »Mit wem wirst du hingehen? Gibt es da jemanden?«

Ich spüre, wie ich rot werde. Ich hasse es, wenn ich so was nicht unter Kontrolle habe.

»Das heißt dann wohl ja.« Oma rückt ihren Stuhl zurecht, in Erwartung der großartigen Love-Story, die ich ihr bestimmt gleich auftischen werde.

»Nein, so ist es nicht.« Ich senke meinen Blick. Ich habe mir natürlich schon einige Male vorgestellt, wie es wäre, mit Elia zu diesem Ball zu gehen. Das ist natürlich jenseits aller Wahrscheinlichkeit, ich weiß.

»Aber es gibt jemanden, mit dem du gerne hingehen würdest?« Oma lässt nicht locker.

Ich kann es ihr nicht sagen. Ich will es vielleicht sogar, doch ich kann meine Lippen nicht mehr bewegen, sie sind wie eingefroren. Nur ein leises »Ja, kann sein« verlässt meinen Mund. Ich drücke meine Gabel auf die Krümel, die ich auf meinem Teller zu einem kleinen Häufchen zusammengeschoben habe, und stecke sie in den Mund.

»Sag mal, wieso fragst du sie dann nicht einfach?«

Die Gabel macht ein klirrendes Geräusch, als sie mir aus der Hand und auf den Teller fällt.

Oma lacht bloß. »Luna, du bist wie ein offenes Buch. Beherrscht man die Sprache, ist es ein Leichtes, dich zu lesen. Ich kenne dich immer noch sehr gut und ich weiß, dass du niemals so abweisend zu jemandem bist. Elia ist doch sehr sympathisch. Es gibt einen ganz bestimmten Grund, warum du sie auf Abstand hältst, habe ich recht?«

Bin ich etwa wirklich so leicht zu durchschauen? Hoffentlich hat Elia nichts davon gemerkt. Das könnte ich nicht ertragen. Man stelle sich vor, sie würde mich vielleicht sogar darauf ansprechen! Bitte, bitte, sie darf nichts gemerkt haben! Wie meine Oma so vor mir sitzt und mich erwartungsvoll anschaut, bricht der ganze Widerstand in mir.

»Ja, du hast recht.« Wieder einmal kann ich eine Träne nicht zurückhalten.

Oma schaut mich erschrocken an, als sie mir über die Wange rollt. »Ach, Schätzchen, das ist doch kein Grund zu weinen!«

Schnell steht sie auf, kommt um den Tisch und umarmt mich. Ich lasse es zu, obwohl ich ein bisschen sauer werde. Wenn sie verstanden hat, was mit mir los ist, warum hat sie dann dafür gesorgt, dass Tom sich jetzt mit Elia einen schönen Abend macht? Aber das verfliegt gleich wieder, es ist schließlich meine eigene und nicht Omas Schuld.

»Du hast dich wirklich doll in sie verguckt, oder?« Oma streicht mir langsam über den Rücken.

»Ja, ich habe mich sehr doll in sie verguckt.« Kann man die ganze Angelegenheit vielleicht noch bescheuerter ausdrücken?

Plötzlich nehme ich in meinem Augenwinkel wahr, dass jemand genau in diesem Moment an der Küchentür vorbeihuscht. Wenig später höre ich die Haustür ins Schloss fallen.

Mit einer bösen Vorahnung stehe ich auf und schaue aus dem Fenster. Direkt vor der Tür stehen Elia und Tom!

Ich dachte, die wären schon längst gegangen! Mein Herz fängt wie wild zu klopfen an. Hat sie etwa gehört, was ich eben gesagt habe? Und wenn ja, wie leicht kann sie darauf kommen, dass sie gemeint war? Scheiße. Scheiße, scheiße, scheiße!

Ich beobachte, wie die beiden lachend auf Toms Mofa steigen. Als Elia kurz in meine Richtung schaut, lasse ich den Vorhang, den ich zurückhalte, um besser sehen zu können, los, als hätte ich mich daran verbrannt.

Oma hat schweigend die ganze Szene beobachtet. Seufzend fängt sie nun an den Tisch abzuräumen. »Mädchen, du musst es ihr sagen, du gehst noch kaputt daran.«

Ja, klar. »Das kann ich nicht. Schon allein wegen Tom nicht.«

Sie schaut mich beinahe verärgert an. »Tom hat doch gar nichts damit zu tun.« Sie schüttelt den Kopf. »Es ist doch nicht gut so, wie es jetzt ist, oder?«

Nein, Oma, ist es nicht. Wieso haben Omas immer recht, wenn es um so was geht?

2

ICH BIN VOLLER Gefühle, die ich selbst nicht deuten kann. Jedes Mal, wenn ich sie sehe, löst sie etwas in mir aus, das ich nicht stoppen kann und das mich nicht zur Ruhe kommen lässt. Die ganze Zeit kann ich nur an eins denken: dass ich ihr näherkommen muss. Sie zieht mich an wie ein sehr stark geladenes Teilchen ein sehr schwaches. Wie soll ich dagegen ankommen? Es scheint einfach ein Ding der Unmöglichkeit zu sein. Und ich will es ja eigentlich auch gar nicht. Bestimmt gibt es irgendwo in mir drinnen das Ich, das sich einfach fallenlassen will. Aber ich kann das nicht zulassen.

Die Gefühle toben in mir wie ein Wirbelsturm, aber sie brechen nicht aus mir heraus. Es ist, als würden sie nur für kurze Momente die Oberhand gewinnen, um dann schließlich doch wieder abzuebben. Wenn ich nur wüsste, was »das Richtige« ist.

Ich war schon immer ein bisschen eine Drama-Queen.

Tina und Bianka können mir auch nicht helfen und mich ablenken, ganz abgesehen davon, dass sie gar nicht wissen, dass ich das momentan nötig habe. Tina ist aus irgendeinem Grund momentan oft schlecht gelaunt und dann tippt sie dauernd nur auf ihrem Handy herum. Bianka steckt seit den Ferien bis zum Hals in den Vorbereitungen für den Schulball. Als Vize-Schulsprecherin bleiben praktisch alle mittelwichtigen bis nervigen Aufgaben an ihr hängen, dementsprechend schlecht ist auch ihre Laune. Unsere gemeinsamen Mittagessen laufen daher eher schweigend ab, während ich mich bemühe dem Zwang zu widerstehen, mich nach einem bestimmten blonden Mädchen umzusehen.

Tina hat allerdings bemerkt, dass irgendetwas nicht mit mir stimmt. Ich glaube, dafür hat sie eine Gabe. Sie fühlt genau, wie es anderen geht und wann die Stimmung kippt. Und sie setzt es auch ein, im positiven wie im negativen Sinne. Wie an jenem Mittag, als Bianka sie angeschrien hatte. Tina weiß genau, wo Biankas Grenze liegt, und sie hatte sie bewusst überschritten. Das ist mir erst im Nachhinein klar geworden und manchmal erscheint es mir beinahe beängstigend, wenn ich darüber nachdenke. Bis zu einem gewissen Punkt ist Tina fähig uns die Kontrolle über uns verlieren zu lassen.

Und so wie sie mich in letzter Zeit ansieht, wartet sie bei mir nur noch auf den richtigen Moment.

»Wieso versteckst du dich?«

»Was?« Ich bin mit meinen Gedanken ganz woanders und schlage meinen Spind viel fester zu, als es nötig gewesen wäre. Der Knall hallt in dem leeren Schulflur wider. Wir hatten einige Minuten früher Schluss, die meisten anderen Schüler sitzen noch in den Klassenzimmern, aus denen vereinzelt dumpfes Gemurmel nach draußen auf den Flur dringt. Aber hier sind nur Tina und ich.

»Wieso versteckst du dich?«

»Tu ich doch gar nicht. Ich bin doch hier.« Ich zeige an mir herunter und will dann gehen. Ich fühle mich einmal mehr den ganzen Tag gefangen in einer Gedankenspirale und will nur noch nach Hause. Auf meinem Bett liegen, The Cure hören und versinken.

Aber Tina stellt sich mir in den Weg und lehnt sich mit verschränkten Armen gegen meinen Spind. »Hör auf damit.« Sie schaut auf ihre Schuhe und dann, nach einer kurzen Schweigepause, ganz unverwandt in mein Gesicht. »Tom hat es mir erzählt.«

Ich halte einen Moment die Luft an. Ich wusste gar nicht, dass die beiden jetzt so dicke miteinander sind. Ich wusste nicht, dass mein Bruder es plötzlich für nötig hält Tina mit einzubeziehen. Ehrlich gesagt fühle ich mich betrogen. Das geht niemanden etwas an, nicht einmal Tina.

»Was hat er dir erzählt?«, frage ich und versuche möglichst gleichgültig zu klingen, tue so, als suchte ich eine Seite in meinem Geschichtsbuch. Auch wenn ich weiß, dass es keinen Sinn mehr ergibt. Tina ist davon genauso wenig abzulenken wie von meiner Frage, die sie einfach ignoriert.

»Was ich nicht verstehe, ist, dass du einfach aufgibst«, sie schüttelt den Kopf und schaut nachdenklich ins Leere neben mir. Ihre Stimme ist ganz sanft, fast beruhigend. »Du weißt doch ganz genau, was du willst, aber so kannst du es niemals bekommen. Du verdienst es nicht, wenn du dich jedes Mal verkriechst, sobald es ernst wird.«

Ich werde sofort wütend. In meinem Bauch zieht sich alles

zusammen. Ich versuche mich zu beherrschen und beiße die Zähne zusammen. »Du weißt doch gar nicht, was du da sagst«, zische ich.

Das beeindruckt sie überhaupt nicht. Dafür geschieht etwas, womit ich nicht gerechnet habe; ihr entschlossener Blick bricht und sie wirkt plötzlich so verletzlich, wie ich es noch nie bei ihr erlebt habe. »Woher nimmst du die Sicherheit und die Gewissheit, so etwas zu behaupten?«

Das bringt mich jetzt etwas aus dem Konzept. Mir fällt nichts anderes ein, als sie weiter wütend anzustarren.

»Mann, Lou. Hör endlich auf damit, dich ständig selbst zu bemitleiden. Das hilft dir nicht, das ist einfach nur erbärmlich.«

Jetzt reicht's aber!

Es knallt erneut, als ich Tina meine Bücher, die ich eben aus meinem Spind geholt habe, vor die Füße pfeffere. Sie zuckt zusammen, sagt aber nichts. »Und woher nimmst *du* dir eigentlich das Recht, dich in mein Leben einzumischen und mich zu analysieren? Nein, du scheinst wirklich keinen Schimmer zu haben, wie es mir geht!«

»Es ist kein Vergnügen, dauernd ein so selbstmitleidiges Gesicht vor sich zu haben.«

Oh, sie ist ja so cool, kontrolliert und ruhig, wie sie da vor mir steht und spricht. Das reizt mich beinahe noch mehr als das, was sie von sich gibt.

»Dann geh ich eben.« Meine Stimme zittert. Ich hebe meine Bücher auf und gehe an ihr vorbei. Dieses Mal hält sie mich nicht auf.

3

WAS FÄLLT TOM ein es herumzuerzählen? Was ist denn bloß aus uns geworden? Kann ich mir keiner Sache mehr sicher sein? Und warum sieht mir eigentlich jeder an, was mit mir los ist? Wo ich es doch selbst kaum begreifen kann.

Der nächste Bus kommt erst in einer halben Stunde. Ich beschließe, nicht an der Haltestelle zu warten. Ich will Tina jetzt nicht noch einmal begegnen. Mit schnellen Schritten gehe ich Richtung Innenstadt. Tinas Worte verfolgen mich und der kühle Novemberwind weht mir durch die Haare, die schon wieder ein ziemliches Stück gewachsen sind, seit Tom sie mir geschnitten hat. Es kommt mir so vor, als wäre das eine Ewigkeit her. Dabei sind es nur drei Monate. Ein Vierteljahr, in dem sich so vieles verändert hat.

Sie hatte immer gedacht, sie hätten beide genau die gleiche Augenfarbe. Aber sie sind nicht einfach blau. Himbeerblau, das ist die einzige Farbe, die ihr einfällt, um ihre Augen zu beschreiben. Auch wenn gar kein himbeerfarbener Schimmer darin zu sehen ist. Seine Augen sind zwar auch blau, aber der Ausdruck ist ein ganz anderer. Blaubeerblau. Sie wäre nicht, wer sie ist, wäre ihr dieser feine und doch bedeutende Unterschied nicht aufgefallen. Zufrieden lächelt sie in sich hinein. Und als sie von unten gerufen wird, springt sie mit einer ungekannten Energie auf. Endlich weiß sie, wie sich Zu-Hause-Sein anfühlt. Und sogar, welche Farbe dazu passt.

Mitten durch die Stadt fließt ein kleiner Fluss. An einer Stelle führt eine Betontreppe bis zum Wasser hinunter. Sie liegt etwas versteckt, aber ich entdecke sie zufällig, als ich daran vorbeigehe.

Langsam steige ich die Stufen hinab. Der Lärm der Hauptstraße, die direkt neben dem Fluss verläuft, wird immer leiser, je weiter ich nach unten gehe, und das Gebüsch zu beiden Seiten gibt mir das Gefühl, mich vor der Welt da oben verstecken zu können.

Meine Wut auf Tina ist schon verflogen, noch ehe ich mich gesetzt habe. Klar, sie hätte das alles etwas netter formulieren können, aber dann hätte sie mich nicht zum Nachdenken gebracht. Ob sie recht hat? Würde ich mich anders gegenüber Elia verhalten, wenn die Sache mit Tom nicht wäre? Vielleicht netter … aber sehr viel aktiver wäre ich wohl auch nicht. Ja, sie hat wahrscheinlich recht. Genauso wie Natalie. Und Oma. Es hätte mich auch überrascht, wenn es nicht so wäre. Aber ist es denn so falsch, Angst zu haben? Ist es falsch auf ein Zeichen zu warten?

»Es bringt jetzt sowieso nichts mehr«, sagt das kleine Engelchen in meinem Kopf. »Es ist zu spät und du tust das Richtige, wenn du Tom nicht reinfunkst.«

»Auch, wenn du sie eigentlich zuerst bemerkt hattest«, kontert das kleine Teufelchen.

»Das ist nicht das Ausschlaggebende, das ist nur besitzergreifend«, sagt das Engelchen abschätzig.

Wow, ich dachte immer, die beiden seien eine Erfindung der Filmemacher. Dass es sie wirklich gibt, hätte ich nicht geglaubt. Oder werde ich jetzt tatsächlich verrückt?

»Pscht!«, macht das Teufelchen verärgert. »Misch dich nicht ein, wir klären das!«

»Sei doch selber ruhig! Ihr helft mir sowieso nicht!«, entfährt es mir laut.

»Mit wem sprichst du?«

Ich schnelle herum und da steht Elia, direkt hinter mir, in einem weißen Wintermantel. Die blonden Strähnen fallen ihr ins Gesicht. Sie sieht aus wie ein Engel. Verwirrt schaut sie mich an und setzt sich neben mich.

»Was machst du denn hier?«, frage ich sie.

Sie kaut auf ihrer Unterlippe. Ich halte die Luft an, so schön sieht sie aus. »Ich bin dir gefolgt.«

Jetzt muss ich doch nach Luft schnappen. »Was?«

»Ich habe vorhin den Streit zwischen dir und Tina mitbekommen. Da habe ich gedacht, vielleicht willst du reden.«

Wie hat sie den Streit mitkriegen können? Und kann das wirklich nur Zufall gewesen sein? Ich spiele den Streit in meinem Kopf nochmals durch. Kann sie wissen, worum es ging?

Als ich nichts sage, fängt sie an zu reden. »Sag mal, nerve ich dich irgendwie? Soll ich dich lieber in Ruhe lassen?«

Mein Herz klopft so stark, dass es mir beinahe den Atem nimmt. »Jetzt?«

Ich weiß, dass sie es allgemeiner meint, aber ich brauche

Zeit. Schon wieder. Ich kann nicht klar denken, wenn sie so nahe bei mir sitzt.

»Allgemein. Du hast mir nie geantwortet, dann rennst du plötzlich weg und bist irgendwie ... so abweisend zu mir. Habe ich was falsch gemacht?«

Ich versuche langsam zu verarbeiten, was sie sagt. »Wann habe ich dir nicht geantwortet?«

Sie wendet den Blick ab und schaut nachdenklich aufs Wasser. »Ich war immer ganz anders als jetzt. Wollte bloß nicht zu viel riskieren, um niemals enttäuscht zu werden. Ich habe nicht damit gerechnet, dass irgendwas wichtig genug sein könnte, um diese sichere Position aufzugeben. Aber dann ist es passiert und ich habe gemerkt, dass man zu viel verpasst, wenn man immer auf der sicheren Seite bleibt. Ich versuche also gerade das anders zu machen als bisher.«

Ich drehe mein Gesicht zu ihr. »Was ist passiert?«

Sie lächelt, als hätte sie mit dieser Frage gerechnet. »Ich will nichts mehr verpassen.«

Ich bin völlig überfordert. »Was ... was meinst du damit?«

Sie schüttelt den Kopf und zuckt mit den Schultern. Dann beugt sie sich leicht vor und küsst mich sanft auf die Wange, bevor sie aufsteht und geht. Meine Wange brennt.

»Elia, warte!« Sie ist schon fast ganz oben an der Treppe angekommen und dreht sich noch einmal zu mir um.

Langsam stehe ich auf und gehe zu ihr hoch. Bevor ich weiß, was ich da tue, umarme ich sie. Sie riecht wahnsinnig gut. Der Duft nach Vanille steigt mir in die Nase. Ich spüre, wie sie ebenfalls ihre Arme um mich legt und mich sanft näher zu sich zieht. Ihre Hände hinterlassen brennende Spuren, als sie meinen Rücken auf und ab streichen. Mein

Herz klopft noch wilder als all die Male zuvor. Mir wird im ganzen Körper warm. Ich höre, wie ihr Herz schlägt, und ich kann es auch spüren.

Das Gefühl von Schwerelosigkeit lässt mich alles vergessen und nichts denken. Langsam löse ich mich wieder von ihr. Meine Hand zittert wie verrückt, als ich ihr eine Haarsträhne aus dem Gesicht streiche. Ihre braunen Augen schauen mich ruhig an, aber auch so, als könne Elia gar nicht fassen, was gerade passiert. Genauso wenig, wie ich das kann. Das hier ist einfach so schön.

Da piepst Elias Handy. Der Augenblick zerbricht. Ich lasse sie endgültig los und es ist, als würde mir schlagartig viel kälter werden.

»Ich muss nach Hause«, sagt sie nach einem Blick auf das Display leise.

Langsam geht sie drei Schritte von mir zurück und bleibt dann noch mal stehen. »Bist du morgen da, wenn ich nachmittags zu euch komme?« Etwas unsicher schaut sie mich an.

Wie in Trance nicke ich. »Klar, werde ich! Also, ich meine, ja, ich werde morgen da sein.«

Sie lächelt und schaut mich eine Weile an. Dann dreht sie sich um und geht mit schnellen Schritten davon.

Was ist da gerade passiert? Ich fühle mich, als würde ich aus einem Traum erwachen. Ist das gerade tatsächlich passiert? Ich schaue in die Richtung, in die sie gegangen ist. Ich kann sie noch lange sehen, ihr weißer Mantel leuchtet durch den grauen Novembertag.

Natürlich mache ich in dieser Nacht kaum ein Auge zu. Am liebsten würde ich laut schreien, so glücklich bin ich. Ich durfte ihr so nahe sein! Das ist Wahnsinn, nie habe ich etwas Vergleichbares erlebt oder gefühlt. Was ist da zwischen uns passiert? Ich kann keine Worte dafür finden, aber das Gefühl hält seit diesem Moment an. In dieser Nacht denke ich nicht einmal an Tom im Zimmer nebenan. Jedenfalls fast nicht.

4

MEINE SCHLAFLOSE Nacht hat zur Folge, dass ich am nächsten Tag kaum die Augen offen halten kann. Trotzdem werde ich immer aufgekratzter, je näher der Schulschluss rückt. Bianka und Tina schauen sich verwundert an. Sie können ja nicht ahnen, woher meine plötzliche Stimmungsänderung nach den ganzen letzten Wochen kommt. Besonders Tina ist verwirrt, schließlich haben wir erst gestern noch gestritten, noch dazu zum ersten Mal, seit wir uns kennen, und heute wechseln wir kein Wort mehr darüber. Sie hat ganz sicher erwartet, dass ich beleidigt oder wütend auf sie sein würde. Aber dazu habe ich in mir gerade keinen Platz.

Es regnet. In Physik werde ich zweimal aufgerufen, beide Male, ohne eine Antwort auf die Frage des Lehrers zu haben, und in Französisch wird mir wieder einmal angedroht, dass ich durchs Abi fallen werde, sofern ich mich nicht bessern sollte. Mir ist das alles so egal. Alles, was zählt, ist der Moment, wenn die Schulglocke klingelt und uns in den freien Nachmittag entlässt. Doch die Zeit zieht sich in die Länge wie Kaugummi.

Als ich mich in der Pause fröhlich pfeifend auf den Weg

zum Klo mache, na ja, eigentlich kann ich gar nicht pfeifen, es kommt nie ein gerader Ton raus, hakt sich Tina bei mir unter.

»Sag mal, bist du noch sauer wegen gestern?«, fragt sie nach einer Weile.

Ich kann nicht sofort antworten, weil ein paar aus der Siebten durch den Gang getobt kommen und ich ihnen ausweichen muss. Ich kann mir gar nicht vorstellen auch mal so gewesen zu sein. Oder heute manchmal immer noch so zu sein. »Nein, irgendwie nicht.«

Tina runzelt die Stirn. »Echt jetzt? Du hast gestern so gewirkt, als würdest du mich am liebsten mit Säure übergießen, bevor du davongestürmt bist.«

Darüber muss ich lachen. Angesichts meiner blendenden Laune heute ist diese Vorstellung einfach absurd.

»Es war schon gut, dass du mir diese Dinge gesagt hast«, sage ich, wieder etwas ernster. »Du hattest recht, auch wenn ich das nicht wahrhaben wollte.«

»Na ja ... ich hätte diese Dinge eigentlich nicht sagen dürfen. Auch wenn ich recht hatte, war das total daneben.«

Tina schaut auf den Boden, während sie spricht, und läuft beinahe gegen einen ziemlich kleinen Lehrer mit Nickelbrille und Lederaktentasche. Er kann im letzten Moment noch einen großen Schritt zur Seite machen und schaut uns etwas erschrocken nach.

»Weißt du, alles, was ich dir an den Kopf geworfen habe: Du würdest dich nicht genug trauen um das zu kämpfen, was du willst, und so weiter ...« Sie schaut auf. »Das habe ich mir selbst auch vorzuwerfen.«

Damit habe ich jetzt überhaupt nicht gerechnet. Tina

wirkt auf mich immer so wahnsinnig selbstbewusst. Als kriege sie immer, was sie wolle.

»Letztes Jahr habe ich mich total in meinen damals besten Freund verliebt. Es ist einfach plötzlich passiert, wie über Nacht, nachdem wir so viele Jahre einfach nur befreundet waren. Ich hab's nicht fassen können, wir waren uns so unglaublich nahe, aber nie zuvor hatte ich mich von ihm angezogen gefühlt. Ich dachte, wir beide, das ist eine Freundschaft, die Jahrzehnte halten wird, vielleicht gerade deswegen, weil zwischen uns nicht das kleinste Knistern zu spüren war. Aber plötzlich war alles anders und mir fiel es immer schwerer, mich in seiner Gegenwart einfach fallenzulassen, so wie ich das vorher immer gekonnt hatte. Stattdessen kamen diese ganzen bescheuerten Gedanken darüber, was er wohl gerade über mich denkt, und so weiter. Ich sag's dir, es gibt nichts, was eine so tiefe Freundschaft schneller killen kann. Und was mach ich dumme Nuss? Ich hab's ein ganzes Dreivierteljahr für mich behalten, sogar als es Anzeichen dafür gab, dass er meine Gefühle erwiderte. Ich hatte wahnsinnigen Schiss, dass er mich nicht ernst nimmt oder sich von mir entfernt, wenn ich es ihm sage. Also habe ich gar nichts getan.«

Wir sind schon längst am Klo vorbeigelaufen, aber wir gehen einfach weiter.

»Vor einigen Monaten ist er umgezogen. Als ich dann endlich kapiert habe, dass ich etwas tun muss, und zu ihm gefahren bin, durfte ich auch gleich seine neue Freundin kennenlernen, mit der er seit zwei Wochen zusammen war.«

Darauf weiß ich nichts zu sagen, außer: »Scheiße.«

Tina nickt. »Jap. Und jetzt haben wir nicht mal mehr

regelmäßigen Kontakt, weil es mir am Anfang echt wehgetan hat, wenn er von seiner Freundin anfing. Also habe ich ihn schlussendlich trotzdem verloren, obwohl ich genau das verhindern wollte. Ich kann einfach nicht fassen, wie blöd ich war!«

Ich schweige und lege ihr meinen Arm um die Schultern. Die sonst so starke Tina lehnt sich traurig gegen mich. Aber sie hat sich schnell wieder gefangen und schaut mich mit erhobenem Zeigefinger an. »Also, mach mir den Scheiß bloß nicht nach, ja? Ich habe mich richtig in dir wiedererkannt, als ich gehört habe, was los ist. Ich musste dich einfach etwas pushen, aber es tut mir trotzdem leid. Es geht mich nichts an, da hast du recht.« Sie grinst. »Aber so gut wie deine Laune heute ist, bist du hoffentlich weit davon entfernt, wie ich zu sein. Stimmt's?«

Ich lächle ertappt. »Ja. Ich hoffe es jedenfalls.«

Weiter komme ich nicht, denn es klingelt und wir müssen uns beeilen, um noch vor dem Lehrer zurück in der Klasse zu sein.

»Ich krieg das einfach nicht hin, ich schaff das nicht!« In der Mittagspause ist Bianka ein kleines Häufchen Elend. »Ich habe das Gefühl, die haben die ganze Arbeit auf mich abgeschoben.«

Sie ist den Tränen nahe. Hilfe suchend schaue ich Tina an. Die setzt sich neben ihre Schwester auf die Bank und boxt ihr leicht gegen die Schulter. »Hey, nun komm schon, sei nicht so dramatisch!«

Das war jetzt nicht wirklich aufbauend. Ich setze mich auf Biankas andere Seite und streiche ihr über den Rücken. »Du bist doch nicht alleine, Bianka. Wir könnten dir doch helfen, zu dritt schaffen wir das bestimmt.«

Was auch immer diese Arbeit beinhaltet, davon habe ich nämlich keine Ahnung.

»Das würdest du echt tun?« Erfreut schaut Bianka auf.

»Klar doch!«

»Okay«, sie atmet tief durch. »Dann heute Nachmittag bei uns, ja? Das ist echt so lieb von dir!«

Moment! Ausgerechnet heute Nachmittag? Mist. Aus der Nummer komme ich jetzt wohl nicht mehr raus. Verzweifelt versuche ich Tina mit Blicken zu vermitteln, dass das echt nicht geht. Doch sie versteht nicht. Sie schaut nur völlig verwirrt und muss dann lachen. »Was hast du denn für Zuckungen?«

»Oder hast du heute schon was vor?«, fragt mich Bianka.

Aaaaah! Ich kann nicht Nein sagen, nicht nachdem die beiden immer für mich da gewesen sind.

»Nein, gar nicht. Geht klar mit heute Nachmittag«, beeile ich mich zu sagen. Es wird schon irgendwie funktionieren, beides zu schaffen.

5

DEN GANZEN Nachmittag sitze ich wie auf heißen Kohlen. Ständig schaue ich auf die Uhr, während Bianka und Tina einen Witz nach dem anderen loslassen und entspannt die Aufgaben angehen, die Bianka bis morgen Abend noch zu erledigen hat.

Von der völlig überlasteten Bianka von heute Morgen ist zum Glück nichts mehr zu sehen. Hier am Küchentisch sitzt das genaue Gegenteil. So schön und schnell ich kann, schreibe ich die Preislisten für das Buffet, bastle Tischdeko und Mahnschilder, man solle doch bitte die Abfalleimer benutzen und die Tische selber abräumen. Hoffentlich ist Elia noch da, wenn ich nach Hause komme! Normalerweise dauert die Nachhilfestunde bis um sechs und jetzt ist es schon kurz nach fünf.

Als wir mit unseren Pflichten endlich fertig sind, holt Bianka ihr Ballkleid hervor. Sie ist sich unsicher, wie sie ihre Haare dazu stylen soll. Ich bin keine große Hilfe. Nervös trommle ich auf meinem Oberschenkel herum. »Was ziehst du morgen an?«

Ich zucke mit den Schultern. Ehrlich, gibt es gerade etwas Unwichtigeres?

Tina springt auf und verschwindet hinter ihrer Kleiderschranktür. »Ich habe da was für dich.« Sie taucht mit einem schwarzgrauen Kleid wieder auf.

Kleid. Kleid! Oh nee, muss das sein?

»Muss«, sagt Tina angesichts meiner entsetzten Miene lachend. »Los, zieh's mal an, das sieht bestimmt total super an dir aus.« Sie albert mit tiefer Stimme herum: »Du willst deiner Lady doch gefallen, oder?«

Na gut, damit hat sie mich. Ich laufe rot an und mache mich ans Umziehen.

Bianka scheint genau zu wissen, wovon Tina spricht. Sie lächelt mich aufmunternd an. Keine der beiden hat mich bis jetzt irgendwas gefragt oder irgendeine Bemerkung gemacht. Ich hatte mich so vor Fragen gefürchtet, die ich nicht hätte beantworten können oder wegen derer ich mich sichtbar unwohl gefühlt hätte. Gibt es tollere Freunde als die beiden? Tollere Freunde als solche, die es einfach als ganz normal betrachten und keine große Sache draus machen? Die Kluft zwischen uns, die ich immer gespürt hatte, seit wir drei uns kennen, ist weg. Ich gehöre endgültig dazu und ich bin nicht unnormaler als die beiden. Wenn, dann sind wir alle drei gleich exotisch, aber keiner für sich allein. Das tut so verdammt gut.

Das Kleid sieht wirklich gar nicht so schlecht aus und ich fühle mich auch nicht komisch darin. Es ist sehr schlicht, nicht zu tief ausgeschnitten oder protzig. Bianka und Tina geben mir noch jede Menge Tipps, ernst gemeinte und weniger ernst gemeinte, was ich mit meiner Frisur machen soll. Ich hatte ja keine Ahnung, dass man sogar mit meinen kurzen Haaren so viel machen kann.

»Du musst sie uns morgen unbedingt zeigen ja?« Damit meint Tina Elia, die die beiden noch gar nicht gesehen haben. Sie sind unfassbar neugierig, wer sie ist.

Bei dem Gedanken an Elia wird mir wieder ganz warm und ich muss lächeln. »Ja, werde ich. Am besten, ihr haltet einfach nach der Schönsten auf dem ganzen Ball Ausschau.«

Die beiden lachen und ich drehe eine Pirouette vor dem Spiegel. Ob ich ihr so gefallen werde?

Um zwanzig vor sechs halte ich es nicht mehr aus. Schnell verabschiede ich mich, renne aus der Wohnung das Treppenhaus runter und erwische knapp den Bus um Viertel vor. Wenn ich Glück habe, kommt sie mir dann auf dem Weg von der Haltestelle im Dorf zu unserem Haus entgegen.

Aber natürlich habe ich kein Glück. Gehetzt gehe ich den Weg entlang, es dämmert schon und ein beißend kalter Wind pfeift durch den Stoff meiner dünnen Pulloverjacke. Überhaupt niemand kommt mir entgegen, und als ich die Haustür aufschließe, ist es drinnen dunkel und still. Weder Papa noch Oma ist da, nur aus Toms Zimmer dringt Musik. Unschlüssig bleibe ich vor seiner Tür stehen. Ich hebe die Hand, um anzuklopfen, lasse sie aber wieder sinken. Ich kann ihn ja wohl schlecht fragen, ob Elia noch da ist, wenn ich dann gleichzeitig sehen kann, ob sie noch da ist oder nicht.

Allerdings lässt die Musik darauf schließen, dass sie nicht mehr beim Lernen sind. Oder? Ruhige Musik. Vielleicht …?!

Nein. Böser Gedanke, geh weg! Ich schüttele den Kopf,

einerseits darüber, was ich mir hier so überlege, und andererseits, um mich zu beruhigen, weil das ja wohl nicht sein kann. Ich glaube nicht, dass sie dann so mit mir umgegangen wäre wie gestern Nachmittag. So etwas würde sie nicht tun. Ein kleiner Zweifel bleibt trotzdem. Vielleicht war das gestern ja auch einfach freundschaftlich gemeint. Vielleicht habe ich alles falsch interpretiert? Ich denke an die Zeichnung. Die war mit viel Mühe (und Liebe?) gemacht worden.

Den ganzen Abend tigere ich unruhig durch mein Zimmer. Esse zwischendurch etwas. Mache mir Vorwürfe. Ich hätte nicht zu Tina und Bianka gehen dürfen, ich hätte hier sein müssen. Ich konnte ihr ja nicht einmal absagen, wie hätte ich das auch tun sollen, ohne dass Tom Wind davon kriegt? Ihre Handynummer habe ich ja nicht. Morgen ist Samstag, also kann ich sie nicht mal in der Schule abfangen und erklären, weshalb ich nicht da war. Ob ihr die Sache überhaupt so wichtig war? Vermutlich würde sie bloß lachen und sich darüber wundern, was ich für einen Aufstand mache.

»Wir haben doch alle Zeit der Welt, Lou«, höre ich sie schon sagen. Immerhin hat sie mich gefragt, ob ich hier sein würde, wenn sie kommt. Das muss doch irgendwas heißen. Ich bin wieder mal zu kompliziert!

Meine einzige Möglichkeit ist, sie morgen Abend auf dem Ball zu finden und mit ihr zu reden. Hoffentlich ist sie da. Ob sie ein Date hat? Hoffentlich nicht!

Das bringt alles nichts, ich geh ins Bett.

Um drei bin ich immer noch nicht eingeschlafen. Morgen werde ich aussehen wie ein Zombie mit Augenringen bis zum Kinn. Ob sie Zombies mag?

Schlaf jetzt, Lou!

6

DER BALL FINDET in der Sporthalle statt. Tina und Bianka haben mich von der Bushaltestelle abgeholt. Es ist schon sehr voll und laut, als wir in der Halle ankommen. Ich trage tatsächlich das grauschwarze Kleid von Tina. Meine Schuhe passen nicht wirklich optimal zu meinem Outfit. Ich trage meine schwarzen Winterstiefel, die haben am ehesten dazu gepasst. Allerdings bereue ich diese Entscheidung jetzt ein wenig, denn hier drinnen ist es wahnsinnig warm. Hoffentlich werden meine Füße im Verlauf dieses Abends nicht heftig zu müffeln anfangen. Das wäre ja mal so richtig romantisch.

Kaum sind wir zur Tür rein, halte ich Ausschau nach einem kurzhaarigen blonden Kopf in der Menge.

Bianka und ihr Team haben heute Nachmittag ganze Arbeit geleistet. Hoch über uns hängen bunte Lichterketten und große Tücher. In der Mitte der Halle ist die Tanzfläche und um sie herum stehen ganz viele Tische. Auf ihnen liegen die gleichen Tücher, die auch an der Decke hängen, und Kerzen stehen darauf. Leider keine echten, aber es sieht trotzdem sehr edel und schön aus. Vor der Halle, im Eingangsbereich, ist ein riesiges Buffet aufgebaut worden. Die

Leute von unserem Schülerkomitee stehen dahinter und verkaufen Getränke und Snacks, Pizza und Hotdogs. Mir läuft das Wasser im Mund zusammen und mir fällt auf, dass ich den ganzen Tag kaum etwas gegessen habe.

»Wollen wir uns zuerst was zu essen holen?«, frage ich und drehe mich um.

Bianka nickt. »Klar, können wir gerne machen.«

Tina ist irgendwohin verschwunden.

»Ich glaube, sie hat es als Einzige von uns geschafft, sich ein Date zu angeln.« Biankas Lächeln ist etwas wehmütig. Da waren es also nur noch zwei.

Es ist kein Tisch mehr frei, also setzen wir uns zu einigen Mädchen aus der Parallelklasse. Sie sind schon so aufgekratzt, dass sie uns gar nicht wahrnehmen. Zum Glück ist die Musik laut genug, um ihr Gekreische etwas abzuschwächen. Allerdings ist sie auch zu laut, um sich in einer einigermaßen normalen Lautstärke unterhalten zu können. Also schauen wir beide auf die Tanzfläche.

Ich stehe auf, um meinen Pappteller wegzuschmeißen, und als ich zum Tisch zurückkomme, sehe ich, wie Bianka mit einem seltsamen Gesichtsausdruck vor sich hin starrt. Ich setze mich wieder ihr gegenüber hin und schaue sie fragend an.

»Dein Bruder ist auch hier«, sagt sie zu mir gebeugt. Sie zeigt in die ungefähre Richtung und ich folge ihrem Finger. Kurz darauf habe ich Tom gefunden. Und wünsche mir sogleich, ich hätte es nicht getan. Da tanzt er, sogar ein Hemd hat er an, und in seinen Armen – es versetzt mir einen Stich in die Magengrube – Elia.

Sie trägt ein wunderschönes blaues Kleid. Es umspielt

sanft ihre Beine, als sie sich dreht. Sie trägt schwarze Ballerinas und ich beobachte, wie sich ihre Füße zum Takt der Musik bewegen. Einmal steht sie Tom auf den Füßen, da lachen sie beide. Sie lacht ihr schönes Lachen, bei dem ihr ganzes Gesicht aufleuchtet und sie richtig strahlt. Aber sie lacht dieses Lachen nicht für mich.

Ich spüre, wie die neu gewonnene Hoffnung in mir zerspringt und die Verzweiflung die Oberhand gewinnt.

»Das war ja so was von klar«, freut sich der Dämon in mir. »Was bildest du dir eigentlich ein, wer du bist, dass du SIE verdienst? Nichts hast du für sie getan. Du bist jämmerlich, wie du immer nur wegrennst und flennst. Das kannst du richtig gut. So naiv, so unglaublich naiv ... Akzeptiere jetzt wenigstens mal die Fakten. Tom hat sie verdient. Tom ist der beste Mensch, den du kennst, und du wolltest ihn so verletzen. Sieh mal, wie schön sie zusammen sind. Du hast ein egoistisches, eiskaltes Herz. Tu dich niemals jemandem an ...«

Ich kann das nicht mehr mit ansehen, ich halt's nicht aus. »Willst du auch was trinken?«

Bianka schüttelt den Kopf, wie in Trance versunken schaut sie zu Tom. Die Arme macht wohl gerade das Gleiche durch wie ich. Nur dass sie nicht weiß, dass wir Leidensgenossen sind. Ich bin viel zu fertig, um ihr das zu sagen.

Als ich mit einer Cola in der Hand zurückkomme, schaut Bianka vor sich auf das Tischtuch und fummelt an einer Falte herum. Zehn Minuten später ist meine Cola leer und ich weiß nicht mehr, warum ich überhaupt hergekommen bin. Immerhin habe ich es geschafft, die ganzen zehn Minuten nicht zu Elia hinüberzusehen. Zu ihr und Tom, verbessere ich meinen Gedanken. Warum bloß hatte ich angenommen, ich könnte nun doch eine Chance bei ihr haben? War doch eigentlich klar, dass sie heute mit Tom hier auftauchen würde. Ich habe sie wirklich nicht verdient. Was habe ich denn schon getan, um ihr zu zeigen, dass ich sie mag?

Selbst wenn ich den Mut gehabt hätte: Ich hätte den Menschen verletzt, der als Einziger immer für mich da war. Ich hätte riskiert diesen Menschen zu verlieren. Es reicht. Ich geb's auf. Die Chance ist verspielt. Vorhang zu. »Ich geh mal aufs Klo.«

Die Schlange vor den Klos ist nicht lang, nur ein Mädchen ist vor mir dran. Sie hat braune Locken und kaut die ganze Zeit auf einer Haarsträhne herum. Bestimmt hat sie ihr Date an ihrem Tisch zurückgelassen und ist nervös, dass er sich vielleicht eine andere zum Tanzen schnappt, während sie weg ist. War ich eigentlich schon immer so zynisch und gemein in meinen Gedanken?

Da geht die Kabinentür auf und sie beeilt sich dahinter zu verschwinden. Mein Herz setzt aus, als ich sehe, dass es Elia ist, die gerade rausgekommen ist und sich die Hände wäscht. Sie hat mich noch nicht gesehen und ich senke den Blick, in der Hoffnung, dass sie mich wie durch ein Wunder nicht erkennt. »Hallo Lou«, sagt sie leise und dreht sich um. Logisch hat sie mich gesehen. »Wie geht's dir?«

Dieser Blick! Dieser Blick, der mich sanft durchdringt und alles sieht, was in mir ist und was ich sonst so gut zu verbergen weiß. Sie hat sich ihre Augen ganz dunkel geschminkt, was sie größer und tiefer erscheinen lässt. Verdammt, wieso macht sie das? Ich will die Kontrolle nicht verlieren. Was sollte diese Szene am Fluss, wenn sie hier dann doch mit

Tom auftaucht und mir gegenüber so tut, als wäre nichts gewesen? Etwa nur, weil ich gestern nicht da war? Plötzlich werde ich sauer. Es ist die Reaktion, die gerade am besten für mich ist. Das Gefühl, für das man sich am leichtesten entscheiden kann, ist Wut. Mit Wut lässt sich jedes andere Gefühl ersetzen, zumindest für einen Moment lang.

»Gut. Und dir? Hast du Spaß mit meinem Bruder?« Ich erschrecke, dass mein Tonfall auch dann so gemein klingen kann, wenn ich es in meinem tiefsten Inneren nicht so meine.

Sie schaut nicht ertappt, wie ich es wenigstens ein bisschen erwartet hatte, sondern verwirrt. Die Klospülung unterbricht die Spannung zwischen uns. Da nimmt sie mich am Handgelenk und zieht mich nach draußen.

Gestern: Sie hatte große Angst gehabt vor diesem Gespräch. Die ganze Nacht davor hatte sie sich vorgestellt, dass er sauer werden und sie nicht mehr sehen wollen würde. Aber es ist schlussendlich ganz anders abgelaufen. Es ist ihr schwerer gefallen, als sie erwartet hatte. Doch wie von selbst hatte sie die richtigen Worte gefunden und er hatte verstanden.

Sie hatte gewusst, dass es ihn verletzen würde, aber was sie nicht erwartet hatte, war, wie sehr sie sich selbst verletzen würde. Er weint vor ihr, was sie unglaublich stark von ihm findet, und in diesem Moment erkennt sie erst voll und ganz, was das für ein wundervoller Mensch ist, den sie gerade zurückweist. Dass sie sich in dem Moment, kurz nachdem sie es ausgesprochen hat, so sicher ist, trifft sie mit voller Wucht und sie trauert im Stillen mit ihm zusammen um das, was sie nicht hatten werden können.

Trotz allem verdammt er sie nicht. Und als sie schließlich in der

Dunkelheit nach Hause geht, ist sie vor allem eins: dankbar, dass er trotzdem noch in ihrem Leben sein will.

Direkt links neben dem Klo sind die Umkleidekabinen, in die sie mich zieht. Zu meiner Überraschung sind sie ganz leer und auch die Geräusche des Balls sind nur gedämpft zu hören. Ich lehne mich mit dem Rücken gegen einen Spind und sie setzt sich auf die Bank, die Hände ineinander verschränkt, als müsste sie sich festhalten bei dem, was gleich kommt.

»Lou, was ist los?«

Ich weiß nicht, was ich antworten soll. Wir hören eine Weile dem dumpfen Bass zu, der durch die Wände dringt. »Tut mir leid, dass ich nicht zu Hause war vorgestern.« Ich schaue auf meine Stiefel, in denen es inzwischen noch viel wärmer geworden ist. »Darf ich dich was fragen?«

»Ja, klar.«

»Warum bist du mit Tom hier?«

Sie zuckt mit den Schultern. »Er hat mich gefragt und ich tanze gerne, also warum hätte ich Nein sagen sollen?«

Mhm. »Was wäre denn gewesen ...«, ich nehme meinen ganzen Mut zusammen, »wenn ich dich gefragt hätte?«

»Hättest du mich denn fragen wollen?« Sie schaut ernst und ihre Augen ruhen fest auf mir.

Hui, mir wird ganz schwindelig davon, wie sie mich anschaut. »Ja, vielleicht hätte ich das tun wollen«, sage ich mit möglichst fester Stimme.

»Okay.« Sie atmet tief ein und steht auf. »Dann tu es jetzt.«

Was? »Was, jetzt?«

»Bitte«, fügt sie hinzu und kommt noch einen Schritt näher, so dass ihr Duft mich ganz durcheinanderbringt.

»Elia …« Ich muss schlucken. Passiert das gerade wirklich? »Möchtest du mit mir tanzen?« Erst bei den letzten Worten schaffe ich es, meinen Kopf zu heben und sie anzuschauen.

Sie antwortet nicht. Stattdessen kommt sie noch einen Schritt näher und küsst mich.

Ich lege meine rechte Hand auf ihren Rücken und ziehe sie näher zu mir heran, bis sich unsere Oberkörper berühren. Ihre Lippen sind so weich und sanft. Mein Herz gerät komplett aus dem Takt. Alles in mir wird warm und alles in mir fühlt sich lebendig an, ich spüre jede einzelne Zelle meines Körpers. Ihre Nase stupst leicht gegen meine. Ich spüre ihre Hand, wie sie durch meine Haare streicht, und ich mache das Gleiche bei ihr, fahre mit meiner Hand durch ihre kurzen Haare. Unser zögerliches und vorsichtiges Küssen wird immer leidenschaftlicher, immer verlangender. Ich kann nichts denken, mein Gehirn ist wie blockiert. Endlich wird mir bewusst: Es ist kein Traum, denn so schön kann nicht mal ein Traum sein.

7

PLÖTZLICH löst sie sich ruckartig von mir und reißt mich aus meinem Rausch. »Mist, wie spät ist es?«

Sie geht einige Schritte nach hinten und öffnet die Tür, um auf die große Uhr schauen zu können, die im Toilettenraum hängt. »Genau jetzt!«

Was?

»Kommt mit«, sagt sie lächelnd, nimmt mich an die Hand und zieht mich mit.

Wir rennen durch den Gang, nur wenige Leute kommen uns entgegen, ein Paar hat sich ebenfalls hierher zurückgezogen, um zu knutschen, und läuft nun auch zurück in die Halle. Außer Atem bleiben wir neben der Tanzfläche stehen. Ich weiß immer noch nicht, was sie vorhat. Aber ich weiß, dass es mir scheißegal ist, wer uns sieht. Wer sieht, dass ich meine Hand aus ihrer löse, mich hinter sie stelle, sie halte und ihren Nacken küsse. Sollen sie doch alle fragen, sagen, bemerken, staunen, bedauern, was auch immer sie wollen. Ich weiß, dass nichts richtiger und wertvoller sein kann als genau diese Nähe zwischen ihr und mir.

Da wechselt die Musik und es erklingt die sehnsüchtige, verträumte Melodie von »Heroes«. Ungläubig sehe ich sie an.

»Ich hab's mir beim DJ gewünscht.« Sie lächelt und zieht mich auf die Tanzfläche.

Wir tanzen langsam und halten uns eng umschlungen. Ich schließe meine Augen und bewege mich wie in Trance. Das ist alles zu schön, um wahr zu sein, und das Allerbeste daran ist, dass es trotzdem wahr ist. Ich bin ein bisschen größer als sie und muss mich ein wenig herunterbeugen, um ihr etwas ins Ohr zu flüstern, das nur wir beide teilen. Sie strahlt und ihr Gesicht leuchtet auf. Ein Lachen nur für mich. Und dann küssen wir uns wieder, diesmal mitten auf der Tanzfläche.

Wir lassen uns den ganzen Weg nach Hause nicht los. Nicht, als wir uns einen Weg aus der vollen Sporthalle bahnen, nicht auf dem Weg zum Bus, nicht im Bus. Und wir sagen den ganzen Weg kein Wort. Es ist, als ob sie es genauso wenig glauben könnte wie ich. Wenn wir uns ansehen, lächeln wir schüchtern und schauen dann wieder weg. Aber wir lassen uns nicht los. Wir nähern uns der Haltestelle, an der Elia aussteigen muss, und unsere Lippen finden sich zu einem kurzen, vorsichtigen Abschiedskuss. Ich schaue ihr nach, solange ich ihre blonden Haaren leuchten sehe.

Durch die stockdunkle Nacht fahre ich auf meinem Mofa von meiner Haltestelle nach Hause und den ganzen Weg schreie ich vor Glück. Ich habe mich noch nie so gut gefühlt wie in diesem Augenblick.

Wieder geht sie in der Dunkelheit nach Hause, die letzten Schritte zur Haustür. Sie dreht sich noch mal um und holt tief Luft. Ihr ist, als könnte sie die Sterne einatmen. Und dann fällt es ihr endlich auf: Trotz aller Dunkelheit und trotz des Mondes fühlt sie überall auf ihrer Haut den Sonnenschein.

Ich hatte nicht erwartet noch jemanden wach vorzufinden, als ich leise die Haustür aufschließe. Aber ich höre, wie im Wohnzimmer der Fernseher läuft. Ich linse hinein und sehe, wie Tom dort sitzt. Scheiße! Ihn hatte ich während der letzten Stunden wirklich vergessen und jetzt sind auf einen Schlag alle Schuldgefühle zurück. Ich habe ihm sein Date geklaut! Was bin ich bloß für ein Miststück! Ich kann es nicht mehr länger aufschieben, ich muss mit ihm reden. Jetzt. Leise gehe ich ins Zimmer und setze mich neben ihn.

Wenn ich nur wüsste, was ich sagen soll. Tom starrt vor sich hin, hat nur ganz kurz zu mir geschaut.

»Ist das *Tatort?*«

Ein Nicken.

»Das kommt um diese Zeit noch?«

»Ich hab's aufgenommen.«

»Ach so.«

Tom stellt den Fernseher aus. »Ich habe nachgedacht. Oder besser gesagt, mir ist einiges klar geworden.«

»Was denn?«

Er wendet sich mir zu. »Ich habe euch gesehen, sie und dich.« Scheiße.

»Tom, das tut mir leid, ganz ehrlich! Ich wollte das nicht! Es ist einfach …«

»Ich weiß«, unterbricht er mich. »Ich weiß, dass du nichts dafürkannst. Ich weiß, dass du dich ehrlich von ihr fernhalten wolltest, und allein dafür hast du meinen Respekt, denn ich hätte das nicht gekonnt und auch nicht von dir verlangen dürfen. Als ich euch vorhin gesehen habe, bin ich mir so idiotisch vorgekommen. Ich habe zu lange einfach nicht einsehen wollen, dass sie nichts von mir will. Nicht das, was sie von *dir* will. Ganz offensichtlich.« Er stützt seinen Kopf in die Hände.

»Tom …« Ich lehne mich gegen ihn und streiche ihm über den Rücken.

Da setzt er sich sofort wieder gerade hin und schaut mich ernst an. »Nein, wirklich, Lou, ich schäme mich. Ich habe nämlich …«, er greift hinter sich und zieht einen Umschlag hervor, »das hier nie an dich weitergegeben.«

Überrascht nehme ich den Umschlag entgegen.

»Es tut mir ehrlich leid und ich hoffe, du kannst mir das verzeihen. Und ich hoffe auch, dass du mir trotzdem irgendwann wieder vertrauen kannst.« So verzweifelt habe ich Tom noch nie gesehen. Er steht auf und geht aus dem Zimmer und die Treppen hinauf.

Ich warte noch einen Moment, dann öffne ich den Umschlag.

Liebe Lou,

ich weiß, wir kennen uns noch nicht allzu gut. Ich hoffe also, du wunderst dich nicht zu sehr oder findest es merkwürdig, wenn ich dir schreibe. Vielleicht denkst du, ich hätte nicht bemerkt, wie du mich ansiehst, wenn wir uns begegnen, so heimlich und versteckt, wie du es machst. Und beim Schreiben hoffe ich nun, dass ich das nicht falsch gedeutet habe und es nur zufällige Blicke waren. Aber ich möchte nie wieder bereuen müssen etwas nicht getan zu haben. Deshalb möchte und muss ich dich fragen, ob ich dich kennenlernen darf? Ich meine, besser kennenlernen, als dir einmal in der Woche kurz Hallo zu sagen. Ich fühle mich auf eine ganz besondere Art wohl in deiner Nähe und ich finde das, was ich bis jetzt von dir weiß, interessant und wunderschön. Sicher, es mag dir vielleicht etwas merkwürdig vorkommen, dass ich dir einfach einen Brief schreibe. Es ist mir aber sehr wichtig, mich richtig auszudrücken. Ich hoffe, dass es dich nicht abschreckt. Ich würde mich sehr über eine Antwort freuen. Liebe Grüße, Elia

Sie wollte mich »richtig« kennenlernen! Wahnsinn! Das ist wie im Film. Wie eine Geschichte, bei der man sich wünscht sie selbst zu erleben. Nun wird mir auch klar, dass sie diesen Brief gemeint hatte, damals am Fluss. Sie hatte nie eine Antwort bekommen und sicher gedacht, ich wäre nicht an ihr interessiert und sie hätte sich geirrt. Es wäre fast kitschig, wenn es sich nicht so unglaublich gut anfühlen würde. Ich drücke den Brief an mich und atme glücklich und ganz tief ein und aus.

Toms Zimmer ist dunkel und still, als ich die Tür öffne.

»Tom?«, flüstere ich.

Ich gehe hinüber zu seinem Bett. Bei Tom muss man keine Angst haben, im Dunkeln über irgendwas zu stolpern, denn bei ihm liegen nie irgendwelche Sachen auf dem Boden verstreut rum.

»Mhm?«

Er schläft also noch nicht.

»Kann ich bei dir schlafen?« Das haben wir früher immer gemacht, wenn wir uns gestritten und wieder vertragen hatten.

Ich hoffe, es wird bald wieder so zwischen uns sein wie früher. Dass es definitiv irgendwann wieder so sein wird, da bin ich ganz sicher. Vielleicht wird es sogar noch besser, auch wenn das noch ein bisschen Zeit braucht. Nichts und niemand kann uns entzweien, das weiß ich in diesem Augenblick sicherer als je zuvor.

Herzchenaugen und Dauergrinsen garantiert!

Becky Albertalli
Nur drei Worte
320 Seiten
Gebunden
ISBN 978-3-551-55609-7

Was Simon über Blue weiß: Er ist witzig, sehr weise, aber auch ein bisschen schüchtern. Und ganz schön verwirrend. Was Simon nicht über Blue weiß: WER er ist. Die beiden gehen auf dieselbe Schule und schon seit Monaten tauschen sie E-Mails aus, in denen sie sich die intimsten Dinge gestehen. Simon spürt, dass er sich langsam, aber sicher in Blue verliebt, doch der ist noch nicht bereit, sich mit Simon zu treffen. Dann fällt eine der E-Mails in falsche Hände – und plötzlich steht Simons Leben Kopf.

CARLSEN

www.carlsen.de